Obra completa

Raduan Nassar
Obra completa

3ª reimpressão

COMPANHIA DAS LETRAS

LAVOURA ARCAICA 7

UM COPO DE CÓLERA 201

MENINA A CAMINHO 283
Menina a caminho 285
Hoje de madrugada 327
O ventre seco 335
Aí pelas três da tarde 345
Mãozinhas de seda 351

"SAFRINHA": Dois contos e um ensaio 361
O velho 363
Monsenhores 385

A corrente do esforço humano 399

Fortuna crítica, traduções e adaptações 419

Lavoura arcaica

A PARTIDA

"Que culpa temos nós dessa planta da infância,
de sua sedução, de seu viço e constância?"

(Jorge de Lima)

1

Os olhos no teto, a nudez dentro do quarto; róseo, azul ou violáceo, o quarto é inviolável; o quarto é individual, é um mundo, quarto catedral, onde, nos intervalos da angústia, se colhe, de um áspero caule, na palma da mão, a rosa branca do desespero, pois entre os objetos que o quarto consagra estão primeiro os objetos do corpo; eu estava deitado no assoalho do meu quarto, numa velha pensão interiorana, quando

meu irmão chegou pra me levar de volta; minha
mão, pouco antes dinâmica e em dura disciplina,
percorria vagarosa a pele molhada do meu corpo,
as pontas dos meus dedos tocavam cheias de veneno a penugem incipiente do meu peito ainda
quente; minha cabeça rolava entorpecida enquanto meus cabelos se deslocavam em grossas
ondas sobre a curva úmida da fronte; deitei uma
das faces contra o chão, mas meus olhos pouco
apreenderam, sequer perderam a imobilidade
ante o voo fugaz dos cílios; o ruído das batidas
na porta vinha macio, aconchegava-se despojado
de sentido, o floco de paina insinuava-se entre
as curvas sinuosas da orelha onde por instantes
adormecia; e o ruído se repetindo, sempre macio
e manso, não me perturbava a doce embriaguez,
nem minha sonolência, nem o disperso e esparso
torvelinho sem acolhimento; meus olhos depois
viram a maçaneta que girava, mas ela em movimento se esquecia na retina como um objeto sem
vida, um som sem vibração, ou um sopro escuro
no porão da memória; foram pancadas num momento que puseram em sobressalto e desespero
as coisas letárgicas do meu quarto; num salto
leve e silencioso, me pus de pé, me curvando pra
pegar a toalha estendida no chão; apertei os
olhos enquanto enxugava a mão, agitei em se-

guida a cabeça pra agitar meus olhos, apanhei a camisa jogada na cadeira, escondi na calça meu sexo roxo e obscuro, dei logo uns passos e abri uma das folhas me recuando atrás dela: era meu irmão mais velho que estava na porta; assim que ele entrou, ficamos de frente um para o outro, nossos olhos parados, era um espaço de terra seca que nos separava, tinha susto e espanto nesse pó, mas não era uma descoberta, nem sei o que era, e não nos dizíamos nada, até que ele estendeu os braços e fechou em silêncio as mãos fortes nos meus ombros e nós nos olhamos e num momento preciso nossas memórias nos assaltaram os olhos em atropelo, e eu vi de repente seus olhos se molharem, e foi então que ele me abraçou, e eu senti nos seus braços o peso dos braços encharcados da família inteira; voltamos a nos olhar e eu disse "não te esperava" foi o que eu disse confuso com o desajeito do que dizia e cheio de receio de me deixar escapar não importava com o que eu fosse lá dizer, mesmo assim eu repeti "não te esperava" foi isso o que eu disse mais uma vez e eu senti a força poderosa da família desabando sobre mim como um aguaceiro pesado enquanto ele dizia "nós te amamos muito, nós te amamos muito" e era tudo o que ele dizia enquanto me abraçava mais uma vez;

ainda confuso, aturdido, mostrei-lhe a cadeira do canto, mas ele nem se mexeu e tirando o lenço do bolso ele disse "abotoe a camisa, André".

2

Na modorra das tardes vadias na fazenda, era num sítio lá do bosque que eu escapava aos olhos apreensivos da família; amainava a febre dos meus pés na terra úmida, cobria meu corpo de folhas e, deitado à sombra, eu dormia na postura quieta de uma planta enferma vergada ao peso de um botão vermelho; não eram duendes aqueles troncos todos ao meu redor, velando em silêncio e cheios de paciência meu sono adolescente? que urnas tão antigas eram essas liberando as vozes protetoras que me chamavam da varanda? de que adiantavam aqueles gritos, se mensageiros mais velozes, mais ativos, montavam melhor o vento, corrompendo os fios da atmosfera? (meu sono, quando maduro, seria colhido com a volúpia religiosa com que se colhe um pomo).

3

E me lembrei que a gente sempre ouvia nos sermões do pai que os olhos são a candeia do corpo, e que se eles eram bons é porque o corpo tinha luz, e se os olhos não eram limpos é que eles revelavam um corpo tenebroso, e eu ali, diante de meu irmão, respirando um cheiro exaltado de vinho, sabia que meus olhos eram dois caroços repulsivos, mas nem liguei que fossem assim, eu estava era confuso, e até perdido, e me vi de repente fazendo coisas, mexendo as mãos, correndo o quarto, como se o meu embaraço viesse da desordem que existia a meu lado: arrumei as coisas em cima da mesa, passei um pano na superfície, esvaziei o cinzeiro no cesto, dei uma alisada no lençol da cama, dobrei a toalha na cabeceira, e já tinha voltado à mesa para encher dois copos quando escorreguei e quase perguntei por Ana, mas isso só foi um súbito ímpeto cheio de atropelos, eu poderia isto sim era perguntar como ele pôde chegar até minha pensão, me descobrindo no casario antigo, ou ainda, de um jeito ingênuo, procurar conhecer o motivo da sua vinda, mas eu nem sequer estava pensando nessas coisas, eu estava era escuro por dentro, não conseguia sair da carne dos meus sentimentos, e ali junto da mesa eu só estava certo era de ter os olhos exasperados em cima do vinho rosado que eu entornava nos copos; "as venezianas" ele disse "por que as venezianas estão fechadas?" ele disse da cadeira do canto onde se sentava e eu não pensei duas vezes e corri abrir a janela e fora tinha um fim de tarde tenro e quase frio, feito de um sol fibroso e alaranjado que tingiu amplamente o poço de penumbra do meu quarto, e eu ainda encaixava as folhas das venezianas nas carrancas quando, ligeira, me percorreu uma primeira crise, mas nem fiz caso dela, foi passageira, por isso eu só pensei em concluir minha tarefa e fui logo depois, generoso e com algum escárnio, pôr também entre suas mãos um soberbo copo de vinho; e enquanto uma brisa impertinente estufava as cortinas de renda grossa, que desenhava na meia altura dois anjos galgando nuvens, soprando tranquilos clarins de bochechas infladas, me larguei na beira da cama, os olhos baixos, dois bagaços, e foram seus olhos plenos de luz em cima de mim, não tenho dúvida, que me fizeram envenenado, e foi uma onda curta e quieta que me ameaçou de perto, me levando impulsivo quase a incitá-lo num grito "não se constranja, meu irmão, encontre logo a voz solene que você procura, uma voz potente de repreenda, pergunte sem demora o que acontece comigo desde sempre, componha gestos, me desconforme depressa a cara, me quebre contra os olhos a velha louça lá de casa", mas me contive, achando que exortá-lo, além de inútil, seria uma tolice, e, sem dar por isso, caí pensando nos seus olhos, nos olhos de minha mãe nas horas mais silenciosas da tarde, ali onde o carinho e as apreensões de uma família inteira se escondiam por trás, e pensei quando se abria em vago instante a porta do meu quarto ressurgindo um vulto maternal e quase aflito "não fique assim na cama, coração, não deixe sua mãe sofrer, fale comigo" e surpreso, e assustado, senti que a qualquer momento eu poderia também explodir em choro, me ocorrendo que seria bom aproveitar um resto de embriaguez que não se deixara espantar com sua chegada para confessar, quem sabe piedosamente, "é o meu delírio, Pedro, é o meu delírio, se você quer saber", mas isso só foi um passar pela cabeça um tanto tumultuado que me fez virar o copo em dois goles rápidos, e eu que achava inútil dizer fosse o que fosse passei a ouvir (ele cumpria a sublime missão de devolver o filho tresmalhado ao seio da família) a voz de meu irmão, calma e serena como convinha, era uma oração que ele dizia quando começou a falar (era o meu pai) da cal e das pedras da nossa catedral.

4

Sudanesa (ou Schuda) era assim: farta; debaixo de uma cobertura de duas águas, de sapé grosso e dourado, ela vivia dentro de um quadro de estacas bem plantadas, uma ao lado da outra, que eu nos primeiros tempos mal ousava espiar através das frinchas; era numa vasilha de barro fresca e renovada todas as manhãs que ela lavava a língua e sorvia a água, era numa cama bem fenada, cheirosa e fofa, que ela deitava o corpo e descansava a cabeça quando o sol lá fora já estava a pino; tinha um cocho sempre limpo com milho granado de debulho e um capim verde bem apanhado onde eu esfregava a salsa para apurar-lhe o apetite; a primeira vez que vi Sudanesa com meus olhos enfermiços foi num fim de tarde em que eu a trouxe para fora, ali entre os arbustos floridos que circundavam seu quarto agreste de cortesã: eu a conduzi com cuidados de amante extremoso, ela que me seguia dócil pisando suas patas de salto, jogando e gingando o corpo ancho suspenso nas colunas bem delineadas das pernas; era do seu corpo que passei a cuidar no entardecer, minhas mãos humosas mergulhando nas bacias de unguentos de cheiros vários, desaparecendo logo em seguida no pelo franjado e macio dela; mas não era uma cabra lasciva, era uma cabra de menino, um contorno de tetas gordas e intumescidas, expondo com seus trejeitos as partes escuras mais pudendas, toda sensível quando o pente corria o pelo gostoso e abaulado do corpo; era uma cabra faceira, era uma cabra de brincos, tinha um rabo pequeno que era um pedaço de mola revestido de boa cerda, tão reflexivo ao toque leve, tão sensitivo ao carinho sutil e mais suave de um dedo; se esculturava o corpo inteiro quando uma haste verde — atravessada na boca paciente — era mastigada não com os dentes mas com o tempo; e era então uma cabra de pedra, tinha nos olhos bem imprimidos dois traços de tristeza, cílios longos e negros, era nessa postura mística uma cabra predestinada; Sudanesa foi trazida à fazenda para misturar seu sangue, veio porém coberta, veio pedindo cuidados especiais, e, nesse tempo, adolescente tímido, dei os primeiros passos fora do meu recolhimento: saí da minha vadiagem e, sacrílego, me nomeei seu pastor lírico: aprimorei suas formas, dei brilho ao pelo, dei-lhe colares de flores, enrolei no seu pescoço longos metros de cipó-de-são-caetano, com seus frutos berrantes e pendentes como se fossem sinos; Schuda, paciente, mais generosa, quando uma haste mais túmida, misteriosa e lúbrica, buscava no intercurso o concurso do seu corpo.

5

O amor, a união e o trabalho de todos nós junto ao pai era uma mensagem de pureza austera guardada em nossos santuários, comungada solenemente em cada dia, fazendo o nosso desjejum matinal e o nosso livro crepuscular; sem perder de vista a claridade piedosa desta máxima, meu irmão prosseguia na sua prece, sugerindo a cada passo, e discretamente, a minha imaturidade na vida, falando dos tropeços a que cada um de nós estava sujeito, e que era normal que isso pudesse ter acontecido, mas que era importante não esquecer também as peculiaridades afetivas e espirituais que nos uniam, não nos deixando sucumbir às tentações, pondo-nos de guarda contra a queda (não importava de que natureza), era este o cuidado, era esta pelo menos a parte que cabia a cada membro, o quinhão a que cada um estava obrigado, pois bastava que um de nós pisasse em falso para que toda a família caísse atrás; e ele falou que estando a casa de pé, cada um de nós estaria também de pé, e que para manter a casa erguida era preciso fortalecer o sentimento do dever, venerando os nossos laços de sangue, não nos afastando da nossa porta, respondendo ao pai quando ele perguntasse, não escondendo nossos olhos ao irmão que necessitasse deles, participando do trabalho da família, trazendo os frutos para casa, ajudando a prover a mesa comum, e que dentro da austeridade do nosso modo de vida sempre haveria lugar para muitas alegrias, a começar pelo cumprimento das tarefas que nos fossem atribuídas, pois se condenava a um fardo terrível aquele que se subtraísse às exigências sagradas do dever; ele falou ainda dos anseios isolados de cada um em casa, mas que era preciso refrear os maus impul-

sos, moderar prudentemente os bons, não perder
de vista o equilíbrio, cultivando o autodomínio,
precavendo-se contra o egoísmo e as paixões perigosas que o acompanham, procurando encontrar a solução para nossos problemas individuais
sem criar problemas mais graves para os que
eram de nossa estima, e que para ponderar em
cada caso tinha sempre existido o mesmo tronco,
a mão leal, a palavra de amor e a sabedoria dos
nossos princípios, sem contar que o horizonte da
vida não era largo como parecia, não passando
de ilusão, no meu caso, a felicidade que eu pudesse ter vislumbrado para além das divisas do
pai; evitando conhecer os motivos ímpios da
minha fuga (embora sugerindo discretamente
que meus passos fossem um mau exemplo pro
Lula, o caçula, cujos olhos sempre estiveram
mais perto de mim), meu irmão pôs um sopro
quente na sua prece pra me lembrar que havia
mais força no perdão do que na ofensa e mais
força no reparo do que no erro, deixando claro
que deveriam ser estes o anverso e o reverso sublimes do bom caráter, cabendo, por ocasião de
minha volta, o primeiro à família, e o reparo do
meu erro cabendo a mim, o filho desgarrado;
"você não sabe o que todos nós temos passado
esse tempo da tua ausência, te causaria espanto

o rosto acabado da família; é duro eu te dizer, irmão, mas a mãe já não consegue esconder de ninguém os seus gemidos" ele disse misturando na sua reprimenda um certo e cada vez mais tenso sentimento de ternura, ele que vinha caminhando sereno e seguro, um tanto solene (como meu pai), enquanto eu me largava numa rápida vertigem, pensando nas provisões dessa pobre família nossa já desprovida da sua antiga força, e foi talvez, na minha escuridão, um instante de lucidez eu suspeitar que na carência do seu alimento espiritual se cozinhava num prosaico quarto de pensão, em fogo-fátuo, a última reserva de sementes de um plantio; "ela não contou pra ninguém da tua partida; naquele dia, na hora do almoço, cada um de nós sentiu mais que o outro, na mesa, o peso da tua cadeira vazia; mas ficamos quietos e de olhos baixos, a mãe fazendo os nossos pratos, nenhum de nós ousando perguntar pelo teu paradeiro; e foi uma tarde arrastada a nossa tarde de trabalho com o pai, o pensamento ocupado com nossas irmãs em casa, perdidas entre os afazeres na cozinha e os bordados na varanda, na máquina de costura ou pondo ordem na despensa; não importava onde estivessem, elas já não seriam as mesmas nesse dia, enchendo como sempre a casa de alegria, elas ha-

veriam de estar no abandono e desconforto que
sentiam; era preciso que você estivesse lá, André,
era preciso isso; e era preciso ver o pai trancado
no seu silêncio: assim que terminou o jantar,
deixou a mesa e foi pra varanda; ninguém viu o
pai se recolher, ficou ali junto da balaustrada, de
pé, olhando não se sabe o que na noite escura; só
na hora de deitar, quando entrei no teu quarto e
abri o guarda-roupa e puxei as gavetas vazias, só
então é que compreendi, como irmão mais velho, o alcance do que se passava: tinha começado
a desunião da família" ele disse e parou, e eu
sabia por que ele tinha parado, era só olhar o seu
rosto, mas não olhei, eu também tinha coisas pra
ver dentro de mim, eu poderia era dizer "a nossa desunião começou muito mais cedo do que
você pensa, foi no tempo em que a fé me crescia
virulenta na infância e em que eu era mais fer-
voroso que qualquer outro em casa" eu poderia
dizer com segurança, mas não era a hora de especular sobre os serviços obscuros da fé, levantar
suas partes devassas, o consumo sacramental da
carne e do sangue, investigando a volúpia e os
tremores da devoção, mesmo assim eu passei
pensando na minha fita de congregado mariano
que eu, menino pio, deixava ao lado da cama
antes de me deitar e pensando também em como

Deus me acordava às cinco todos os dias pr'eu comungar na primeira missa e em como eu ficava acordado na cama vendo de um jeito triste meus irmãos nas outras camas, eles que dormindo não gozavam da minha bem-aventurança, e me distraindo na penumbra que brotava da aurora, e redescobrindo a cada lance da claridade do dia, ressurgindo através das frinchas, a fantasia mágica das pequenas figuras pintadas no alto da parede como cercadura, e só esperando que ela entrasse no quarto e me dissesse muitas vezes "acorda, coração" e me tocasse muitas vezes suavemente o corpo até que eu, que fingia dormir, agarrasse suas mãos num estremecimento, e era então um jogo sutil que nossas mãos compunham debaixo do lençol, e eu ria e ela cheia de amor me asseverava num cicio "não acorda teus irmãos, coração", e ela depois erguia minha cabeça contra a almofada quente do seu ventre e, curvando o corpo grosso, beijava muitas vezes meus cabelos, e assim que eu me levantava Deus estava do meu lado em cima do criado-mudo, e era um deus que eu podia pegar com as mãos e que eu punha no pescoço e me enchia o peito e eu menino entrava na igreja feito balão, era boa a luz doméstica da nossa infância, o pão caseiro sobre a mesa, o café com leite e a manteigueira, essa claridade luminosa da nossa casa e que parecia sempre mais clara quando a gente vinha de volta lá da vila, essa claridade que mais tarde passou a me perturbar, me pondo estranho e mudo, me prostrando desde a puberdade na cama como um convalescente, "essas coisas nunca suspeitadas nos limites da nossa casa" eu quase deixei escapar, mas ainda uma vez achei que teria sido inútil dizer qualquer coisa, na verdade eu me sentia incapaz de dizer fosse o que fosse, e erguendo meus olhos vi que meu irmão tinha os olhos mergulhados no seu copo, e, sem se mexer, como se respondesse ao aceno do meu olhar, ele disse: "quanto mais estruturada, mais violento o baque, a força e a alegria de uma família assim podem desaparecer com um único golpe" foi o que ele disse com um súbito luto no rosto, e parou, e num jorro instantâneo renasceram na minha imaginação os dias claros de domingo daqueles tempos em que nossos parentes da cidade se transferiam para o campo acompanhados dos mais amigos, e era no bosque atrás da casa, debaixo das árvores mais altas que compunham com o sol o jogo alegre e suave de sombra e luz, depois que o cheiro da carne assada já tinha se perdido entre as muitas folhas das árvores mais copadas, era então que se recolhia a toalha antes estendida por cima da relva calma, e eu podia acompanhar assim recolhido junto a um tronco mais distante os preparativos agitados para a dança, os movimentos irrequietos daquele bando de moços e moças, entre eles minhas irmãs com seu jeito de camponesas, nos seus vestidos claros e leves, cheias de promessas de amor suspensas na pureza de um amor maior, correndo com graça, cobrindo o bosque de risos, deslocando as cestas de frutas para o lugar onde antes se estendia a toalha, os melões e as melancias partidas aos gritos da alegria, as uvas e as laranjas colhidas dos pomares e nessas cestas com todo o viço bem dispostas sugerindo no centro do espaço o mote para a dança, e era sublime essa alegria com o sol descendo espremido entre as folhas e os galhos, se derramando às vezes na sombra calma através de um facho poroso de luz divina que reverberava intensamente naqueles rostos úmidos, e era então a roda dos homens se formando primeiro, meu pai de mangas arregaçadas arrebanhando os mais jovens, todos eles se dando rijo os braços, cruzando os dedos firmes nos dedos da mão do outro, compondo ao redor das frutas o contorno sólido de um círculo como se fosse o contorno destacado e forte da roda de um carro de boi, e logo meu velho tio, velho

imigrante, mas pastor na sua infância, puxava
do bolso a flauta, um caule delicado nas suas
mãos pesadas, e se punha então a soprar nela
como um pássaro, suas bochechas se inflando
como as bochechas de uma criança, e elas inflavam tanto, tanto, e ele sanguíneo dava a impressão de que faria jorrar pelas orelhas, feito torneiras, todo o seu vinho, e ao som da flauta a roda
começava, quase emperrada, a deslocar-se com
lentidão, primeiro num sentido, depois no seu
contrário, ensaiando devagar a sua força num
vaivém duro e ritmado ao toque surdo e forte
dos pés batidos virilmente contra o chão, até que
a flauta voava de repente, cortando encantada o
bosque, correndo na floração do capim e varando
os pastos, e a roda então vibrante acelerava o
movimento circunscrevendo todo o círculo, e já
não era mais a roda de um carro de boi, antes a
roda grande de um moinho girando célere num
sentido e ao toque da flauta que reapanhava desvoltando sobre seu eixo, e os mais velhos que
presenciavam, e mais as moças que aguardavam
a sua vez, todos eles batiam palmas reforçando
o novo ritmo, e não tardava Ana, impaciente,
impetuosa, o corpo de campônia, a flor vermelha
feito um coalho de sangue prendendo de lado os
cabelos negros e soltos, essa minha irmã que,

como eu, mais que qualquer outro em casa, trazia a peste no corpo, ela varava então o círculo que dançava e logo eu podia adivinhar seus passos precisos de cigana se deslocando no meio da roda, desenvolvendo com destreza gestos curvos entre as frutas, e as flores dos cestos, só tocando a terra na ponta dos pés descalços, os braços erguidos acima da cabeça serpenteando lentamente ao trinado da flauta mais lento, mais ondulante, as mãos graciosas girando no alto, toda ela cheia de uma selvagem elegância, seus dedos canoros estalando como se fossem, estava ali a origem das castanholas, e em torno dela a roda girava cada vez mais veloz, mais delirante, as palmas de fora mais quentes e mais fortes, e mais intempestiva, e magnetizando a todos, ela roubava de repente o lenço branco do bolso de um dos moços, desfraldando-o com a mão erguida acima da cabeça enquanto serpenteava o corpo, ela sabia fazer as coisas, essa minha irmã, esconder primeiro bem escondido sob a língua a sua peçonha e logo morder o cacho de uva que pendia em bagos túmidos de saliva enquanto dançava no centro de todos, fazendo a vida mais turbulenta, tumultuando dores, arrancando gritos de exaltação, e logo entoados em língua estranha começavam a se elevar os versos simples,

quase um cântico, nas vozes dos mais velhos, e
um primo menor e mais gaiato, levado na corrente, pegava duas tampas de panelas fazendo os
pratos estridentes, e ao som contagiante parecia
que as garças e os marrecos tivessem voado da
lagoa pra se juntarem a todos ali no bosque, e eu
podia imaginar, depois que o vinho tinha ume-
decido sua solenidade, a alegria nos olhos do
meu pai mais certo então de que nem tudo em
um navio se deteriora no porão, e eu sentado
onde estava sobre uma raiz exposta num canto
do bosque mais sombrio, eu deixava que o vento leve que corria entre as árvores me entrasse
pela camisa e me inflasse o peito, e na minha
fronte eu sentia a carícia livre dos meus cabelos,
e eu nessa postura aparentemente descontraída
ficava imaginando de longe a pele fresca do seu
rosto cheirando a alfazema, a boca um doce gomo, cheia de meiguice, mistério e veneno nos
olhos de tâmara, e os meus olhares não se continham, eu desamarrava os sapatos, tirava as meias
e com os pés brancos e limpos ia afastando as
folhas secas e alcançando abaixo delas a camada
de espesso húmus, e a minha vontade incontida
era de cavar o chão com as próprias unhas e nessa cova me deitar à superfície e me cobrir inteiro de terra úmida, e eu nessa senda oculta não

percebia quando ela se afastava do grupo buscando por todos os lados com olhos amplos e aflitos, e seus passos, que se aproximavam, se confundiam de início com o ruído tímido e súbito dos pequenos bichos que se mexiam num aceno afetuoso ao meu redor, e eu só dava pela sua presença quando ela já estava por perto, e eu então abaixava a cabeça e ficava atento para os seus passos que de repente perdiam a pressa e se tornavam lentos e pesados, amassando distintamente as folhas secas sob os pés e me amassando confusamente por dentro, e eu de cabeça baixa sentia num momento sua mão quente e aplicada colhendo antes o cisco e logo apanhando e alisando meus cabelos, e sua voz que nascia das calcificações do útero desabrochava de repente profunda nesse recanto mais fechado onde eu estava, e era como se viesse do interior de um templo erguido só em pedras mas cheio de uma luz porosa vazada por vitrais, "vem, coração, vem brincar com teus irmãos", e eu ali, todo quieto e encolhido, eu só dizia "me deixe, mãe, eu estou me divertindo" mas meus olhos cheios de amargura não desgrudavam de minha irmã que tinha as plantas dos pés em fogo imprimindo marcas que queimavam dentro de mim...; que poeira clara, vendo então as costas daquele tempo decorrido, o mesmo tempo que eu um dia, os pés acorrentados, abaixava os olhos para não ver-lhe a cara; e que peso o dessa mochila presa nos meus ombros quando saí de casa; colada no meu dorso, caminhamos como gêmeos com as mesmas costas, as gemas de um mesmo ovo, com olhos voltados pra frente e olhos voltados pra trás; e eu ali, vendo meu irmão, via muitas coisas distantes, e ia tomando naquele fim de tarde a resolução desesperada de me jogar no ventre mole daquela hora; quem sabe eu de repente terno ainda pedisse a meu irmão que fosse embora: "lembranças pra família", e fecharia a porta; e quando estivesse só na minha escuridão, me enrolaria no tenro pano de sol estendido numa das paredes do quarto, entregando-me depois, protegido nessa manta, ao vinho e à minha sorte.

6

Desde minha fuga, era calando minha revolta (tinha contundência o meu silêncio! tinha textura a minha raiva!) que eu, a cada passo, me distanciava lá da fazenda, e se acaso distraído eu perguntasse "para onde estamos indo?" — não importava que eu, erguendo os olhos, alcançasse paisagens muito novas, quem sabe menos ásperas, não importava que eu, caminhando, me conduzisse para regiões cada vez mais afastadas, pois haveria de ouvir claramente de meus anseios um juízo rígido, era um cascalho, um osso rigoroso, desprovido de qualquer dúvida: "estamos indo sempre para casa".

7

"Quando contei que vinha pra te buscar de volta, ela ficou parada, os olhos cheios d'água, era medo nos olhos dela, que é isso, mãe, eu disse pra ela, vê se fica um pouco alegre, a senhora devia era rir, eu disse brincando nos cabelos dela, não fique assim desse jeito e nem se preocupe, eu garanto que não vai ter zanga nenhuma com aquele fujão, a senhora vai ver que filho mais contente, a senhora vai ver só, eu disse pra ela, a senhora vai ver como as coisas vão voltar a ser o que eram, tudo vai ser de novo como era antes, eu disse e ela me abraçou e enquanto me abraçava ela só dizia traga ele de volta, Pedro, traga ele de volta e não diga nada pro teu irmão e nem pras tuas irmãs que você vai, mas traga ele de volta, e enquanto eu dizia deixe disso, mãe, deixe disso, ela ainda pôde dizer eu vou agora amassar o pão doce que ele gostava tanto, ela disse me apertando como se te apertasse, André" e meu irmão sorria, os olhos lavados, cheios de luz, e tinha a ternura mais limpa do mundo no seu jeito de me olhar, mas isso não me tocava propriamente, continuei calado, e com a memória molhada só lembrei dela me arrancando da cama "vem, coração, vem comigo" e me arrastando com ela pra cozinha e me segurando pela mão junto da mesa e comprimindo as pontas dos dedos da outra mão contra o fundo de uma travessa, não era no garfo, era entre as pontas dos dedos grossos que ela apanhava o bocado de comida pra me levar à boca "é assim que se alimenta um cordeiro" ela me dizia sempre, e ouvindo meu irmão dizer de repente recolhido "a mãe envelheceu muito", eu continuei pensando nela noutra direção e pude vê-la sentada na cadeira de balanço, absolutamente só e perdida nos seus devaneios cinzentos, destecendo desde cedo a renda trabalhada a vida inteira em torno do amor e da união da família, e vendo o pente de cabeça em sua majestosa simplicidade no apanhado do seu coque eu senti num momento que ele valia por um livro de história, e senti também, pensando nela, que estava por romper-se o fruto que me crescia na garganta, e não era um fruto qualquer, era um figo pingando em grossas gotas o mel que me entupia os pulmões e já me subia soberbamente aos olhos, mas num esforço maior, abaixando as pálpebras, fechei todos os meus poros, embora tudo isso fosse inútil, pois nada mais detinha meu irmão na sua incansável lavoura: "mas ninguém em casa mudou tanto como Ana" ele disse "foi só você partir e ela se fechou em preces na capela, quando não anda perdida num canto mais recolhido do bosque ou meio escondida, de um jeito estranho, lá pelos lados da casa velha; ninguém em casa consegue tirar nossa irmã do seu piedoso mutismo; trazendo a cabeça sempre coberta por uma mantilha, é assim que Ana, pés descalços, feito sonâmbula, passa o dia vagueando pela fazenda; ninguém lá em casa nos preocupa tanto" ele disse e eu vi que meu quarto de repente ficou escuro, e só eu conhecia aquela escuridão, era uma escuridão a que eu de medo fechava sempre os olhos, por isso é que me levantei, reagindo contra a vertigem que eu pressentia, e, a pretexto de encher de novo nossos copos, fui num passo torto até a mesa trazendo dali outra garrafa, mas assim que esbocei entornar mais vinho foi a mão de meu pai que eu vi levantar-se no seu gesto "eu não bebo mais" ele disse grave, resoluto, estranhamente mudado, "e nem você deve beber mais, não vem deste vinho a sabedoria das lições do pai" ele disse com um súbito traço de cólera no cenho, desistindo na certa de quebrar com seu afeto o meu silêncio, e deixando claro que eu passaria dali pra frente por uma áspera descompostura, "não é o espírito deste vinho que vai reparar tanto estrago em nossa casa" ele continuou cortante, "guarde esta garrafa, previna-se contra o deboche, estamos falando da família" ele ainda disse impiedoso, francamente hostil, me fazendo sentir de repente que me escapava da corrente o cão sempre estirado na sombra sonolenta dos beirais, e me fazendo sentir que a contenção e a sobriedade mereciam ali o meu escárnio mais sarcástico, e me fazendo sentir, num clarão de luz, que era uma dádiva generosa e abundante eu poder me desabar do teto, foi tudo isso e muito mais o que senti com a tremedeira que me sacudia inteiro num caudaloso espasmo "não faz mal a gente beber" eu berrei transfigurado, essa transfiguração que há muito devia ter-se dado em casa "eu sou um epilético" fui explodindo, convulsionado mais do que nunca pelo fluxo violento que me corria o sangue "um epilético" eu berrava e soluçava dentro de mim, sabendo que atirava numa suprema aventura ao chão, descarnando as palmas, o jarro da minha velha identidade elaborado com o barro das minhas próprias mãos, e me lançando nesse chão de cacos, caído de boca num acesso louco eu fui gritando "você tem um irmão epilético, fique sabendo, volte agora pra casa e faça essa revelação, volte agora e você verá que as portas e janelas lá de casa hão de bater com essa ventania ao se fecharem e que vocês, homens da família, carregando a pesada caixa de ferramentas do pai, circundarão por fora a casa encapuçados, martelando e pregando com violência as tábuas em cruz contra as folhas das janelas, e que nossas irmãs de temperamento mediterrâneo e vestidas de negro hão de correr esvoaçantes pela casa em luto e será um coro de uivos, soluços e suspiros nessa dança familiar trancafiada e uma revoada de lenços pra cobrir os rostos e chorando e exaustas elas hão de amontoar-se num só canto e você grite cada vez mais alto 'nosso irmão é um epilético, um convulso, um possesso' e conte também que escolhi um quarto de pensão pros meus acessos e diga sempre 'nós convivemos com ele e não sabíamos, sequer suspeitamos alguma vez' e vocês podem gritar num tempo só 'ele nos enganou' 'ele nos enganou' e gritem quanto quiserem, fartem-se nessa redescoberta, ainda que vocês não deem conta da trama canhota que me enredou, e você pode como irmão mais velho lamentar num grito de desespero 'é triste que ele tenha o nosso sangue' grite, grite sempre 'uma peste maldita tomou conta dele' e grite ainda 'que desgraça se abateu sobre a nossa casa' e pergunte em furor mas como quem puxa um terço 'o que faz dele um diferente?' e você ouvirá, comprimido assim num canto, o coro sombrio e rouco que essa massa amorfa te fará 'traz o demônio no corpo' e vá em frente e vá dizendo 'ele tem os olhos tenebrosos' e você há de ouvir 'traz o demônio no corpo' e continue engrolando as pedras desse bueiro e diga num assombro de susto e pavor 'que crime hediondo ele cometeu!' 'traz o demônio no corpo' e diga ainda 'ele enxovalhou a família, nos condenou às chamas do vexame' e você ouvirá sempre o mesmo som cavernoso e oco 'traz o demônio no corpo', 'traz o

demônio no corpo' e em clamor, e como quem
blasfema, levantem os braços, ergam numa só
voz aos céus 'Ele nos abandonou, Ele nos abandonou' e depois, cansado de tanta lamúria, de
tanto pranto e ranger de dentes, e ostentando os
pelos do peito e os pelos dos braços, vá depois
disso direto ao roupeiro, corra ligeiro suas portas
e procure os velhos lençóis de linho ali guarda-
dos com tanta aplicação, e fique atento, fique
atento, você verá então que esses lençóis, até eles,
como tudo em nossa casa, até esses panos tão
bem lavados, alvos e dobrados, tudo, Pedro, tudo em nossa casa é morbidamente impregnado
da palavra do pai; era ele, Pedro, era o pai que
dizia sempre é preciso começar pela verdade e
terminar do mesmo modo, era ele sempre dizendo coisas assim, eram pesados aqueles sermões
de família, mas era assim que ele os começava
sempre, era essa a sua palavra angular, era essa a
pedra em que tropeçávamos quando crianças,
essa a pedra que nos esfolava a cada instante,
vinham daí as nossas surras e as nossas marcas
no corpo, veja, Pedro, veja nos meus braços, mas
era ele também, era ele que dizia provavelmente sem saber o que estava dizendo e sem saber
com certeza o uso que um de nós poderia fazer
um dia, era ele descuidado num desvio, olha o

vigor da árvore que cresce isolada e a sombra que ela dá ao rebanho, os cochos, os longos cochos que se erguem isolados na imensidão dos pastos, tão lisos por tantas línguas, ali onde o gado vem buscar o sal que se ministra com o fim de purificar-lhe a carne e a pele, era ele sempre dizendo coisas assim na sua sintaxe própria, dura e enrijecida pelo sol e pela chuva, era esse lavrador fibroso catando da terra a pedra amorfa que ele não sabia tão modelável nas mãos de cada um; era assim, Pedro, tinha corredores confusos a nossa casa, mas era assim que ele queria as coisas, ferir as mãos da família com pedras rústicas, raspar nosso sangue como se raspa uma rocha de calcário, mas alguma vez te ocorreu? alguma vez te passou pela cabeça, um instante curto que fosse, suspender o tampo do cesto de roupas no banheiro? alguma vez te ocorreu afundar as mãos precárias e trazer com cuidado cada peça ali jogada? era o pedaço de cada um que eu trazia nelas quando afundava minhas mãos no cesto, ninguém ouviu melhor o grito de cada um, eu te asseguro, as coisas exasperadas da família deitadas no silêncio recatado das peças íntimas ali largadas, mas bastava ver, bastava suspender o tampo e afundar as mãos, bastava afundar as mãos pra conhecer a ambivalência do uso, os lenços dos homens antes estendidos como salvas pra resguardar a pureza dos lençóis, bastava afundar as mãos pra colher o sono amarrotado das camisolas e dos pijamas e descobrir nas suas dobras, ali perdido, a energia encaracolada e reprimida do mais meigo cabelo do púbis, e nem era preciso revolver muito para encontrar as manchas periódicas de nogueira no fundilho dos panos leves das mulheres ou escutar o soluço mudo que subia do escroto engomando o algodão branco e macio das cuecas, era preciso conhecer o corpo da família inteira, ter nas mãos as toalhas higiênicas cobertas de um pó vermelho como se fossem as toalhas de um assassino, conhecer os humores todos da família mofando com cheiro avinagrado e podre de varizes nas paredes frias de um cesto de roupa suja; ninguém afundou mais as mãos ali, Pedro, ninguém sentiu mais as manchas de solidão, muitas delas abortadas com a graxa da imaginação, era preciso surpreender nosso ossuário quando a casa ressonava, deixar a cama, incursionar através dos corredores, ouvir em todas as portas as pulsações, os gemidos e a volúpia mole dos nossos projetos de homicídio, ninguém ouviu melhor cada um em casa, Pedro, ninguém amou mais, ninguém conheceu melhor o caminho da nossa união sempre conduzi-

da pela figura do nosso avô, esse velho esguio
talhado com a madeira dos móveis da família;
era ele, Pedro, era ele na verdade nosso veio ancestral, ele naquele seu terno preto de sempre,
grande demais pra carcaça magra do corpo, carregando de torpeza a brancura seca do seu rosto,
era ele na verdade que nos conduzia, era ele sempre apertado num colete, a corrente do relógio
de bolso desenhando no peito escuro um brilhante e enorme anzol de ouro; era esse velho
asceta, esse lavrador fenado de longa estirpe que
na modorra das tardes antigas guardava seu sono
desidratado nas canastras e nas gavetas tão bem
forradas das nossas cômodas, ele que não se permitia mais que o mistério suave e lírico, nas
noites mais quentes, mais úmidas, de trazer, preso à lapela, um jasmim rememorado e onírico,
era ele a direção dos nossos passos em conjunto,
sempre ele, Pedro, sempre ele naquele silêncio
de cristaleiras, naquela perdição de corredores,
nos fazendo esconder os medos de meninos de-
trás das portas, ele não nos permitindo, senão
em haustos contidos, sorver o perfume mortuá-
rio das nossas dores que exalava das suas solenes
andanças pela casa velha; era ele o guia moldado
em gesso, não tinha olhos esse nosso avô, Pedro,
nada existia nas duas cavidades fundas, ocas e

sombrias do seu rosto, nada, Pedro, nada naquele talo de osso brilhava além da corrente do seu terrível e oriental anzol de ouro" eu disse aos berros, me agitando, e vendo em meu irmão surpresa, susto, medo e muito branco na sua cara, eu, que podia ainda gritar "tape os ouvidos, enfie os dedos no buraco", eu, que antes, num desarvoro demoníaco, tinha me deslocado de um canto para o outro, eu de repente me pus de joelhos, me sentando sobre os calcanhares, e vendo sua mão trêmula, ele próprio decidindo encher de novo nossos copos, eu, tomado de dubiedades, já não sabia se devia esmurrá-lo no rosto ou beijá-lo nas faces; e por instantes caímos num arrumado silêncio para que nada perturbasse a corrente do meu transe; entre pesados goles de vinho, contemplando ora o teto do meu quarto, ora, no meu irmão, as coisas escuras que eu via em sua boca, pude notar o cuidado que ele punha em compor um olhar e uma postura que me exortassem a continuar; eu quis dizer "não se preocupe, meu irmão, não se preocupe que sei como retomar o meu acesso", afinal, que importância tinha ainda dizer as coisas? o mundo pra mim já estava desvestido, bastava tão só puxar o fôlego do fundo dos pulmões, o vinho do fundo das garrafas, e banhar as palavras nesse doce entorpecimento, sentindo com a língua profunda cada gota, cada bago esmagado pelos pés deste vinho, deste espírito divino; "é o meu delírio, Pedro" eu disse numa onda morna, "é o meu delírio" eu tornei a dizer, me ocorrendo que eu já pudesse estar em comunhão com a saliva oleosa desse verbo, mas eram na verdade só as primeiras ressonâncias do meu sangue tinto que eu sentia salso e grosso, e refluindo na cabeça, e intumescendo ali a flor antes inerme, e fazendo daquele amontoado de vermes, despojada de galões, a almofada sacra pr'eu deitar meu pensamento; só eu sabia naquele instante de espumas em que águas, em que ondas eu próprio navegava, só eu sabia que vertigem de sal me fazia oscilar, "é o meu delírio" eu disse ainda numa onda mais escura, cansado de ideias repousadas, olhos afetivos, macias contorções, que tudo fosse queimado, meus pés, os espinhos dos meus braços, as folhas que me cobriam a madeira do corpo, minha testa, meus lábios, contanto que ao mesmo tempo me fosse preservada a língua inútil; o resto, depois, pouco importava depois que fosse tudo entre lamentos, soluços e gemidos familiares; "Pedro, meu irmão, eram inconsistentes os sermões do pai" eu disse de repente com a frivolidade de quem se rebela, sentindo por um instante, ainda que fugaz, sua mão ensaiando com aspereza o gesto de reprimenda, mas logo se retraindo calada e pressurosa, era a mão assustada da família saída da mesa dos sermões; que rostos mais coalhados, nossos rostos adolescentes em volta daquela mesa: o pai à cabeceira, o relógio de parede às suas costas, cada palavra sua ponderada pelo pêndulo, e nada naqueles tempos nos distraindo tanto como os sinos graves marcando as horas.

8

Onde eu tinha a cabeça? que feno era esse que fazia a cama, mais macio, mais cheiroso, mais tranquilo, me deitando no dorso profundo dos estábulos e dos currais? que feno era esse que me guardava em repouso, entorpecido pela língua larga de uma vaca extremosa, me ruminando carícias na pele adormecida? que feno era esse que me esvaía em calmos sonhos, sobrevoando a queimadura das urtigas e me embalando com o vento no lençol imenso da floração dos pastos? que sono era esse tão frugal, tão imberbe, só sugando nos mamilos o caldo mais fino dos pomares? que frutos tão conclusos assim moles resistentes quando mordidos e repuxados no sono dos meus dentes? que grãos mais brancos e seráficos, debulhando sorrisos plácidos, se a varejeira do meu sonho verde me saía pelos lábios? que semente mais escondida, mais paciente! que hibernação mais demorada! que sol mais esquecido, que rês mais adolescente, que sono mais abandonado entre mourões, entre mugidos! onde eu tinha a cabeça? não tenho outra pergunta nessas madrugadas inteiras em claro em que abro a janela e tenho ímpetos de acender círios em fileiras sobre as asas úmidas e silenciosas de uma brisa azul que feito um cachecol alado corre sempre na mesma hora a atmosfera; não era o meu sono, como um antigo pomo, todo feito de horas maduras? que resinas se dissolviam na danação do espaço, me fustigando sorrateiras a relva delicada das narinas? que sopro súbito e quente me ergueu os cílios de repente? que salto, que potro inopinado e sem sossego correu com meu corpo em galope levitado? essas as perguntas que vou perguntando em ordem e sem saber a quem pergunto, escavando a terra sob a luz precoce da minha janela, feito um madrugador enlouquecido que na temperatura mais caída da manhã se desfaz das cobertas do leito uterino e se põe descalço e em jejum a arrumar blocos de pedra numa prateleira; não era de feno, era numa cama bem curtida de composto, era de estrume meu travesseiro, ali onde germina a planta mais improvável, certo cogumelo, certa flor venenosa, que brota com virulência rompendo o musgo dos textos dos mais velhos; este pó primevo, a gema nuclear, engendrado nos canais subterrâneos e irrompendo numa terra fofa e imaginosa: "que tormento, mas que tormento, mas que tormento!" fui confessando e recolhendo nas palavras o licor inútil que eu filtrava, mas que doce amargura dizer as coisas, traçando num quadro de silêncio a simetria dos canteiros, a sinuosidade dos caminhos de pedra no meio da relva, fincando as estacas de eucalipto dos viveiros, abrindo com mãos cavas a boca das olarias, erguendo em prumo as paredes úmidas das esterqueiras, e nesse silêncio esquadrinhado em harmonia, cheirando a vinho, cheirando a estrume, compor aí o tempo, pacientemente.

9

Que rostos mais coalhados, nossos rostos adolescentes em volta daquela mesa: o pai à cabeceira, o relógio de parede às suas costas, cada palavra sua ponderada pelo pêndulo, e nada naqueles tempos nos distraindo tanto como os sinos graves marcando as horas: "O tempo é o maior tesouro de que um homem pode dispor; embora inconsumível, o tempo é o nosso melhor alimento; sem medida que o conheça, o tempo é contudo nosso bem de maior grandeza: não tem começo, não tem fim; é um pomo exótico que não pode ser repartido, podendo entretanto prover igualmente a todo mundo; onipresente, o tempo está em tudo; existe tempo, por exemplo, nesta mesa antiga: existiu primeiro uma terra propícia, existiu depois uma árvore secular feita de anos sossegados, e existiu finalmente uma prancha nodosa e dura trabalhada pelas mãos de um artesão dia após dia; existe tempo nas cadeiras onde nos sentamos, nos outros móveis da família, nas paredes da nossa casa, na água que bebemos, na terra que fecunda, na semente que germina, nos frutos que colhemos, no pão em cima da mesa, na massa fértil dos nossos corpos, na luz que nos ilumina, nas coisas que nos passam pela cabeça, no pó que dissemina, assim como em tudo que nos rodeia; rico não é o homem que coleciona e se pesa no amontoado de moedas, e nem aquele, devasso, que se estende, mãos e braços, em terras largas; rico só é o homem que aprendeu, piedoso e humilde, a conviver com o tempo, aproximando-se dele com ternura, não contrariando suas disposições, não se rebelando contra o seu curso, não irritando sua corrente, estando atento para o seu fluxo, brindando-o antes com sabedoria para receber dele os favores e não a sua ira; o equilíbrio da vida depende essencialmente deste bem supremo, e quem souber com acerto a quantidade de vagar, ou a de espera, que se deve pôr nas coisas, não corre nunca o risco, ao buscar por elas, de defrontar-se com o que não é; por isso, ninguém em nossa casa há de dar nunca o passo mais largo que a perna: dar o passo mais largo que a perna é o mesmo que suprimir o tempo necessário à nossa iniciativa; e ninguém em nossa casa há de colocar nunca o carro à frente dos bois: colocar o carro à frente dos bois é o mesmo que retirar a quantidade de tempo que um empreendimento exige; e ninguém ainda em nossa casa há de começar nunca as coisas pelo teto: começar as coisas pelo teto é o mesmo que eliminar o tempo que se levaria para erguer os alicerces e as paredes de uma casa; aquele que exorbita no uso do tempo, precipitando-se de modo afoito, cheio de pressa e ansiedade, não será jamais recompensado, pois só a justa medida do tempo dá a justa natureza das coisas, não bebendo do vinho quem esvazia num só gole a taça cheia; mas fica a salvo do malogro e livre da decepção quem alcançar aquele equilíbrio, é no manejo mágico de uma balança que está guardada toda a matemática dos sábios, num dos pratos a massa tosca, modelável, no outro, a quantidade de tempo a exigir de cada um o requinte do cálculo, o olhar pronto, a intervenção ágil ao mais sutil desnível; são sábias as mãos rudes do peixeiro pesando sua pesca de cheiro forte: firmes, controladas, arrancam de dois pratos pendentes, através do cálculo conciso, o repouso absoluto, a imobilidade e sua perfeição; só chega a este raro resultado aquele que não deixa que um tremor maligno tome conta de suas mãos, e nem que esse tremor suba corrompendo a santa força dos braços, e nem circule e se estenda pelas áreas limpas do corpo, e nem intumesça de pestilências a cabeça, cobrindo os olhos de alvoroço e muitas trevas; não é na bigorna que calçamos os estribos, nem é inflamável a fibra com que tecemos as tranças de nossas rédeas, pode responder a que parte vai quem monta, por que é célere, um potro xucro? o mundo das paixões é o mundo do desequilíbrio, é contra ele que devemos esticar o arame das nossas cercas, e com as farpas de tantas fiadas tecer um crivo estreito, e sobre este crivo emaranhar uma sebe viva, cerrada e pujante, que divida e proteja a luz calma e clara da nossa casa, que cubra e esconda dos nossos olhos as trevas que ardem do outro lado; e nenhum entre nós há de transgredir esta divisa, nenhum entre nós há de estender sobre ela sequer a vista, nenhum entre nós há de cair jamais na fervura desta caldeira insana, onde uma química frívola tenta dissolver e recriar o tempo; não se profana impunemente ao tempo a substância que só ele pode empregar nas transformações, não lança contra ele o desafio quem não receba de volta o golpe implacável do seu castigo; ai daquele que brinca com fogo: terá as mãos cheias de cinza; ai daquele que se deixa arrastar pelo calor de tanta chama: terá a insônia como estigma; ai daquele que deita as costas nas achas desta lenha escusa: há de purgar todos os dias; ai daquele que cair e nessa queda se largar: há de arder em carne viva; ai daquele que queima a garganta com tanto grito: será escutado por seus gemidos; ai daquele que se antecipa no processo das mudanças: terá as mãos cheias de sangue; ai daquele, mais lascivo, que tudo quer ver e sentir de um modo intenso: terá as mãos cheias de gesso, ou pó de osso, de um branco frio, ou quem sabe sepulcral, mas sempre a negação de tanta intensidade e tantas cores: acaba por nada ver, de tanto que quer ver; acaba por nada sentir, de tanto que quer sentir; acaba só por expiar, de tanto que quer viver; cuidem-se os apaixonados, afastando dos olhos a poeira ruiva que lhes turva a vista, arrancando dos ouvidos os escaravelhos que provocam turbilhões confusos, expurgando do humor das glândulas o visgo peçonhento e maldito; erguer uma cerca ou guardar simplesmente o corpo, são esses os artifícios que devemos usar para impedir que as trevas de um lado invadam e contaminem a luz do outro, afinal, que força tem o redemoinho que varre o chão e rodopia doidamente e ronda a casa feito fantasma, se não expomos nossos olhos à sua poeira? é através do recolhimento que escapamos ao perigo das paixões, mas ninguém no seu entendimento há de achar que devamos sempre cruzar os braços, pois em terras ociosas é que viceja a erva daninha: ninguém em nossa casa há de cruzar os braços quando existe a terra para lavrar, ninguém em nossa casa há de cruzar os braços quando existe a parede para erguer, ninguém ainda em nossa casa há de cruzar os braços quando existe o irmão para socorrer; caprichoso como uma criança, não se deve contudo retrair-se no trato do tempo, bastando que sejamos humildes e dóceis diante de sua vontade, abstendo-nos de agir quando ele exigir de nós a contemplação, e só agirmos quando ele exigir de nós a ação, que o tempo sabe ser bom, o tempo é largo, o tempo é grande, o tempo é generoso, o tempo é farto, é sempre abundante em suas entregas: amaina nossas aflições, dilui a tensão dos preocupados, suspende a dor aos torturados, traz a luz aos que vivem nas trevas, o ânimo aos indiferentes, o conforto aos que se lamentam, a alegria aos homens tristes, o consolo aos desamparados, o relaxamento aos que se contorcem, a serenidade aos inquietos, o repouso aos sem sossego, a paz aos intranquilos, a umidade às almas secas; satisfaz os apetites moderados, sacia a sede aos sedentos, a fome aos famintos, dá a seiva aos que necessitam dela, é capaz ainda de distrair a todos com seus brinquedos; em tudo ele nos atende, mas as dores da nossa vontade só chegarão ao santo alívio seguindo esta lei inexorável: a obediência absoluta à soberania incontestável do tempo, não se erguendo jamais o gesto neste culto raro; é através da paciência que nos purificamos, em águas mansas é que devemos nos banhar, encharcando nossos corpos de instantes apaziguados, fruindo religiosamente a embriaguez da espera no consumo sem descanso desse fruto universal, inesgotável, sorvendo até a exaustão o caldo contido em cada bago, pois só nesse exercício é que amadurecemos, construindo com disciplina a nossa própria imortalidade, forjando, se formos sábios, um paraíso de brandas fantasias onde teria sido um reino penoso de expectativas e suas dores; na doçura da velhice está a sabedoria, e, nesta mesa, na cadeira vazia da outra cabeceira, está o exemplo: é na memória do avô que dormem nossas raízes, no ancião que se alimentava de água e sal para nos prover de um verbo limpo, no ancião cujo asseio mineral do pensamento não se perturbava nunca com as convulsões da natureza; nenhum entre nós há de apagar da memória a formosa senilidade dos seus traços; nenhum entre nós há de apagar da memória sua descarnada discrição ao ruminar o tempo em suas andanças pela casa; nenhum entre nós há de apagar da memória suas delicadas botinas de pelica, o ranger das tábuas nos corredores, menos ainda os passos compassados, vagarosos, que só se detinham quando o avô, com dois dedos no bolso do colete, puxava suavemente o relógio até a palma, deitando, como quem ergue uma prece, o olhar calmo sobre as horas; cultivada com zelo pelos nossos ancestrais, a paciência há de ser a primeira lei desta casa, a viga austera que faz o suporte das nossas adversidades e o suporte das nossas esperas, por isso é que digo que não há lugar para a blasfêmia em nossa casa, nem pelo dia feliz que custa a vir, nem pelo dia funesto que súbito se precipita, nem pelas chuvas que tardam mas sempre vêm, nem pelas secas bravas que incendeiam nossas colheitas; não haverá blasfêmia por ocasião de outros reveses, se as crias não vingam, se a rês definha, se os ovos goram, se os frutos mirram, se a terra lerda, se a semente não germina, se as espigas não embucham, se o cacho tomba, se o milho não grana, se os grãos carunchan, se a lavoura prageja, se se fazem pecas as plantações, se desabam sobre os campos as nuvens vorazes dos gafanhotos, se raiva a tempestade devastadora sobre o trabalho da família; e quando acontece um dia de um sopro pestilento, vazando nossos limites tão bem vedados, chegar até as cercanias da moradia, insinuando-se sorrateiramente pelas frestas das nossas portas e janelas, alcançando um membro desprevenido da família, mão alguma em nossa casa há de fechar-se em punho contra o irmão acometido: os olhos de cada um, mais doces do que alguma vez já foram, serão para o irmão exasperado, e a mão benigna de cada um será para este irmão que necessita dela, e o olfato de cada um será para respirar, deste irmão, seu cheiro virulento, e a brandura do coração de cada um, para ungir sua ferida, e os lábios para beijar ternamente seus cabelos transtornados, que o amor na família é a suprema forma da paciência; o pai e a mãe, os pais e os filhos, o irmão e a irmã: na união da família está o acabamento dos nossos princípios; e, circunstancialmente, entre posturas mais urgentes, cada um deve sentar-se num banco, plantar bem um dos pés no chão, curvar a espinha, fincar o cotovelo do braço no joelho, e, depois, na altura do queixo, apoiar a cabeça no dorso da mão, e com olhos amenos assistir ao movimento do sol e das chuvas e dos ventos, e com os mesmos olhos amenos assistir à manipulação misteriosa de outras ferramentas que o tempo habilmente emprega em suas transformações, não questionando jamais sobre seus desígnios insondáveis, sinuosos, como não se questionam nos puros planos das planícies as trilhas tortuosas, debaixo dos cascos, traçadas nos pastos pelos rebanhos: que o gado sempre vai ao cocho, o gado sempre vai ao poço; hão de ser esses, no seu fundamento, os modos da família: baldrames bem travados, paredes bem amarradas, um teto bem suportado; a paciência é a virtude das virtudes, não é sábio quem se desespera, é insensato quem não se submete". E o pai à cabeceira fez a pausa de costume, curta, densa, para que medíssemos em silêncio a majestade rústica da sua postura: o peito de madeira debaixo de um algodão grosso e limpo, o pescoço sólido sustentando uma cabeça grave, e as mãos de dorso largo prendendo firmes a quina da mesa como se prendessem a barra de um púlpito; e aproximando depois o bico de luz que deitava um lastro de cobre mais intenso em sua testa, e abrindo com os dedos maciços a velha brochura, onde ele, numa caligrafia grande, angulosa, dura, trazia textos compilados, o pai, ao ler, não perdia nunca a solenidade: "Era uma vez um faminto".

10

(Fundindo os vidros e os metais da minha córnea, e atirando um punhado de areia pra cegar a atmosfera, incursiono às vezes num sono já dormido, enxergando através daquele filtro fosco um pó rudimentar, uma pedra de moenda, um pilão, um socador provecto, e uns varais extensos, e umas gamelas ulceradas, carcomidas, de tanto esforço em suas lidas, e uma caneca amassada, e uma moringa sempre à sombra machucada na sua bica, e um torrador de café, cilíndrico, fumacento, enegrecido, lamentoso, pachorrento, girando ainda à manivela na memória; e vou extraindo deste poço as panelas de barro, e uma cumbuca no parapeito fazendo de saleiro, e um latão de leite sempre assíduo na soleira, e um ferro de passar saindo ao vento pra recuperar a sua febre, e um bule de ágata, e um fogão a lenha, e um tacho imenso, e uma chaleira de ferro, soturna, chocando dia e noite sobre a chapa; e poderia retirar do mesmo saco um couro de cabrito ao pé da cama, e uma louça ingênua adornando a sala, e uma Santa Ceia na parede, e as capas brancas escondendo o encosto das cadeiras de palhinha, e um cabide de chapéu feito de curvas, e um antigo porta-retrato, e uma fotografia castanha, nupcial, trazendo como fundo um cenário irreal, e puxaria ainda muitos outros fragmentos, miúdos, poderosos, que conservo no mesmo fosso como guardião zeloso das coisas da família.)

11

"Não tinha ainda abandonado a nossa casa, Pedro, mas os olhos da mãe já suspeitavam minha partida" eu disse ao meu irmão, passado o primeiro alvoroço que sua presença tinha provocado naquele quarto de pensão; "quando fui procurar por ela, eu quis dizer a senhora se despede de mim agora sem me conhecer, e me ocorreu que eu pudesse também dizer não aconteceu mais do que eu ter sido aninhado na palha do teu útero por nove meses e ter recebido por muitos anos o toque doce das tuas mãos e da tua boca; eu quis dizer é por isso que deixo a casa, por isso é que parto, quantas coisas, Pedro, eu não poderia dizer pra mãe, mas meus olhos naquele momento não podiam recusar as palmas prudentes de velhos artesãos, me apontando pedras, me apontando paisagens esquisitas, calcinadas, me modelando calos, modelando solas nos meus pés de barro; claro que eu poderia dizer muitas coisas pra mãe, mas achei inútil dizer qualquer coisa, não faz sentido, eu pensei, largar nestas pobres mãos cobertas de farinha a haste de um cravo exasperado, não faz sentido, eu pensei duas vezes, manchar seu avental, cortar o cordão esquartejando um sol sanguíneo de meio--dia, não faz sentido, eu pensei três vezes, rasgar lençóis e pétalas, queimar cabelos e outras folhas, encher minha boca drasticamente construída com cinzas devassadas da família, por isso em vez de dizer a senhora não me conhece, achei melhor, sem me desviar do traço de calcário, mesmo sem água, de boca seca e salgada, achei melhor me guardar trancado diante dela, como alguém que não tivesse nada, e na verdade eu não tinha nada pra dizer a ela; e ela queria dizer alguma coisa, e eu pensei a mãe tem alguma coi-

sa pra dizer que vou talvez escutar, alguma coisa
pra dizer que deve quem sabe ser guardada com
cuidado, mas tudo o que pude ouvir, sem que
ela dissesse nada, foram as trincas na louça antiga do seu ventre, ouvi dos seus olhos um dilace-
rado grito de mãe no parto, senti seu fruto se-
cando com meu hálito quente, mas eu não podia
fazer nada, eu podia quem sabe dizer alguma
coisa, meus olhos estavam escuros, mesmo assim
não era impossível eu dizer, por exemplo, eu e a
senhora começamos a demolir a casa, seria agora
o momento de atirar com todos os pratos e mos-
cas pela janela o nosso velho guarda-comida,
raspar a madeira, agitar os alicerces, pôr em vibração as paredes nervosas, fazendo tombar com
nosso vento as telhas e as nossas penas em alvoroço como se caíssem folhas; não era impossível
eu dizer pra ela vamos aparar, mãe, com nossas
mãos terníssimas, os laivos de sangue das nossas
pedras, vamos pôr grito neste rito, não basta o
lamento quebrado da matraca lá na capela; não
era impossível, mas eu já te disse, Pedro, meus
olhos estavam mais escuros do que jamais alguma vez estiveram, como podia eu empunhar o
martelo e o serrote e reconstruir o silêncio da
casa e seus corredores? mas entenda, Pedro, com
meus olhos sempre noturnos, eu, o filho arredio,

provocando as suspeitas e os temores na família inteira, não era com estradas que eu sonhava, jamais me passava pela cabeça abandonar a casa, jamais tinha pensado antes correr longas distâncias em busca de festas pros meus sentidos; entenda, Pedro, eu já sabia desde a mais tenra puberdade quanta decepção me esperava fora dos limites da nossa casa" eu disse quase afogado nessa certeza, procurando me recompor com um bom respiro no espírito do vinho, e foi entre sorvos sôfregos que eu fui depois, num passo trôpego, na direção de um móvel alto e circunspecto, retirando dali a caixa que logo transferi para junto dos pés do meu irmão que ia se perdendo na estufa do meu quarto, deixando já cair no chão a pala castanha do seu olhar contemplativo, e quando surpreendi, ao abrir a caixa, o gesto que nele se esboçava, me ocorreu dizer cheio de febre "Pedro, Pedro, é do teu silêncio que eu preciso agora, levante as viseiras, passeie os olhos, solte-lhes as rédeas, mas contenha a força e o recato da família, e o ímpeto áspero da tua língua, pois só no teu silêncio úmido, só nesse concerto esquivo é que reconstituo, por isso molhe os lábios, molhe a boca, molhe os teus dentes cariados, e a sonda que desce para o estômago, encha essa bolsa de couro apertada pelo teu cinto, deixe que o vinho vaze pelos teus poros, só assim é que se cultua o obsceno" foi o que eu quis dizer com a volúpia de um colecionador de ligas de mulheres, mas acabei não dizendo nada, nem ele disse qualquer coisa, logo recolhendo o aceno vago do seu gesto, e quando vi que meu irmão quase esvaziava num só gole o copo cheio, me ocorreu ainda dizer enternecido "ah, meu irmão, começamos a nos entender, pois já vejo tua boca descongestionada, e nos teus olhos a doce ação do vinho fazendo correr o leite azul que te espirra agora das pupilas, o mesmo leite envenenado que irrigou um dia a tumescência em úberes cancerosos", mas já não era o caso de exortá-lo, naquele meu quarto decaído, estávamos os dois já quase encharcados, as uvas no forro, e nossos olhos molhados, nossas contas de vidro, presos com afinco na caixa que eu virava de boca, virando com ela o tempo, me remetendo às noites sorrateiras em que minha sanha se esgueirava incendiada da fazenda, trocando a cama macia lá de casa por um duro chão de estrada que me levava até a vila, sem receio das crendices noctívagas que povoavam aquele curto trajeto, assustando com meu fogo a cruz calada à beira do caminho, assim como as histórias assombradas mal escondidas pelos ferros do portão do cemitério por onde eu passava, conduzido e sempre fortalecido por minhas reflexões profanas de adolescente; "pegue, Pedro, pegue na mão e pese este objeto ínfimo" eu disse erguendo uma fita estreita de veludo roxo, esquiva, uma gargantilha de pescoço; "este trapo não é mais que o desdobramento, é o sutil prolongamento das unhas sulferinas da primeira prostituta que me deu, as mesmas unhas que me riscaram as costas exaltando minha pele branda, patas mais doces quando corriam minhas partes mais pudendas, é uma doida pena ver esse menino trêmulo com tanta pureza no rosto e tanta limpeza no corpo, ela me disse, é uma doida pena um menino de penugens como você, de peito liso sem acabamento, se queimando na cama feito graveto; toma o que você me pede, guarda essa fitinha imunda com você e volta agora pro teu nicho, meu santinho, ela me disse com carinho, com rameirices, com gargalhadas, mas era lá, Pedro, era lá que eu, escapulindo da fazenda nas noites mais quentes, e banhado em fé insolente, comungava quase estremunhado, me ocultando da frequência de senhores, assim como da desenvoltura de muitos moços, desajeitado no aconchego viscoso daquelas casas, escondendo de vergonha meus pés brancos, minhas unhas limpas, meus dentes de giz, o asseio da minha roupa, minha cara imberbe de criança; ah, meu irmão, não me deitei nesse chão de tangerinas incendiadas, nesse reino de drosófilas, não me entreguei feito menino na orgia de amoras assassinas? não era acaso uma paz precária essa paz que sobrevinha, ter meu corpo estirado num colchão de erva daninha? não era acaso um sono provisório esse outro sono, ter minhas unhas sujas, meus pés entorpecidos, piolhos me abrindo trilhas nos cabelos, minhas axilas visitadas por formigas? não era acaso um sono provisório esse segundo sono, ter minha cabeça coroada de borboletas, larvas gordas me saindo pelo umbigo, minha testa fria coberta de insetos, minha boca inerte beijando escaravelhos? quanta sonolência, quanto torpor, quanto pesadelo nessa adolescência! afinal, que pedra é essa que vai pesando sobre meu corpo? há uma frieza misteriosa nesse fogo, para onde estou sendo levado um dia? que lousa branca, que pó anêmico, que campo calado, que copos-de-leite, que ciprestes mais altos, que lamentos mais longos, que elegias mais múltiplas plangendo meu corpo adolescente! muitas vezes, Pedro, eu dizia muitas vezes existe um silêncio fúnebre em tudo que corre, vai uma alquimia virtuosa nessa mistura insólita, como é possível tanto repouso nesse movimento? eu pensava muitas vezes que eu não devia pensar, que nessa história de pensar eu tinha já o meu contento, me estrebuchando na santa bruxaria do infinito, por isso eu pensava muitas vezes que o meu caminho não era de eu pensar, e que não devia ser esse o meu vezo na correnteza, eu devia, isto sim, eu devia quando muito era apoiar a nuca num travesseiro de espumas, deitar o dorso numa esteira de folhas, fechar os olhos, e, largado na corrente, minhas mãos ativas que se deixassem roçar em abandono por colônias de algas, pelos dejetos à tona e o lodo espesso, mas eu me permitia uma e outra vez sair frivolamente desse meu sono e me perguntar para onde estou sendo levado um dia? Pedro, meu irmão, engorde os olhos nessa memória escusa, nesses mistérios roxos, na coleção mais lúdica desse escuro poço: no pano murcho dessas flores, nesta orquídea amarrotada, neste par de ligas cor-de-rosa, nesta pulseira, neste berloque, nessas quinquilharias todas que eu sempre pagava com moedas roubadas ao pai; entre um pouco nessas coisas que me dormiam e que eu só guardava para um dia espalhar, e que eu só ia enterrando nesta caixa para um dia desenterrar e espalhar na terra e pensar com estes meus olhos de agora foi uma longa, foi uma longa, foi uma longa adolescência! Pedro, Pedro, era a peta dos meus olhos me guiando pra casas tão pejadas, era refocilando ali que eu largava minha peçonha, esse visgo tão recôndito, essa gema de sopro ázimo de tão sorvido, mas jamais vislumbrei pelas portas e janelas, espiando com afinco através das cortinas de pingentes e da luz vermelha dos abajures, o sal, a hóstia, o amor da nossa Catedral! carregue com você, Pedro" eu disse num grito "carregue essas miudezas todas pra casa e conte entre olhares de assombro como foi se erguendo a história do filho e a história do irmão; encomende depois uma noite bem quente ou simplesmente uma lua bem prenhe; espalhe aromas pelo pátio, invente nardos afrodisíacos; convoque então nossas irmãs, faça vesti-las com musselinas cavas, faça calçá-las com sandálias de tiras; pincele de carmesim as faces plácidas e de verde a sombra dos olhos e de um carvão mais denso suas pestanas; adorne a alba dos seus braços e os pescoços despojados e seus dedos tão piedosos, ponha um pouco dessas pedrarias fáceis naquelas peças de marfim; faça ainda que brincos muito sutis mordisquem o lóbulo das orelhas e que suportes bem concebidos açulem os mamilos; e não esqueça os gestos, elabore posturas langorosas, escancarando a fresta dos seios, expondo pedaços de coxas, imaginando um fetiche funesto para os tornozelos; revolucione a mecânica do organismo, provoque naqueles lábios então vermelhos, debochados, o escorrimento grosso de humores pestilentos; carregue esses presentes com você e lá chegando anuncie em voz solene 'são do irmão amado para as irmãs' e diga, é importante: 'cuidado, muito cuidado em retirá-los deste saco, em paga aos sermões do pai, o filho tresmalhado também manda, entre os presentes, um pesado riso de escárnio'; vamos, Pedro, ponha no saco" eu berrei numa fúria contente vendo a súbita mudança que eu provocava em meu irmão, um ímpeto ruivo faiscou nos seus olhos, sua mão desenhou garranchos no ar, assustadores, essa mesma mão que já ensaiava com segurança a sucessão da mão do pai, mas tudo se apagou num instante, senti seus olhos de repente dilacerados, meu irmão chorava minha demência, discretamente, longe de suspeitar que percebido assim eu acabava de receber mais uma graça: liberado na loucura, eu que só estava a meio caminho dessa lúcida escuridão; eu quis dizer pra ele "tempere nesta mão a voz potente, a ternura contida, a palavra certa, corra com ela meus cabelos, afague-os, proteja minha nuca, em circunstâncias como esta, assim faria a mão do pai, severa"; e me ocorreu também que eu poderia exortá-lo de forma correta enquanto enchia de novo os nossos copos, dizendo, por exemplo, "dilate as pupilas, esbugalhe os olhos, aperte tua mão na minha, irmão, e vamos".

12

(...e é enxergando os utensílios, e mais o vestuário da família, que escuto vozes difusas perdidas naquele fosso, sem me surpreender contudo com a água transparente que ainda brota lá do fundo; e recuo em nossas fadigas, e recuo em tanta luta exausta, e vou puxando desse feixe de rotinas, um a um, os ossos sublimes do nosso código de conduta: o excesso proibido, o zelo uma exigência, e, condenado como vício, a prédica constante contra o desperdício, apontado sempre como ofensa grave ao trabalho; e reencontro a mensagem morna de cenhos e sobrolhos, e as nossas vergonhas mais escondidas nos traindo no rubor das faces, e a angústia ácida de um pito vindo a propósito, e uma disciplina às vezes descarnada, e também uma escola de meninos-artesãos, defendendo de adquirir fora o que pudesse ser feito por nossas próprias mãos, e uma lei ainda mais rígida, dispondo que era lá mesmo na fazenda que devia ser amassado o nosso pão: nunca tivemos outro em nossa mesa que não fosse o pão de casa, e era na hora de reparti-lo que concluíamos, três vezes ao dia, o nosso ritual de austeridade, sendo que era também na mesa, mais que em qualquer outro lugar, onde fazíamos de olhos baixos o nosso aprendizado da justiça.)

13

Era uma vez um faminto. Passando um dia diante de uma morada singularmente grande, ele se dirigiu às pessoas que se aglomeravam nos degraus da escadaria, perguntando a quem pertencia aquele palácio. "A um rei dos povos, o mais poderoso do Universo" responderam. O faminto foi então até os guardiães postados no pórtico de entrada e pediu uma esmola em nome de Deus. "Donde vens tu?" perguntaram os guardiães, "então não sabes que basta te apresentares ao nosso amo e senhor para teres tudo quanto desejas?" Animado pela resposta, o faminto, embora um tanto ressabiado, transpôs o pórtico, atravessou o pátio espaçoso que se seguia à entrada, assim como o jardim sombreado de vigorosas árvores, e logo alcançou o interior do palácio, passando de aposento em aposento, todos grandes, de paredes muito altas, mas despojados de qualquer mobília; sem se deixar perder no labirinto daquela estranha moradia, ele acabou por chegar a uma ampla sala revestida de azulejos decorados com desenhos de flores e folhagens que compunham agradavelmente com a enorme taça de alabastro plantada no meio da peça, de onde jorrava água fresca e docemente rumorejante; um tapete de veludo bordado com arabescos cobria parte desta sala, onde, recostado em almofadas, estava sentado um ancião de suaves barbas brancas, a face iluminada por um sorriso benigno. O faminto avançou para o ancião de barbas formosas, saudando-o: "Que a paz esteja contigo!" "E contigo a paz, a misericórdia e as bênçãos de Deus!" respondeu o ancião inclinando ligeiramente a fronte. "Que desejas, pobre homem?" "Ó meu senhor e amo, peço-te uma esmola em nome de Deus, pois estou tão necessitado a ponto de cair de fome." "Por Deus!" exclamou o ancião "é possível que eu esteja numa cidade onde um ser humano tenha fome como dizes? É intolerável!" "Que Deus te abençoe e abençoada seja tua santa mãe" disse o faminto em reconhecimento aos sentimentos do ancião. "Fica aqui, pobre homem, quero repartir contigo o pão e que te sirvas do sal da minha mesa." E logo o ancião bateu palmas e ao jovem serviçal que se apresentou ordenou que trouxesse o gomil com a bacia. E disse pouco depois para o faminto: "Hóspede amigo, chega-te mais perto e lava as mãos". E o próprio ancião levantou-se, dobrou o corpo para a frente, e fez com nobreza o gesto de esfregar as mãos debaixo da água que era supostamente derramada de um gomil invisível. O faminto ficou sem saber o que pensar da encenação que seus olhos viam e, como o ancião insistisse, ele deu dois passos e fez também de conta que lavava as mãos. "Ponham a toalha. Depressa!" ordenou o ancião aos servidores "e não demorem em trazer-nos o que comer, que este pobre homem está quase a desfalecer de fome." Vários servos começaram a ir e vir, como se pusessem a mesa e a cobrissem com numerosos pratos. O faminto, dobrando-se de dor, pensou com seus botões que os pobres deviam mostrar muita paciência diante dos caprichos dos poderosos, abstendo-se por isso de dar mostras de irritação. "Senta-te a meu lado" disse o ancião "e trata de honrar a minha mesa." "Ouço e obedeço" disse o faminto sentando-se no tapete ao lado do ancião, frente à mesa imaginária. "Senhor meu hóspede, minha casa é a tua casa e minha mesa é a tua mesa. Não faças cerimônia, come enquanto estiveres no apetite." E como o ancião o estimulasse a acompanhá-lo, o faminto não se fez esperar, logo simulando também tocar nos supostos pratos, espetar bons nacos, e, movendo o queixo, mastigar e engolir a comida inexistente. "Que me dizes deste pão?" perguntou o ancião. "Este pão é bem alvo e muito bom, nunca na vida comi outro que mais me soubesse" respondeu prontamente o faminto, sem forçar sua gentileza. "Que prazer tu me dás, ó senhor meu hóspede! Mas penso que não mereço esses elogios, senão que dirás tu das iguarias que estão à tua esquerda, este assado com recheio de arroz e amêndoas, este peixe em molho de gergelim, ou estas costelas de carneiro! E que dirás do aroma?" "O aroma é embriagador tanto quanto o aspecto e o paladar divinos." "Não posso deixar de reconhecer que o senhor meu hóspede está animado da maior indulgência para com a minha mesa, por isso mesmo vais provar agora da minha própria mão um bocado incomparável" disse o ancião, simulando tirar entre as pontas dos dedos um bocado da travessa e chegá-lo aos lábios do faminto, dizendo: "Deves mastigar bem!". O faminto estendeu os lábios para que o bocado lhe fosse introduzido na boca, mastigando-o bastante em seguida, fechando até os olhos de deleite para dar maior realidade à sua representação: "Excelente!" exclamou em acabamento. "Ó meu hóspede amigo, pelo modo como falas bem se vê que és pessoa de gosto, habituado a comer à mesa de príncipes e de grandes; come mais, e que te faça bom proveito." "Estou satisfeito, já provei de todos os pratos, não posso mais" disse o faminto sorrindo em agradecimento, e mal contendo as dores da sua terrível fome. O ancião então bateu palmas e quando vieram os servos disse: "Podem trazer a sobremesa". Os jovens servos romperam numa azáfama, agitando os braços em gestos variados e com certo ritmo, depois de tantos outros rápidos e precisos que significavam levantar uma toalha e pôr outra, embora nada fosse mudado. Finalmente o ancião ergueu a mão e eles se retiraram. "Dulcifiquemo-nos" disse o ancião com algum preciosismo "vamos aos doces: esta torta empolada de nozes e romãs, com certo ar épico, parece muito capaz de nos tentar. Prova um bocado, hóspede amigo, é em tua honra que ela há de ser partida. Tens aqui a calda almiscarada, talvez queiras mesmo polvilhá-la... Come, come, não faças cerimônia." E o ancião dava o exemplo, imolando colherada sobre colherada, com apetite e requinte, numa encenação tão perfeita, como se saboreasse uma torta de verdade. E o faminto o imitava com arte, embora a fome mais do que nunca lhe contraísse o estômago. "Geleias? Frutas? Tens aqui tâmaras secas, tâmaras em licor, passas... De que é que mais gostas? Por mim prefiro a fruta seca à fruta preparada pelo confeiteiro, não se perdeu o sabor nativo. Tens de provar também esses figos acabados de colher da árvore. Não? E os pêssegos? Talvez prefiras ameixas... Tens aqui, come, come, Deus é clemente com os humanos!" O faminto, que à força de mastigar em falso tinha a boca e a língua e os maxilares cansados, ao passo que o estômago lhe gritava cada vez mais alto, respondeu à insistência continuada do ancião: "Estou satisfeito, senhor, não quero mais nada!". "É estranho! Pela fome que te trouxe até aqui, hóspede amigo, admira que te saciasses tão depressa; de qualquer forma, foi uma honra dividir minha mesa contigo. Mas ainda não bebemos..." disse o ancião com um leve traço de zomba lhe percorrendo os lábios, e logo bateu palmas e a esse sinal acorreram adolescentes de braços graciosos em suas túnicas claras, e simularam levantar a toalha, pôr outra, e plantar em cima taças e copos de toda a ordem. E o anfitrião, encenando sempre, encheu as taças, oferecendo uma ao faminto que a recebeu com vênia amável, levando-a em seguida aos lábios: "Que vinho sublime!" exclamou ele fechando de novo os olhos e estalando a língua. E mais vinho foi derramado nas taças, e outros supostos vinhos foram trazidos, de muitas espécies e sabores. Um e outro entremeavam a consumação, entregando-se ao jogo instável dos embriagados, pendulando lentamente a cabeça e o meio-corpo, além de muitos outros trejeitos, até que todas as garrafas fossem provadas. E depois de ter deitado tanto vinho nos copos, o ancião interrompeu subitamente a falsa bebedeira, e, assumindo sua antiga simplicidade, a fisionomia de repente austera, falou com sobriedade ao faminto com quem dividira imaginariamente sua mesa: "Finalmente, à força de procurar muito pelo mundo todo, acabei por encontrar um homem que tem o espírito forte, o caráter firme, e que, sobretudo, revelou possuir a maior das virtudes de que um homem é capaz: a paciência. Por tuas qualidades raras, passas doravante a morar nesta casa tão grande e tão despojada de habitantes, e está certo de que alimento não te há de faltar à mesa". E naquele mesmo instante trouxeram pão, um pão robusto e verdadeiro, e o faminto, graças à sua paciência, nunca mais soube o que era fome.

(Como podia o homem que tem o pão na mesa, o sal para salgar, a carne e o vinho, contar a história de um faminto? como podia o pai, Pedro, ter omitido tanto nas tantas vezes que contou aquela história oriental? terminava confusamente o encontro entre o ancião e o faminto, mas era com essa confusão terapêutica que o pai deveria ter narrado a história que ele mais contou nos seus sermões; o soberano mais poderoso do Universo confessava de fato que acabara de encontrar, à custa de muito procurar, o homem de espírito forte, caráter firme e que, sobretudo, tinha revelado possuir a virtude mais rara de que um ser humano é capaz: a paciência; antes porém que esse elogio fosse proferido, o faminto — com a força surpreendente e descomunal da sua fome, desfechara um murro violento contra o ancião de barbas brancas e formosas, explicando-se diante de sua indignação: "Senhor meu e louro da minha fronte, bem sabes que sou o teu escravo, o teu escravo submisso, o homem que recebeste à tua mesa e a quem banqueteaste com iguarias dignas do maior rei, e a quem por fim mataste a sede com numerosos vinhos velhos. Que queres, senhor, o espírito do vinho subiu--me à cabeça e não posso responder pelo que fiz quando ergui a mão contra o meu benfeitor".)

14

Saltei num instante para cima da laje que pesava sobre meu corpo, meus olhos de início foram de espanto, redondos e parados, olhos de lagarto que abandonando a água imensa tivesse deslizado a barriga numa rocha firme; fechei minhas pálpebras de couro para proteger-me da luz que me queimava, e meu verbo foi um princípio de mundo: musgo, charcos e lodo; e meu primeiro pensamento foi em relação ao espaço, e minha primeira saliva revestiu-se do emprego do tempo; todo espaço existe para um passeio, passei a dizer, e a dizer o que nunca havia sequer suspeitado antes, nenhum espaço existe se não for fecundado, como quem entra na mata virgem e se aloja no interior, como quem penetra num círculo de pessoas em vez de circundá-lo timidamente de longe; e na claridade ingênua e cheia de febre logo me apercebi, espiando entre folhagens suculentas, do voo célere de um pássaro branco, ocupando em cada instante um espaço novo; pela primeira vez senti o fluxo da vida, seu cheiro forte de peixe, e o pássaro que voava traçava em meu pensamento uma linha branca e arrojada, da inércia para o eterno movimento; e mal saindo da água do meu sono, mas já sentindo as patas de um animal forte galopando no meu peito, eu disse cegado por tanta luz tenho dezessete anos e minha saúde é perfeita e sobre esta pedra fundarei minha igreja particular, a igreja para o meu uso, a igreja que frequentarei de pés descalços e corpo desnudo, despido como vim ao mundo, e muita coisa estava acontecendo comigo pois me senti num momento profeta da minha própria história, não aquele que alça os olhos pro alto, antes o profeta que tomba o olhar com segurança sobre os frutos da terra, e eu pensei e disse sobre esta pedra me acontece de repente querer, e eu posso! vendo o sol se enchendo com seu sangue antigo, retesando os músculos perfeitos, lançando na atmosfera seus dardos de cobre sempre seguidos de um vento quente zunindo nos meus ouvidos, me rondando o sono quieto de planta, despenteando o silêncio do meu ninho, me espicaçando o couro nas pontas da sua luz metálica, me atirando numa súbita insônia ardente, que bolhas nos meus poros, que correntes nos meus pelos enquanto perseguia fremente uma corça esguia, cada palavra era uma folha seca e eu nessa carreira pisoteando as páginas de muitos livros, colhendo entre gravetos este alimento ácido e virulento, quantas mulheres, quantos varões, quantos ancestrais, quanta peste acumulada, que caldo mais grosso neste fruto da família! eu tinha simplesmente forjado o punho, erguido a mão e decretado a hora: a impaciência também tem os seus direitos!

15

(Em memória do avô, faço este registro: ao sol e às chuvas e aos ventos, assim como a outras manifestações da natureza que faziam vingar ou destruir nossa lavoura, o avô, ao contrário dos discernimentos promíscuos do pai — em que apareciam enxertos de várias geografias, respondia sempre com um arroto tosco que valia por todas as ciências, por todas as igrejas e por todos os sermões do pai: "Maktub".[1])

[1] *"Está escrito."*

16

Pondo folhas vermelhas em desassossego, centenas de feiticeiros desceram em caravana do alto dos galhos, viajando com o vento, chocalhando amuletos nas suas crinas, urdindo planos escusos com urtigas auditivas, ostentando um arsenal de espinhos venenosos em conluio aberto com a natureza tida por maligna; povoaram a atmosfera de resinas e de unguentos, carregando nossos cheiros primitivos, esfregando nossos narizes obscenos com o pó dos nossos polens e o odor dos nossos sebos clandestinos, cavando nossos corpos de um apetite mórbido e funesto; sentindo duas mãos enormes debaixo dos meus passos, me recolhi na casa velha da fazenda, fiz dela o meu refúgio, o esconderijo lúdico da minha insônia e suas dores, tranquei ali, entre as páginas de um missal, minha libido mais escura; devolvendo às origens as raízes dos meus pés, me desloquei entre ratos cinzentos, explorei o silêncio dos corredores, percorri a madeira que gemia, as rachas nas paredes, janelas arriadas, o negrume da cozinha, e, inflando minhas narinas para absorver a atmosfera mais remota da família, ia revivendo os suspiros esquálidos pendendo dos caibros com as teias de aranha, a história tranquila debruçada nos parapeitos, uma história mais forte nas suas vigas; marcando o silêncio úmido daquele poço, só existia um braço de sol passando sorrateiro por uma fresta do telhado, acendendo um pequeno lume, poroso e frio, no chão do assoalho; incidindo em cada canto meu tormento sacro e profano, ia enchendo os cômodos em abandono com minhas preces, iluminando com meu fogo e minha fé as sombras esotéricas que fizeram a fama assustada da casa velha; e enquanto me subiam os gemidos subterrâneos

através das tábuas, eu fui dizendo, como quem
ora, ainda incendeio essa madeira, esses tijolos,
essa argamassa, logo fazendo do quarto maior da
casa o celeiro dos meus testículos (que terra mais
fecunda, que vagidos, que rebento mais inquie-
to irrompendo destas sementes!), vertendo todo
meu sangue nesta senda atávica, descansando em
palha o meu feto renascido, embalando-o na palma, espalhando as pétalas prematuras de uma
rosa branca, eu já corria na minha espera, eu
disparava na embriaguez (que vinho mais lúcido
no verso destas minhas pálpebras!), me pondo a
espiar pelas frinchas feito bicho, acenando com
minha presença dentro da casa velha através do
espelho dos meus olhos, o mesmo aço intermitente e espicaçante com que no bosque, ou nos
pastos, transmitíamos à distância os nossos có-
digos proibidos: que paixão mais pressentida,
que pestilências, que gritos!

17

O tempo, o tempo é versátil, o tempo faz diabruras, o tempo brincava comigo, o tempo se espreguiçava provocadoramente, era um tempo só de esperas, me guardando na casa velha por dias inteiros; era um tempo também de sobressaltos, me embaralhando ruídos, confundindo minhas antenas, me levando a ouvir claramente acenos imaginários, me despertando com a gravidade de um julgamento mais áspero, eu estou louco! e que saliva mais corrosiva a desse verbo, me lambendo de fantasias desesperadas, compondo máscaras terríveis na minha cara, me atirando, às vezes mais doce, em preâmbulos afetivos de uma orgia religiosa: que potro enjaezado corria o pasto, esfolando as farpas sanguíneas das nossas cercas, me guiando até a gruta encantada dos pomares! que polpa mais exasperada, guardada entre folhas de prata, tingindo meus dentes, inflamando minha língua, cobrindo minha pele adolescente com suas manchas! o tempo, o tempo, o tempo me pesquisava na sua calma, o tempo me castigava, ouvi clara e distintamente os passos na pequena escada de entrada: que súbito espanto, que atropelos, vendo o coração me surgir assim de repente feito um pássaro ferido, gritando aos saltos na minha palma! disparei na direção da porta: ninguém estava lá; investiguei os arbustos destruídos no abandono do jardim em frente, mas nada ali se mexia, era um vento parado, cheio de silêncio, nem mesmo uma tímida palpitação corria o mato, a imaginação tem limites eu ainda pude pensar, existia também um tempo que não falha! voltando ao quarto onde eu ficava, mal entrei voei para a janela, espiando através da fresta (Deus!): ela estava lá, não longe da casa, debaixo do telheiro selado que cobria a antiga tábua de lavar, meio escondida pelas ramas da velha primavera, assustadiça no recuo depois de um ousado avanço, olhando ainda com desconfiança pra minha janela, o corpo de campônia, os pés descalços, a roupa em desleixo cheia de graça, branco branco o rosto branco e eu me lembrei das pombas, as pombas da minha infância, me vendo também assim, espreitando atrás da veneziana, como espreitava do canto do paiol quando criança a pomba ressabiada e arisca que media com desconfiança os seus avanços, o bico minucioso e preciso bicando e recuando ponto por ponto, mas avançando sempre no caminho tramado dos grãos de milho, e eu espreitava e aguardava, porque existe o tempo de aguardar e o tempo de ser ágil (foi essa uma ciência que aprendi na infância e esqueci depois) e acompanhava e ia lendo na imaginação as cruzetas deformadas e graciosas, impressas nos seus recuos e nos seus avanços pelos pés macios no chão de terra; e existia o tempo de ser ágil, e era então um farfalhar quase instantâneo de asas quando a peneira lhe caía sorrateira em cima, e minhas mãos já eram um ninho, e era então um estremecimento que eu apertava entre elas enquanto corria pelo quintal em alvoroço gritando é minha é minha e me detendo pra conhecer melhor seus olhos pequenos e redondos, matreiros mas agora em puro espanto, e arrancava-lhe com decisão as penas das asas, cortando temporariamente seus largos voos, o tempo de surgirem novas penas e novas asas, e também uma afeição nova, e era esse o doce aprisionamento que a aguardava já quando de novo em condições de pleno voo; e as pombas do meu quintal eram livres de voar, partiam para longos passeios mas voltavam sempre, pois não era mais do que amor o que eu tinha e o que eu queria delas, e voavam para bem longe e eu as reconhecia nos telhados das casas mais distantes entre o bando de pombas desafetas que eu acreditava um dia trazer também pro meu quintal imenso; ela estava lá, branco branco o rosto branco e eu podia sentir toda dubiedade, o tumulto e suas dores, e pude pensar cheio de fé eu não me engano neste incêndio, nesta paixão, neste delírio, e fiquei imaginando que para atraí-la de um jeito correto eu deveria ter tramado com grãos de uva uma trilha sinuosa até o pé da escada, pendurado pencas de romãs frescas nas janelas da fachada e ter feito uma guirlanda de flores, em cores vivas, correr na velha balaustrada do varandão que circundava a casa; existia o tempo de aguardar, mas eu já tropeçava, voltando impaciente da janela, chutei com violência a palha que eu, no bico, dia a dia, tinha amontoado no meio do quarto, e foi uma ventania de cisco na cabeça, por um instante me perdi naquele redemoinho, contemplando confuso a agitação do meu próprio ninho: era a vida dentro do quarto! voltei a espreitar pela fresta, e ela já não estava debaixo do telheiro e eu já não estava dentro de mim, tinha voado pra porta de entrada: o tempo, o tempo, esse algoz às vezes suave, às vezes mais terrível, demônio absoluto conferindo qualidade a todas as coisas, é ele ainda hoje e sempre quem decide e por isso a quem me curvo cheio de medo e erguido em suspense me perguntando qual o momento, o momento preciso da transposição? que instante, que instante terrível é esse que marca o salto? que massa de vento, que fundo de espaço concorrem para levar ao limite? o limite em que as coisas já desprovidas de vibração deixam de ser simplesmente vida na corrente do dia a dia para ser vida nos subterrâneos da memória; ela estava agora diante de mim, de pé ali na entrada, branco branco o rosto branco filtrando as cores antigas de emoções tão diferentes, compondo com a moldura da porta o quadro que ainda não sei onde penduro, se no corre-corre da vida, se na corrente da morte; e ficamos assim um de frente para o outro, sem nos mexermos, mudos, um nó cego nas nossas mentes, mas bastava que ela transpusesse a soleira, era uma ciência de menino, mas já era uma ciência feita de instantes, a linha numa das mãos, o coração na outra, não se podia ser ágil tendo-se pela frente instantes de paciência, do contrário seria um desabar prematuro ferindo a ave, que levantaria um voo machucado em alvoroço; grão por grão, instante por instante, mais manhosa era a pomba quanto mais próxima da peneira, bicando o chão com firmeza, mas tremendo antes o pescoço, como o braço de um monjolo sempre indeciso a meio caminho do seu destino; e a cada bico e a cada ponto, tremendo depois as asas, ameaçando as penas em recuo, até que, transpondo o arco da peneira, um doce alimento faria esquecer, projetada na terra, a grade da sua tela; era uma ciência de menino, mas era uma ciência complicada, nenhum grão de mais, nenhum instante de menos, para que a ave não encontrasse o desânimo na carência nem na fartura, existia a medida sagaz, precisa, capaz de reter a pomba confiante no centro da armadilha; numa das mãos um coração em chamas, na outra a linha destra que haveria de retesar-se com geometria, riscando um traço súbito na areia que antes encobria o cálculo e a indústria; nenhum arroubo, nenhum solavanco na hora de puxar a linha, nenhum instante de mais no peso do braço tenso.

18

Foi este o instante: ela transpôs a soleira, me contornando pelo lado como se contornasse um lenho erguido à sua frente, impassível, seco, altamente inflamável; não me mexi, continuei o madeiro tenso, sentindo contudo seus passos dementes atrás de mim, adivinhando uma pasta escura turvando seus olhos, mas a sombra indecisa foi aos poucos descrevendo movimentos desenvoltos, perdendo-se logo no túnel do corre-

dor: fechei a porta, tinha puxado a linha, sabendo
que ela, em algum lugar da casa, imóvel, de asas
arriadas, se encontraria esmagada sob o peso de
um destino forte; ali mesmo, junto da porta,
tirei sapatos e meias, e sentindo meus pés descalços na umidade do assoalho senti também
meu corpo de repente obsceno, surgiu, virulento, um osso da minha carne, eu tinha esporas nos
meus calcanhares, que crista mais sanguínea,
que paixão desassombrada, que espasmos pressupostos! afundei no corredor pisando numa
passadeira de perigo, um tremor benigno me
sacudia inteiro, mas nenhum ruído nos meus
passos, nenhum estilhaço, nenhum gemido no
assoalho, logo me detendo onde tinha de me deter, estava escrito: ela estava lá, deitada na palha,
os braços largados ao longo do corpo, podendo
alcançar o céu pela janela, mas seus olhos estavam fechados como os olhos fechados de um
morto, e eu ainda me pergunto agora como montei minha força no galope daquele risco, eu tinha
meus pelos ruivos e um monte de palha enxuta
à minha frente, mas não se questiona na aresta
de um instante o destino dos nossos passos, bastava que eu soubesse que o instante que passa,
passa definitivamente, e foi numa vertigem que
me estirei queimando ao lado dela, me joguei

inteiro numa só flecha, tinha veneno na ponta desta haste, e embalando nos braços a decisão de não mais adiar a vida, agarrei-lhe a mão num ímpeto ousado, mas a mão que eu amassava dentro da minha estava em repouso, não tinha verbo naquela palma, nenhuma inquietação, não tinha alma aquela asa, era um pássaro morto que eu apertava na mão, e me vendo assim perdido de repente, sem saber em que atalho eu, e em que outro atalho a minha fé, nós dois que até ali éramos um só, vi com espanto que meu continente se bifurcava, que precariedade nesta separação, quanta incerteza, quantas mãos, que punhados de cabelos, acabei gritando minha parte alucinada, levantei nos lábios esquisitos uma prece alta, cheia de febre, que jamais eu tinha feito um dia, um milagre, um milagre, meu Deus, eu pedia, um milagre e eu na minha descrença Te devolvo a existência, me concede viver esta paixão singular fui suplicando enquanto a polpa feroz dos meus dedos tentava revitalizar a polpa fria dos dedos dela, que esta mão respire como a minha, ó Deus, e eu em paga deste sopro voarei me deitando ternamente sobre Teu corpo, e com meus dedos aplicados removerei o anzol de ouro que Te fisgou um dia a boca, limpando depois com rigor Teu rosto machucado, afastando com cuidado as teias de aranha que cobriram a luz antiga dos Teus olhos; não me esquecerei das Tuas sublimes narinas, deixando-as tão livres para que venhas a respirar sem saber que respiras; removerei também o pó corrupto que sufocou Tua cabeleira telúrica, catando zelosamente os piolhos que riscaram trilhas no Teu couro; limparei Tuas unhas escuras nas minhas unhas, colherei, uma a uma, as libélulas que desovam no Teu púbis, lavarei Teus pés em água azul recendendo a alfazema, e, com meus olhos afetivos, sem me tardar, irei remendando a carne aberta no meio dos Teus dedos; Te insuflarei ainda o ar quente dos meus pulmões e, quando o vaso mais delgado vier a correr, Tu verás então Tua pele rota e chupada encher-se de açúcar e Tua boca dura e escancarada transformar-se num pomo maduro; e uma penugem macia ressurgirá com graça no lugar dos antigos pelos do Teu corpo, e também no lugar das Tuas velhas axilas de cheiro exuberante, e caracóis incipientes e meigos na planície do Teu púbis, e uma penugem de criança há de crescer junto ao halo doce do Teu ânus sempre túmido de vinho; e tudo isso ressurgirá em Ti num corpo adolescente do mesmo milagre que as penas lisas e sedosas dos pássaros depois da muda e a brotação das folhas novas e cintilantes das árvores na primavera; e logo um vento brando há de devolver o gesto soberano dos Teus cabelos, havendo júbilo e louçania nesta expansão; Te vestirei então de cetim branco com largas palas guarnecidas de galões dourados, ajustando nos Teus dedos anéis cujas pedras guardam os olhares de todos os profetas, e braceletes de ferro para Teus punhos e um ramo de oliveira para Tua nobre fronte; resinas silvestres escorrerão pelo Teu corpo fresco e limpo, punhados de estrelas cobrirão Tua cabeça de menino como se estivesses sobre um andor de chão de lírios; e alimentos tenros Te serão servidos em folhas de parreira, e uvas e laranjas e romãs frescas, e, de pomares mais distantes, colhidas da memória dos meus genitores, as frutas secas, os figos e o mel das tâmaras, e a Tua glória então nunca terá sido maior em toda a Tua história! que dubiedade, que ambiguidade já sinto nesta mão, alguma alma quem sabe pulsa neste gesso enfermo, algum fôlego, alguma cicatriz vindoura já rememora sua dor de agora; um milagre, meu Deus, e eu Te devolvo a vida e em Teu nome sacrificarei uma ovelha do rebanho do meu pai, entre as que estiverem pascendo na madrugada azulada, uma nova e orvalhada, de corpo rijo e ágil e muito agreste; arregaçarei os braços,

reúno faca e cordas, amarro, duas a duas, suas
tenras patas, imobilizando a rês assustada debaixo dos meus pés; minha mão esquerda se prenderá aos botões que despontam no lugar dos
cornos, torcendo suavemente a cabeça para cima
até descobrir a área pura do pescoço, e com a
direita, grave, desfecho o golpe, abrindo-lhe a
garganta, liberando balidos, liberando num jorro escuro e violento o sangue grosso; tomarei a
ovelha ainda fremente nos meus braços, faço-a
pendente de borco de uma verga, deixando ao
chão a seiva substanciosa que corre dos tubos
decepados; entrarei na sua pele um caniço resoluto que comporte, duro e resistente, um sopro
forte, aplicando nele meus lábios e soprando como meu velho tio soprava a flauta, enchendo-a
de uma antiga canção desesperada, estufando seu
tamanho como só a morte de três dias estufa os
animais; e esfolada, e rasgado o seu ventre de
cima até embaixo, haverá uma intimidade de
mãos e vísceras, de sangues e virtudes, visgos e
preceitos, de velas exasperadas carpindo óleos
sacros e muitas outras águas, para que a Tua fome obscena seja também revitalizada; um milagre, um milagre, eu ainda suplicava em fogo
quando senti assim de repente que a mão anêmica que eu apertava era um súbito coração de

pássaro, pequeno e morno, um verbo vermelho
e insano já se agitando na minha palma! cheio
de tremuras, cegado de muros tão caiados, esma-
guei a água dos meus olhos e disse sempre em
febre Deus existe e em Teu nome imolarei um
animal para nos provermos de carne assada, e
decantaremos numerosos vinhos capitosos, e nos
embriagaremos depois como dois meninos, e
subiremos escarpas de pés descalços (que tropel
de anjos, que acordes de cítaras, já ouço cascos
repicando sinos!) e, de mãos dadas, iremos juntos incendiar o mundo!

19

"Era Ana, era Ana, Pedro, era Ana a minha fome" explodi de repente num momento alto, expelindo num só jato violento meu carnegão maduro e pestilento, "era Ana a minha enfermidade, ela a minha loucura, ela o meu respiro, a minha lâmina, meu arrepio, meu sopro, o assédio impertinente dos meus testículos" gritei de boca escancarada, expondo a textura da minha língua exuberante, indiferente ao guardião escondido entre meus dentes, espargindo coágulos de sangue, liberando a palavra de nojo trancada sempre em silêncio, "era eu o irmão acometido, eu, o irmão exasperado, eu, o irmão de cheiro virulento, eu, que tinha na pele a gosma de tantas lesmas, a baba derramada do demo, e ácaros nos meus poros, e confusas formigas nas minhas axilas, e profusas drosófilas festejando meu corpo imundo; me traga logo, Pedro, me traga logo a bacia dos nossos banhos de meninos, a água morna, o sabão de cinza, a bucha crespa, a toalha branca e felpuda, me enrole nela, me enrole nos teus braços, enxugue meus cabelos transtornados, corra depois com tua mão grave a minha nuca, componha depressa este ritual de ternura, é isso o que te compete, a você, Pedro, a você que abriu primeiro a mãe, a você que foi brindado com a santidade da primogenitura" eu disse espumando e dolorido, me escorregando na lascívia de uma saliva escusa, e embora caído numa sanha de possesso vi que meu irmão, assombrado pelo impacto do meu vento, cobria o rosto com as mãos, era impossível adivinhar que ríctus lhe trincava o tijolo requeimado da cara, que faísca de pedra lhe partia quem sabe os olhos, estava claro que ele tateava à procura de um bordão, buscava com certeza a terra sólida e dura, eu podia até escutar seus gemidos gritando por socorro, mas vendo-lhe a postura profundamente súbita e quieta (era o meu pai) me ocorreu também que era talvez num exercício de paciência que ele se recolhia, consultando no escuro os textos dos mais velhos, a página nobre e ancestral, a palma chamando à calma, mas na corrente do meu transe já não contava a sua dor misturada ao respeito pela letra dos antigos, eu tinha de gritar em furor que a minha loucura era mais sábia que a sabedoria do pai, que a minha enfermidade me era mais conforme que a saúde da família, que os meus remédios não foram jamais inscritos nos compêndios, mas que existia uma outra medicina (a minha!), e que fora de mim eu não reconhecia qualquer ciência, e que era tudo só uma questão de perspectiva, e o que valia era o meu e só o meu ponto de vista, e que era um requinte de saciados testar a virtude da paciência com a fome de terceiros, e dizer tudo isso num acesso verbal, espasmódico, obsessivo, virando a mesa dos sermões num revertério, destruindo travas, ferrolhos e amarras, tirando não obstante o nível, atento ao prumo, erguendo um outro equilíbrio, e pondo força, subindo sempre em altura, retesando sobretudo meus músculos clandestinos, redescobrindo sem demora em mim todo o animal, cascos, mandíbulas e esporas, deixando que um sebo oleoso cobrisse minha escultura enquanto eu cavalgasse fazendo minhas crinas voarem como se fossem plumas, amassando com minhas patas sagitárias o ventre mole deste mundo, consumindo neste pasto um grão de trigo e uma gorda fatia de cólera embebida em vinho, eu, o epilético, o possuído, o tomado, eu, o faminto, arrolando na minha fala convulsa a alma de uma chama, um pano de verônica e o espirro de tanta lama, misturando no caldo deste fluxo o nome salgado da irmã, o nome pervertido de Ana, retirando da fímbria das palavras ternas o sumo do meu punhal, me exaltando de carne estremecida na volúpia urgente de uma confissão (que tremores, quantos sóis, que estertores!) até que meu corpo lasso num momento tombasse docemente de exaustão.

20

Deitado na palha, nu como vim ao mundo, eu conheci a paz; o quarto estava escuro, era talvez a hora em que as mães embalam os filhos, soprando-lhes ternas fantasias; mas lá fora ainda era dia, era um fim de tarde cheio de brandura, era um céu tenro todo feito de um rosa dúbio e vagaroso; caí pensando nessa hora tranquila em que os rebanhos procuram o poço e os pássaros derradeiros buscam o seu pouso; e pensei tam-

bém que eu poderia, se me debruçasse na janela,
ver as nuvens esgarçadas se deslocando pacientemente como as barbas de um ancião, até que
no céu uma suave concha escura apagasse o dia,
cobrindo-se aos poucos de muitas mamas, pra
nutrir na madrugada meninos de pijama; e eu
pressentia, na hora de acordar, as duas mãos
enormes debaixo dos meus passos, a natureza
logo fazendo de mim seu filho, abrindo seus gordos braços, me borrifando com o frescor do seu
sereno, me enrolando num lençol de relva, me
tomando feito menino no seu regaço; cuidaria
cheia de zelo dos meus medos, acendendo depressa a luz da aurora, desmanchando pela manhã a fumaça ainda remota, ventos profusos me
enxugariam os pés nos seus cabelos, me deixando os cílios orvalhados de colírio; e um toque
vago e tão vasto me correria ainda o corpo calmo,
me fazendo cócegas benignas, eriçando com doçura minha penugem, polvilhando minha carne
tenra com pó de talco, me passando um cordão
vermelho no pescoço, pendurando aí, contra
quebrantos, uma encantada figa de osso; num
ledo sítio lá do bosque, debaixo das árvores de
copas altas, o chão brincando com seu jogo de
sombra e luz, teria águas de fontes e arrulhos de
regatos a meu lado, folhas novas me adornando

a fronte, o mato nos meus dentes me fazendo o
hálito, mel e romãs à minha espera, pombas sem
idade nos meus ombros e uma bola amarela
boiando no seio imenso da atmosfera, provocando
um afago doido nos meus lábios; e era, Ana
a meu lado, tão certo, tão necessário que assim
fosse, que eu pensei, na hora fosca que anoitecia,
descer ao jardim abandonado da casa velha, vergar
o ramo flexível de um arbusto e colher uma
flor antiga para os seus joelhos; em vez disso,
com mão pesada de camponês, assustando dois
cordeiros medrosos escondidos nas suas coxas,
corri sem pressa seu ventre humoso, tombei a
terra, tracei canteiros, sulquei o chão, semeei
petúnias no seu umbigo; e pensei também na
minha uretra desapertada como um caule de crisântemo,
e fiquei pensando que muitas vezes,
feito meninos, haveríamos os dois de rir ruidosamente,
espargindo a urina de um contra o corpo
do outro, e nos molhando como há pouco, e
trocando sempre através das nossas línguas laboriosas
a saliva de um com a saliva do outro,
colando nossos rostos molhados pelos nossos
olhos, o rosto de um contra o rosto do outro, e
só pensando que nós éramos de terra, e que tudo
o que havia em nós só germinaria em um com a
água que viesse do outro, o suor de um pelo suor

do outro; e nesse repouso de terras e tantas águas, alguém baixou com suavidade minhas pálpebras, me levando, desprevenido, a consentir num sono ligeiro, eu que não sabia que o amor requer vigília: não há paz que não tenha um fim, supremo bem, um termo, nem taça que não tenha um fundo de veneno; era uma sabedoria corrente, mas que frivolidade a minha, alguém mais forte do que eu é que puxava a linha e, menino esperto e sagaz, eu tinha caído na propalada armadilha do destino: enfiou seu longo braço nos frutos do meu saco, pinçou nos finos dedos o fundo, e, súbito, num fechar d'olhos, virou meu doce mundo pelo avesso; houve medo e susto quando tateei a palha, abri os olhos, eram duas brasas, e meu corpo, eu não tinha dúvida, fora talhado sob medida pra receber o demo: uma sanha de tinhoso me tomou de assalto assim que dei pela falta dela, e me vi de repente, com alguma cautela, no corredor escuro, e perguntei com palavras claras "se você está na casa, me responda, Ana", e foi uma pergunta equilibrada, quase branda, eu procurava, embora me queimando, aliciar a casa velha, seu silêncio de morcegos, os seus fantasmas, trazê-los todos, como aliados, para o meu lado, e repeti "me responda, Ana" e de novo minha voz repercutiu em ondas, e aguardei (eu tinha de provar minha paciência), mas ficando sem resposta eu passei, num ranger de tábuas e num furor crescente, a vasculhar todos os cômodos, peça por peça, canto por canto, sombra por sombra, e não encontrando vestígio dela corri então para a varanda, gelando minha medula o recolhimento dessa noite escura: os arbustos do antigo jardim, destroçados pelas trepadeiras bravas que os cobriam, tinham se transformado em blocos fantasmagóricos num reino ruidoso de insetos; de encontro à balaustrada, olhei em todas as direções, e lá pros lados dos campos de pastagem, parados debaixo da velha aroeira, os bois, alguns ainda de pé, compunham silhuetas, dormindo; arrebentei com meus pulmões, berrei o nome de Ana com todos os meus foles, mas foi inútil, os destroços do jardim em frente não se mexiam no seu sono e os bois naquela hora eram todos de granito, que indiferença, que natureza imunda, nenhum aceno pros meus apelos, que sentimento de impotência! convencido da sua fuga, pensei em arranhar o rosto, cravar-me as próprias unhas, sangrar meu corpo, que desamparo! e foi a toda que me evadi da casa velha, os pés descalços, e no voo das minhas pernas abriu-se de repente um outro sítio e vi, nem sei se com espanto, lá onde era a capela, em arco, sua porta estreita aberta, alguém no seu interior acabava de acender velas; estanquei meu voo, foi só um instante, não tinha por que parar, eu não tinha o que pensar, por isso retomei minha corrida e, quando próximo, refreei minhas passadas atropeladas, eu não queria, esbaforido, alvoroçar sua prece: Ana estava lá, diante do pequeno oratório, de joelhos, e pude reconhecer a toalha da mesa do altar cobrindo os seus cabelos; tinha o terço entre os dedos, corria as primeiras contas, os olhos presos na imagem do alto iluminada entre duas velas; vendo seu perfil piedoso, os lábios num tenso formigamento, caí numa vertigem passageira, mas logo me encontrava dentro da capela que longe estava de ser a mesma dos tempos claros da nossa infância; eu tinha entrado numa câmara de bronze, apertada, onde se comprimiam, a postos, simulados nas muitas sombras, todos os meus demônios, que encenações as do destino usando o tempo (confundia-se com ele!), revestindo-o de cálculo e de indústria, não ia direto ao desfecho: antes de puxar a linha, acendia velas, punha Ana de joelhos, e, generoso e liberal lá na capela, deixou à minha escolha, de um lado, os barros santos, de outro, legiões do demo; também eu, ainda menino, deixava à ingênua pomba uma escolha igual: de um lado, uma areia desprovida de alimento, de outro, promessas de abundância debaixo da peneira; desde menino, eu não era mais que uma sombra feita à imagem do destino, também eu complicava os momentos de um trajeto: construía uma sinuosa trilha com grãos de milho até a peneira, embora a linha que decidisse, escondida sob a areia, corresse esticada numa só reta; por que então esses caprichos, tantas cenas, empanturrar-nos de expectativas, se já estava decidida a minha sina? assim que entrei, fui me pôr atrás dela, passando eu mesmo, num murmúrio denso, a engrolar meu terço, era a corda do meu poço que eu puxava, caroço por caroço, "te amo, Ana" "te amo, Ana" "te amo, Ana" eu fui dizendo num incêndio alucinado, como quem ora, cheio de sentimentos dúbios, e que gozo intenso açular-lhe a espinha, riscar suas vértebras, espicaçar-lhe a nuca com a mornidão da minha língua; mas era inútil a minha prece, nenhuma vibração, sequer um movimento lhe sacudia o dorso, onde corria, na altura dos ombros, um pouco abaixo, a renda grossa que guarnecia a toalha feito mantilha; mesmo assim eu fui em frente, caroço por caroço, "Ana, me escute, é só o que te peço" eu disse forjando alguma calma, eu tinha de provar minha paciência, falar-lhe com a razão, usar sua versatilidade, era preciso ali também aliciar os barros santos, as pedras lúcidas, as partes iluminadas daquela câmara, fazer como tentei na casa velha, aliciar e trazer para o meu lado toda a capela: "foi um milagre o que aconteceu entre nós, querida irmã, o mesmo tronco, o mesmo teto, nenhuma traição, nenhuma deslealdade, e a certeza supérflua e tão fundamental de um contar sempre com o outro no instante de alegria e nas horas de adversidade; foi um milagre, querida irmã, descobrirmos que somos tão conformes em nossos corpos, e que vamos com nossa união continuar a infância comum, sem mágoa para nossos brinquedos, sem corte em nossas memórias, sem trauma para a nossa história; foi um milagre descobrirmos acima de tudo que nos bastamos dentro dos limites da nossa própria casa, confirmando a palavra do pai de que a felicidade só pode ser encontrada no seio da família; foi um milagre, querida irmã, e eu não vou permitir que este arranjo do destino se desencante, pois eu quero ser feliz, eu, o filho torto, a ovelha negra que ninguém confessa, o vagabundo irremediável da família, mas que ama a nossa casa, e ama esta terra, e ama também o trabalho, ao contrário do que se pensa; foi um milagre, querida irmã, foi um milagre, eu te repito, e foi um milagre que não pode reverter: as coisas vão mudar daqui pra frente, vou madrugar com nossos irmãos, seguir o pai para o trabalho, arar a terra e semear, acompanhar a brotação e o crescimento, participar das apreensões da nossa lavoura, vou pedir a chuva e o sol quando escassear a água ou a luz sobre as plantações, contemplar os cachos que amadurecem, estando presente com justiça na hora da colheita, trazendo para casa os frutos, provando com tudo isso que eu também posso ser útil; tenho mãos abençoadas para plantar, querida irmã, não descuido o rebento de cada semente, e nem o viço em cada transplante, sei ouvir os apelos da terra em cada momento, sei apaziguá-los quando possível, sei como dar a ela o vigor pra qualquer cultura, e embora respeitando o seu descanso, vou fazer como diz o pai que cada palmo de chão aqui produza; sei muito sobre a cultura nos campos, e serei também exemplar no trato dos nossos animais, eu que sei me aproximar deles, conquistar-lhes a confiança e a doçura do olhar, nutri-los como se deve, preparando o farelo segundo meu apetite, ministrando no cocho os sais que forjam a força dos músculos, arrancando a erva daninha que emagrece nossos pastos, ceifando o capim na boa altura, virando-o ao calor e à umidade da atmosfera, fenando-o em feixes ou em fardos quando preciso, eu que sou destro no manejo da foice e do forcado; sei ordenhar as vacas, sendo extremoso com os bezerros e muito gentil com suas mães quando os separo, limpando o melado dos ubres sem que o leite precoce vaze entre meus dedos, ficando atento para que na limpeza não se elimine deles o cheiro gordo dos estábulos e dos currais; tenho reservas enormes de afeto para todo o rebanho, um olho clínico para a novilha que vai gerar um dia, sei extrair os vermes purulentos que lhe furam o couro, lembrando-lhe nessa cirurgia a evitar o sonho furta-cor das varejeiras, devolvendo aplicadamente ao pelo a lisura, a maciez e o brilho antigo da textura; sei ainda proteger nosso rebanho contra outras picadas, abrigá-lo dos ventos ásperos, conduzi-lo à sombra das árvores quando o sol já está a prumo, ou debaixo dos telhados para escapá-lo das intempéries mais pesadas, conhecendo, entre todos os poços da fazenda, a melhor água pra apagar a veemência da sua sede; amo nossas cabras e nossas ovelhas, sei aconchegar nos braços o cordeiro tímido dum mês, tenho um carinho especial para a rês assustada, vou misturar no meu pastoreio a flauta rústica, a floração do capim e a brisa que corre o pasto; tenho alma de pastor, querida irmã, sei fazer que cada espécie se conheça, sendo mestre até das cruzas mais suspeitas, sei como multiplicar as cabeças do rebanho do pai; e ajuntarei a essa riqueza o cuidado com todas as aves, nossas galinhas tão gregárias, os galos exuberantes, o contorno gracioso dos marrecos de andar trôpego, os patos achatados do bico aos pés, os perus estufados, assim como as angolas ariscas e de voos tão aventureiros que trazem na cabeça um caroço mórbido à guisa de crista; sei colher ovos nos ninhos, fazer que uma choca bem quente se deite eternamente sobre ovos alheios, e, no paiol, não causo alvoroço às botadeiras assustadiças que põem seus ovos pudicos no fundo dos balaios ou em ninhos suspensos perigosamente do travejamento das vigas; sei ainda cuidar dos bebedouros, guardar o barro sempre à sombra com água fresca e transparente, não deixando que se contamine, sei variar nas gamelas o milho debulhado, o verde e o grão socado, e, sem ameaça pra nossas hortaliças, vou largar a todas as nossas aves um chão fértil pra ser ciscado; e em muitas outras coisas posso ser útil, preparando mourões, consertando porteiras, sou rigoroso na meia-esquadria, tenho um veio sisudo de marceneiro, amo do mesmo jeito a árvore que virou madeira, distingo cada uma delas só pelo cheiro, sabendo pra que serve o cedro, o pinho, a peroba, o ipê, a sucupira; vou me encarregar das ferramentas do pai, aumentar o número delas, fazer uma limpeza minuciosa depois de cada emprego, vasculhando as orelhas dos martelos, o olho do nível e os dentes do serrote, vou conservá-las contra a ferrugem em graxa magra, sempre muito corretas para um novo uso, pois não ignoro que sem a lâmina ninguém corta, e que os instrumentos, além de forjarem a forma acabada das coisas, forjam muitas vezes, para o trabalho, o acabamento da nossa própria vontade; e cuidarei também das nossas construções, corrigindo a umidade que vaza sobre a colheita armazenada, substituindo o caibro que selou, trocando tramelas e ferrolhos, caiando o que for preciso, levantando um novo galpão, atento ao espaço na hora de erguer uma parede, guardando a harmonia entre os panos dos telhados, não esquecendo às andorinhas o desvão largo sob os beirais; sou versátil, querida irmã, me presto pra qualquer serviço, quero fazer coisas, tenho os braços esperando, quero ser chamado no que for preciso, não me contenho de tanta energia, não há tarefa na fazenda que não possa me ocupar à luz do dia; e nos momentos de folga, usando as sobras do bom esterco, revolverei com ele os canteiros do jardim, espalharei no mesmo sítio punhados de farelo, grãos de milho e tricas de quirera, e tudo isso fará aumentar as flores em volta da casa, os pássaros nas árvores, as pombas em nossos telhados, e os frutos dos nossos pomares; e a cada tarde, depois de um trabalho de sol a sol, voltarei pra casa, lavarei o santo suor do corpo, vestirei roupa grossa e limpa, e, na hora do jantar, quando todos estiverem reunidos, o pão assado sobre a toalha, vou participar do sentimento sublime de que ajudei também com minhas próprias mãos a prover a mesa da família; ao contrário do que se pensa, sei muito sobre rebanhos e plantações, mas guardo só comigo toda essa ciência primordial, que, se aplicada, não serviria tanto a mim quanto à família, enfrentando o desdém dos que me olham, não revelando jamais a natureza da minha vadiagem, mas estou cansado, querida irmã, quero fazer parte e estar com todos, não permita que eu reste à margem, e nem permita o desperdício do meu talento, que todos perdem; mais do que já sei, aprenderei ainda muitas outras tarefas, e serei sempre zeloso no cumprimento de todas elas, sou dedicado e caprichoso no que faço, e farei tudo com alegria, mas pra isso devo ter um bom motivo, quero uma recompensa para o meu trabalho, preciso estar certo de poder apaziguar a minha fome neste pasto exótico, preciso do teu amor, querida irmã, e sei que não exorbito, é justo o que te peço, é a parte que me compete, o quinhão que me cabe, a ração a que tenho direito", e, fazendo uma pausa no fluxo da minha prece, aguardei perdido em confusos sonhos, meus olhos caídos no dorso dela, meu pensamento caído numa paragem inquieta, mas tinha sido tudo inútil, Ana não se mexia, continuava de joelhos, tinha o corpo de madeira, nem sei se respirava; "Ana, me escute, é só o que te peço" eu retornei com a mesma calma, já disse que tinha de provar minha paciência, falar-lhe com a razão (que despudor na sua versatilidade!), sensibilizar com o bom senso todos os santos, conservar à minha retaguarda toda a capela: "Ana, me escute, já disse uma vez, mas torno a repetir: estou cansado, quero fazer parte e estar com todos, eu, o filho arredio, o eterno convalescente, o filho sobre o qual pesa na família a suspeita de ser um fruto diferente; saiba, querida irmã, que não é por princípio que me rebelo, nem por vontade que carrego a carranca de sempre, e a raiva que faz os seus traços ásperos, e nem é por escolha que me escondo, ou que vivo sonhando pesadelos como dizem: quero resgatar, querida irmã, o barro turvo desta máscara, eliminando dos olhos a faísca de demência que os incendeia, removendo as olheiras torpes do meu rosto adolescente, limpando para sempre a marca que trago na testa, essa cicatriz sombria que não existe mas que todos pressentem; tudo vai mudar, querida irmã, vou amaciar as minhas faces, abandonar meu isolamento, minha mudez, o meu silêncio, vou estar bem com cada irmão, misturar minha vida à vida de todos eles, hei de estar sempre presente na mesa clara onde a família se alimenta; vou falar sobre coisas simples como todos falam, dizer para o vizinho da campina, por exemplo, que as safras do ano prometem, ou que podemos lhe ceder do sangue novo introduzido em nosso plantel, vou tomar-lhe de empréstimo um verbo túrgido e dizer ainda que as últimas chuvas realmente engravidaram as plantações; na estrada, vou cumprimentar aqueles com quem cruzo, erguendo a mão como eles até a aba do chapéu, e, na vila, quando for comprar sal, arame ou querosene, vou dar um dedo de prosa em cada venda, trocar um aperto de mão, responder com um sorriso limpo aos que me olham; serei bom e reto, solícito e prestativo, gosto de servir os outros, sou capaz de ser afável, não falharei no gesto quando tiver amigos, não voltarei a destilar veneno na fonte dos meus impulsos afetivos; e, numa noite dessas, depois do jantar, quando as sombras já povoarem as cercanias da casa, e a quietude escura tiver tomado conta da varanda, e o pai na sua gravidade tiver se perdido nos seus pensamentos, vou caminhar na sua direção, puxar uma cadeira, me sentar bem perto dele, vou assombrá-lo ainda mais quando puxar sem constrangimento a conversa remota que nunca tivemos; e logo que eu diga 'pai', e antes que eu prossiga tranquilo e resoluto, vou pressentir no seu rosto o júbilo mal contido vazando com a luz dos seus olhos úmidos, e a alegria das suas ideias que se arrumam pressurosas para proclamar que o filho pelo qual se temia já não causa mais temor, que aquele que preocupava já não causa mais preocupação, e, porque fez uso do verbo, aquele que tanto assustava já não causa mais susto algum; e depois de ter escutado ponto por ponto tudo o que eu tiver para lhe dizer, desfazendo pouco a pouco, através dele, as apreensões de uma família inteira, posso desde agora prever como será nossa comunhão: ele tomará primeiro meus ombros entre suas mãos, me erguerá da cadeira como ele mesmo já se erguera, tomará em seguida minha cabeça entre suas palmas, olhará com firmeza no meu rosto para redescobrir nos meus traços sua antiga imagem, e antes que eu lhe peça de olhos baixos a bênção que eu sempre quis, vou sentir na testa a carne áspera do seu beijo austero, bem no lugar onde ficava a minha cicatriz; é assim que será, e mais tudo de bom que há de vir depois, me ajude a me perder no amor da família com o teu amor, querida irmã, sou incapaz de dar um passo nesta escuridão, quero sair das minhas trevas, quero me livrar deste tormento, sempre ouvimos que o sol nasce para todos, quero pois o meu pedaço de luz, quero a minha porção deste calor, é tudo que necessito pra te dar no mesmo instante minha alma lúcida, meu corpo luminoso e meus olhos cheios de um brilho novo; só de pensar, Ana, minha taça já transborda, já sinto uma força poderosa nos músculos, me arrebento de tanta alegria, já posso sustentar na coluna do braço o universo; e num domingo de repouso, depois do almoço, quando o vinho já estiver dizendo coisas mornas em nossas cabeças, e o sol lá fora já estiver tombando para o outro lado, eu e você sairemos de casa para fruir a plenitude de um passeio; cortando o bosque, andando depois pela alameda de ciprestes, e deixando logo para trás, em torno da capela, a elegia das casuarinas, responderemos aos apelos das palmas dos coqueiros que nos chamam para os pastos despojados, nos convidando com insistência a deitar no ventre fofo das campinas; e, quando já tivermos, debaixo de um céu arcaico, tingido nossos dentes com o sangue das amoras colhidas no caminho, só então nos entregaremos ao silêncio, vasto e circunspecto, habitado nessa hora por insetos misteriosos, pássaros de voo alto e os sinos distantes dos cincerros; me dê a tua mão, querida irmã, tantas coisas nos esperam, me estenda a tua mão, é tudo o que te peço, deste teu gesto dependem minhas atitudes, minha conduta, minhas virtudes: bondade e generosidade serão as primeiras, e sempre me acompanharão, eu te prometo de coração sincero, e nem será preciso qualquer esforço, mas tudo, Ana, tudo começa no teu amor, ele é o núcleo, ele é a semente, o teu amor pra mim é o princípio do mundo" eu fui dizendo numa insistência obsessiva, me fazendo crédulo, embora cansado dos meus gemidos, eu tinha os ossos perturbados! "entenda, Ana, que a mãe não gerou só os filhos quando povoou a casa, fomos embebidos no mais fino caldo dos nossos pomares, enrolados em mel transparente de abelhas verdadeiras, e, entre tantos aromas esfregados em nossas peles, fomos entorpecidos pelo mazar suave das laranjeiras; que culpa temos nós dessa planta da infância, de sua sedução, de seu viço e constância? que culpa temos nós se fomos duramente atingidos pelo vírus fatal dos afagos desmedidos? que culpa temos nós se tantas folhas tenras escondiam a haste mórbida desta rama? que culpa temos nós se fomos acertados para cair na trama desta armadilha? temos os dedos, os nós dos joelhos, as mãos e os pés, e os nós dos cotovelos enroscados na malha deste visgo, entenda que, além de nossas unhas e de nossas penas, teríamos com a separação nossos corpos mutilados; me ajude, portanto, querida irmã, me ajude para que eu possa te ajudar, é a mesma ajuda a que eu posso levar a você e aquela que você pode trazer a mim, entenda que quando falo de mim é o mesmo que estar falando só de você, entenda ainda que nossos dois corpos são habitados desde sempre por uma mesma alma; me estenda a tua mão, Ana, me responda alguma coisa, me diga uma palavra, uma única palavra, faça pelo menos um gesto reticente, me basta um aceno leve da cabeça, um sinal na ponta dos teus ombros, um movimento na sobra dos cabelos, ou, na sola dos teus pés, uma ligeira contração em suas dobras" eu pedi suplicando, mas Ana não me ouvia, estava clara a inutilidade de tudo o que eu dizia, estava claro também que eu esgotava todos os recursos com um propósito suspeito: ficar com a alma leve, disponível, que ameaças, quantos perigos! descalço, avancei três passos me pondo diante dela, me encostando na parede do oratório, meu rosto ficou nas sombras, o seu iluminado pela luz das velas, eu tinha, de pé, os olhos bem acesos quase se chocando com os olhos levantados dela, mas não se acredita: sua vontade era forte, Ana não me via, trabalhava zelosamente de joelhos o seu rosário, era só fervor, água e cascalho nas suas faces, lavava a sua carne, limpava a sua lepra, que banho de purificação! "tenha pena de mim, Ana, tenha pena de mim enquanto é tempo" vazei então o meu murmúrio num atalho mais profano "mas entenda o que quero dizer quando te falo assim: não procuro provocar com a minha súplica o teu desvelo, é antes um sinal, é a minha advertência, vai no meu apelo, eu te asseguro, a clarividência de um presságio escuro: na quebra desta paixão, não serei piedoso, não tenho a tua fé, não reconheço os teus santos na adversidade" eu disse já ouvindo balidos de uma ovelha tresmalhada correndo num prado vermelho, disparando para o vale, e sabendo que em algum lugar se acendia um lume com achas resinosas, e não era dia e nem era noite, era um tempo que se situava a meio topo, era um tempo que se dissolvia entre cão e lobo: "Ana, ainda é tempo, não me libere com a tua recusa, não deixe tanto à minha escolha, não quero ser tão livre, não me obrigue a me perder na dimensão amarga deste espaço imenso, não me empurre, não me conduza, não me abandone na entrada franca desta senda larga, já disse e repito ainda uma vez: estou cansado, quero com urgência o meu lugar na mesa da família! estou implorando, Ana, e te lembro que a família pode ser poupada; neste mundo de imperfeições, tão precário, onde a melhor verdade não consegue transpor os limites da confusão, contentemo-nos com as ferramentas espontâneas que podem ser usadas para forjar nossa união: o segredo contumaz, mesclado pela mentira sorrateira e pelos laivos de um sutil cinismo; afinal, o equilíbrio, de que fala o pai, vale para tudo, nunca foi sabedoria exceder-se na virtude; e depois, Ana, no esforço de fazer o melhor, quem chega ao núcleo? não podemos esquecer que as estradas, como qualquer caminho, só à flor da terra é que são rasgadas, e que todo traço, mesmo a vida no subsolo, é sempre um movimento na superfície ampla; a razão é pródiga, querida irmã, corta em qualquer direção, consente qualquer atalho, bastando que sejamos hábeis no manejo desta lâmina; para vivermos nossa paixão, despojemos nossos olhos de artifícios, das lentes de aumento e das cores tormentosas de outros vidros, só usando com simplicidade sua água lúcida e transparente: não há então como ver na singularidade do nosso amor manifestação de egoísmo, conspurcação dos costumes ou ameaça à espécie; nem nos preocupemos com tais nugas, querida Ana, é tudo tão frágil que basta um gesto supérfluo para afastarmos de perto o curador impertinente das virtudes coletivas; e que guardião da ordem é este? aprumado na postura, é fácil surpreendê-lo piscando o olho com malícia, chamando nossa atenção não se sabe se pro porrete desenvolto que vai na direita, ou se pra esquerda lasciva que vai no bolso; ignoremos pois o edital empertigado deste fariseu, seria fraqueza sermos arrolados por tão anacrônica hipocrisia, afinal, que cama é mais limpa do que a palha enxuta do nosso ninho?" e eu endurecia sem demora os músculos para abrir minha picada, a barra dos meus braços e o ferro dos meus punhos, golpeando a mata inóspita no gume do meu facão, riscando o chão na agulha da minha espora, dispensando a velha trena mas fincando os pontaletes, afilando meus nervos como se afilasse a ponta de um lápis, fazendo a aritmética a partir dos meus próprios números, pouco me importando que as quireras do meu raciocínio pudessem ser confrontadas com as quireras de outro moinho: "é um fato corriqueiro, querida Ana, pelo qual sempre passamos feito sonâmbulos, mas que, silencioso, é ainda o maior e o mais antigo escândalo: a vida só se organiza se desmentindo, o que é bom para uns é muitas vezes a morte para outros, sendo que só os tolos, entre os que foram atirados com displicência ao fundo, tomam de empréstimo aos que estão por cima a régua que estes usam pra medir o mundo; como vítimas da ordem, insisto em que não temos outra escolha, se quisermos escapar ao fogo deste conflito: forjarmos tranquilamente nossas máscaras, desenhando uma ponta de escárnio na borra rubra que faz a boca; e, como resposta à divisão em anverso e reverso, apelemos inclusive para o deboche, passando o dedo untado na brecha do universo; se as flores vicejam nos charcos, dispensemos nós também o assentimento dos que não alcançam a geometria barroca do destino; não podemos nos permitir a pureza dos espíritos exigentes que, em nome do rigor, trocam uma situação precária por uma situação inexistente; de minha parte, abro mão inclusive dos filhos que teríamos, mas, na casa velha, quero gozar em dobro as delícias deste amor clandestino" eu disse já preparado pra subir escarpas, eu que sabia escovar cavalos, selecionar um bom arreio, imprimir-lhes o trote, a marcha lenta e o galope, sendo destro na montaria, ágil no laço, disparando na carreira se fosse preciso, sem contar que sabia também ousar os pequenos potros, comprovar-lhes desde cedo a elegância, a linha tesa dos tendões, o aço dos cascos e a chama das crinas: "como último recurso, querida Ana, te chamo ainda à simplicidade, te incito agora a responder só por reflexo e não por reflexão, te exorto a reconhecer comigo o fio atávico desta paixão: se o pai, no seu gesto austero, quis fazer da casa um templo, a mãe, transbordando no seu afeto, só conseguiu fazer dela uma casa de perdição" eu disse erguendo minhas patas sagitárias, tocando com meus cascos a estrutura do teto, sentindo de repente meu sangue súbito e virulento, salivado prontamente pela volúpia do ímpio, eu tinha gordura nos meus olhos, uma fuligem negra se misturava ao azeite grosso, era uma pasta escura me cobrindo a vista, era a imaginação mais lúbrica me subindo num só jorro, e minhas mãos cheias de febre que desfaziam os botões violentos da camisa, descendo logo pela braguilha, reencontravam altivamente sua vocação primitiva, já eram as mãos remotas do assassino, revertendo com segurança as regras de um jogo imundo, liberando-se para a doçura do crime (que orgias!), vasculhando os oratórios em busca da carne e do sangue, mergulhando a hóstia anêmica no cálice do meu vinho, riscando com as unhas, nos vasos, a brandura dos lírios, imprimindo o meu dígito na castidade deste pergaminho, perseguindo nos nichos a lascívia dos santos (que recato nesta virgem com faces de carmim! que bicadas no meu fígado!), me perdendo numa neblina de incenso para celebrar o demônio que eu tinha diante de mim: "tenho sede, Ana, quero beber" eu disse já coberto de queimaduras, eu era inteiro um lastro em carne viva: "não tenho culpa desta chaga, deste cancro, desta ferida, não tenho culpa deste espinho, não tenho culpa desta intumescência, deste inchaço, desta purulência, não tenho culpa deste osso túrgido, e nem da gosma que vaza pelos meus poros, e nem deste visgo recôndito e maldito, não tenho culpa deste sol florido, desta chama alucinada, não tenho culpa do meu delírio: uma conta do teu rosário para a minha paixão, duas contas para os meus testículos, todas as contas deste cordão para os meus olhos, dez terços bem rezados para o irmão acometido!" e fui largando minha baba com fervor, eu que vinha correndo as mãos na minha pele exasperada, devassando meu corpo adolescente, fazendo surgir da flora meiga do púbis, num ímpeto cheio de caprichos e de engenhos, o meu falo soberbo, resoluto, e, um pouco abaixo, entre a costura das virilhas, penso, me enchendo a palma, o saco tosco do meu escroto que protegia a fonte primordial de todos os meus tormentos, enquanto ia oferecendo religiosamente para a irmã o alimento denso do seu avesso, mas Ana continuava impassível, tinha os olhos definitivamente perdidos na santidade, ela era, debaixo da luz quente das velas, uma fria imagem de gesso, e eu, que desde o início vinha armando minha tempestade, caí por um momento numa surda cólera cinzenta: "estou banhado em fel, Ana, mas sei como enfrentar tua rejeição, já carrego no vento do temporal uma raiva perpétua, tenho o fôlego obstinado, tenho requintes de alquimista, sei como alterar o enxofre com a virtude das serpentes, e, na caldeira, sei como dar à fumaça que sobe da borbulha a frieza da cerração nas madrugadas; vou cultivar o meu olhar, plantar nele uma semente que não germina, será uma terra que não fecunda, um chão capaz de necrosar como as geadas as folhas das árvores, as pétalas das flores e a polpa dos nossos frutos; não reprimirei os cantos dos lábios se a peste dizimar nossos rebanhos, e nem se as pragas devorarem as plantações, vou cruzar os braços quando todos se agitam ao meu redor, dar as costas aos que me pedem por socorro, cobrindo os olhos para não ver suas chagas, tapando as orelhas para não ouvir seus gritos, vou dar de ombros se um dia a casa tomba: não tive o meu contento, o mundo não terá de mim a misericórdia; amar e ser amado era tudo o que eu queria, mas fui jogado à margem sem consulta, fui amputado, já faço parte da escória, vou me entregar de corpo e alma à doce vertigem de quem se considera, na primeira força da idade, um homem simplesmente acabado, bastante ativo contudo para furar fundo com o indicador a carne podre da carcaça, e, entre o polegar e o anular, com elegância, fechar trópicos e outras linhas, atirando num ossário o esqueleto deste mundo; pertenço como nunca desde agora a essa insólita confraria dos enjeitados, dos proibidos, dos recusados pelo afeto, dos sem-sossego, dos intranquilos, dos inquietos, dos que se contorcem, dos aleijões com cara de assassino que descendem de Caim (quem não ouve a ancestralidade cavernosa dos meus gemidos?), dos que trazem um sinal na testa, essa longínqua cicatriz de cinza dos marcados pela santa inveja, dos sedentos de igualdade e de justiça, dos que cedo ou tarde acabam se ajoelhando no altar escuso do Maligno, deitando antes em sua mesa, piamente, as despojadas oferendas: uma posta de peixe alva e fria, as uvas pretas de uma parreira na decrepitude, os algarismos solitários das matemáticas, as cordas mudas de um alaúde, um punhado de desespero, e um carvão solene para os seus dedos criadores, a ele, o artífice do rabisco, o desenhista provecto do garrancho, o artesão que trabalha em cima de restos de vida, puxando no traço de sua linha a vontade extenuada de cada um, ele, o propulsor das mudanças, nos impelindo com seus sussurros contra a corrente, nos arranhando os tímpanos com seu sopro áspero e quente, nos seduzindo contra a solidez precária da ordem, este edifício de pedra cuja estrutura de ferro é sempre erguida, não importa a arquitetura, sobre os ombros ulcerados dos que gemem, ele, o primeiro, o único, o soberano, não passando o teu Deus bondoso (antes discriminador, piolhento e vingativo) de um vassalo, de um subalterno, de um promulgador de tábuas insuficiente, incapaz de perceber que suas leis são a lenha resinosa que alimenta a constância do Fogo Eterno! não basta o jato da minha cusparada, contenha este incêndio enquanto é tempo, já me sobe uma nova onda, já me queima uma nova chama, já sinto ímpetos de empalar teus santos, de varar teus anjos tenros, de dar uma dentada no coração de Cristo!" e eu já corria embalado de novo na carreira, me antecipando numa santa fúria, me cobrindo de bolhas de torso a dorso, babando o caldo pardo das urtigas, sangrando a suculência do meu cáctus, afiando meus caninos pra sorver o licor rosado dos meninos, profanando aos berros o tabernáculo da família (que turbulência na cabeça, que confusão, quantos cacos, que atropelos na minha língua!), mas fui bruscamente interrompido, Ana ergueu-se num impulso violento, empurrando com a vibração da atmosfera a chama indecisa das velas, fazendo cambaleante o transtorno ruivo da capela: vi o pavor no seu rosto, era um susto compacto cedendo aos poucos, e, logo depois, nos seus olhos, senti profundamente a irmã amorosa temendo por mim, e sofrendo por mim, e chorando por mim, e eu que mal acabava de me jogar no ritual deste calor antigo, inscrito sempre em ouro na lombada dos livros sacros, incorporei subitamente a tristeza calada do universo, inscrita sempre em traços negros nos olhos de um cordeiro sacrificado, me vendo deitado de repente numa campa larga, cercado por silenciosos copos-de-leite, eu já dormia numa paisagem com renques de ciprestes, era uma geometria roxa guardando a densidade dos campos desabitados, "estou morrendo, Ana", eu disse largado numa letargia rouca, encoberto pela névoa fria que caía do teto, ouvindo a elegia das casuarinas que gemiam com o vento, e ouvindo ao mesmo tempo um coro de vozes esquisito e um gemido puxado de uma trompa, e um martelar ritmado de bigorna, e um arrastar de ferros, e surdas gargalhadas, "estou morrendo" eu repeti, mas Ana já não estava mais na capela.

21

Prosternado à porta da capela, meu dorso curvo, o rosto colado na terra, minha nuca debaixo de um céu escuro, pela primeira vez eu me senti sozinho neste mundo; ah! Pedro, meu querido irmão, não importa em que edifício das idades, em alturas só alcançadas pelas setas de insetos raros, compondo cruzes em torno dessa torre, existe sempre marcado no cimo, pelo olho perscrutador de uma coruja paciente, a noite de concavidades que me espera; neste edifício erguido sobre colunas atmosféricas escorridas de resinas esquisitas, existe sempre nas janelas mais altas a suspensão de um gesto fúnebre; e existe a última janela de abertura debruçada para brumas rarefeitas e espectros incolores, ali onde instalo meus filamentos e minhas antenas, meus radares e minhas dores, captando o espaço e o tempo na sua visão mais calma, mais tranquila, mais inteira; eu nunca duvidei que existisse, com a mesma curvatura que rola, a mesma gravidade que cai, a mesma precária arquitetura, um translúcido hálito azul, a bolha derradeira, presente em cada folha amanhecida, em cada pena antes do voo, denso e pendente como orvalho; mas em vez de galgar os degraus daquela torre, eu poderia simplesmente abandonar a casa, e partir, deixando as terras da fazenda para trás; eram também coisas do direito divino, coisas santas, os muros e as portas da cidade.

O RETORNO

"Vos são interditadas:
vossas mães, vossas filhas, vossas irmãs,
...."
          (*Alcorão* — Surata IV, 23)

22

"...e quanto mais engrossam a casca, mais se torturam com o peso da carapaça, pensam que estão em segurança mas se consomem de medo, escondem-se dos outros sem saber que atrofiam os próprios olhos, fazem-se prisioneiros de si mesmos e nem sequer suspeitam, trazem na mão a chave mas se esquecem que ela abre, e, obsessivos, afligem-se com seus problemas pessoais sem chegar à cura, pois recusam o remédio; a

sabedoria está precisamente em não se fechar nesse mundo menor: humilde, o homem abandona sua individualidade para fazer parte de uma unidade maior, que é de onde retira sua grandeza; só através da família é que cada um em casa há de aumentar sua existência, é se entregando a ela que cada um em casa há de sossegar os próprios problemas, é preservando sua união que cada um em casa há de fruir as mais sublimes recompensas; nossa lei não é retrair mas ir ao encontro, não é separar mas reunir, onde estiver um há de estar o irmão também..."
(Da mesa dos sermões.)

23

Pedro cumprira sua missão me devolvendo ao seio da família; foi um longo percurso marcado por um duro recolhimento, os dois permanecemos trancados durante toda a viagem que realizamos juntos, e na qual, feito menino, me deixei conduzir por ele o tempo inteiro; era já noite quando chegamos, a fazenda dormia num silêncio recluso, a casa estava em luto, as luzes apagadas, salvo a clareira pálida no pátio dos fundos que se devia à expansão da luz da copa, pois a família se encontrava ainda em volta da mesa; entramos pela varanda da frente, e assim que meu irmão abriu a porta, o ruído de um garfo repousando no prato, seguido, embora abafado, de um murmúrio intenso, precedeu a expectativa angustiante que se instalou na casa inteira; me separei de Pedro ali mesmo na sala, entrando para o meu antigo quarto, enquanto ele, fazendo vibrar a cristaleira sob os passos, afundava no corredor em direção à copa, onde a família o aguardava; largado na beira da minha velha cama, a bagagem jogada entre meus pés, fui envolvido pelos cheiros caseiros que eu respirava, me despertando imagens torpes, mutiladas, me fazendo cair logo em confusos pensamentos; na sucessão de tantas ideias, me passava também pela cabeça o esforço de Pedro para esconder de todos a sua dor, disfarçada quem sabe pelo cansaço da viagem; ele não poderia deixar transparecer, ao anunciar a minha volta, que era um possuído que retornava com ele a casa; ele precisaria dissimular muito para não estragar a alegria e o júbilo nos olhos de meu pai, que dali a pouco haveria de proclamar para os que o cercavam que "aquele que tinha se perdido tornou ao lar, aquele pelo qual chorávamos nos foi devolvido".

Assustado com o ânimo quente que tomou os fundos da casa de repente, se alastrando com rapidez pelos nervos das paredes, com vozes, risos e soluços se misturando, me levantei atordoado para encostar a porta, ao mesmo tempo que todo aquele surto de emoções parecia ser contido pela palavra severa do chefe da família; e eu ainda ouvia um silêncio carregado de vibrações e ressonâncias, quando a porta foi aberta, e a luz do meu quarto acesa, surgindo, em toda a sua majestade rústica, a figura de meu pai, caminhando, grave, na minha direção; já de pé, e olhando para o chão, e sofrendo a densidade da sua presença diante de mim, senti num momento suas mãos benignas sobre minha cabeça, correndo meus cabelos até a nuca, descendo vagarosas pelos meus ombros, e logo seus braços poderosos me apertavam o peito contra o seu peito, me tomando depois o rosto entre suas palmas para me beijar a testa; e eu tinha outra vez os olhos no chão quando ele disse, úmido e solene:

— Abençoado o dia da tua volta! Nossa casa agonizava, meu filho, mas agora já se enche de novo de alegria!

E me olhando com ternura contida, e medindo longamente o estado roto dos meus traços, e me advertindo sobre a conversa que teríamos um pouco mais tarde, quando tudo estivesse mais tranquilo, e me lembrando ainda que meu encontro com a mãe deveria ser comedido, poupando-lhe sobretudo a memória dos dias da minha ausência, meu pai ordenou que eu lavasse do corpo o pó da estrada antes de sentar-me à mesa que a mãe me preparava. E mal ele tinha se afastado, minhas irmãs irromperam ruidosamente pela porta, se atirando ao meu encontro, se pendurando no meu pescoço, fazendo festas nos meus cabelos, me beijando muitas vezes o rosto, me alisando por cima da camisa o peito e as costas, e riam, e choravam, e faziam tudo isso entre comentários atropelados, e até intempestivos, me revelando bruscamente que Ana, tão piedosa desde que eu partira, mal soube da notícia correra à capela para agradecer a minha volta, que a casa também por isso já estava toda iluminada, daria gosto ver tanta luz a quem passasse lá na estrada, e que dali a pouco começariam de véspera os preparativos para celebrar a minha páscoa, e que todos seriam convidados ainda aquela noite, nossos vizinhos juntamente com os parentes e amigos lá da vila, e que aquela era pra família a maior graça já recebida, pois meu retorno à casa trazia de volta em dobro toda a alegria perdida, e cheias de calor e entusiasmo elas me arrancaram ali do quarto me agarrando pelos braços, e eu, todo sombrio, mal escondendo meus olhos repulsivos, eu deixei que me conduzissem pela sala enquanto iam me soprando ternamente alguns gracejos, e assim que entramos pelo corredor elas me empurraram pela porta do banheiro, me sentando logo no caixote, e, enquanto Rosa, atrás de mim, dobrada sobre meu dorso, atravessava os braços por cima dos meus ombros pra me abrir a camisa, Zuleika e Huda, de joelhos, dobradas sobre meus pés, se ocupavam de tirar meus sapatos e minhas meias, e eu ali, entregue aos cuidados de tantas mãos, fui dando conta do zelo que me cercava, já estava temperada a água quente ali da lata, o canecão ao lado, a toalha de banho dependurada, um sabão de essência raro em nossa casa, o surrado par de chinelos, sem contar o pijama, limpo e passado, que eu, ao partir, tinha esquecido sob o travesseiro, e eu já estava de peito nu e pés descalços quando elas se retiraram com movimentos ligeiros, e enquanto Rosa, a mais velha das mulheres, encostava por fora a porta, fui alertado por ela de que eu não tinha mais que cinco minutos para me mostrar de novo aos olhos da família, e que nesse meio-tempo elas iam preparar melhor a mãe para me ver.

Perturbado pelo turbilhão de afagos, embora um tanto refeito pela água, deixei o banheiro minutos depois, sentindo a maciez do algodão do meu pijama, meus pés soltos nos chinelos lassos, e a fragrância discreta que o sabão tinha deixado no meu corpo. Rosa me aguardava sozinha na sala, estava sentada, pensativa, pareceu não dar logo por mim que saía para o corredor, mas assim que me viu veio ao meu encontro, me saudando pelo banho, me puxando para a sala, o rosto suavizado por um sorriso calmo, ela que era tão sensata: "Ouça bem isto, Andrula: a mãe precisa de cuidados, ela não é a mesma desde que você partiu; seja generoso, meu irmão, não fique trancado diante dela, fale pelo menos com ela, mas não fale de coisas tristes, é tudo o que te peço; e agora vá ver a mãe, ela está lá na copa te esperando, vá depressa; enquanto isso, vou ajudar nos preparativos da tua festa de amanhã, Zuleika e Huda já estão tomando as primeiras providências, elas estão transtornadas de tanta alegria! Deus ouviu as nossas preces!" ela disse e eu senti nas costas a pressão doce da sua mão me animando a afundar no corredor em direção à copa, e eu já estava a meio caminho quando me ocorreu que, embora toda iluminada, inclusive os quartos de dormir, a casa estava em silêncio, vazia por dentro, a família atendia com certeza a uma recomendação de Pedro, cuja palavra persuasiva beirava a autoridade do pai, gozando de audiência: eu era um enfermo, necessitava de cuidados especiais, que me poupassem nas primeiras horas, sem contar que todos tinham o bom pretexto de preparar às pressas a minha festa.

Na entrada da copa, parei: cioso das mudanças, marcando o silêncio com rigor, estava ali o nosso antigo relógio de parede trabalhando criteriosamente cada instante; estava ali a velha mesa, sólida, maciça, em torno da qual a família reunida consumia todos os dias seu alimento; uma das cabeceiras, era só uma ponta, tinha sido forrada por uma toalha branca, e, sobre ela, a refeição que me esperava; ao lado da cabeceira, de pé, o corpo grosso sem se mexer, estava a mãe, apertando contra os olhos um lenço desdobrado que ela abaixou ao pressentir minha presença; e foi só então que eu pude ver, apesar da luz que brilhava nos seus olhos, quanto estrago eu tinha feito naquele rosto.

24

Eram esses os nossos lugares à mesa na hora das refeições, ou na hora dos sermões: o pai à cabeceira; à sua direita, por ordem de idade, vinha primeiro Pedro, seguido de Rosa, Zuleika, e Huda; à sua esquerda, vinha a mãe, em seguida eu, Ana, e Lula, o caçula. O galho da direita era um desenvolvimento espontâneo do tronco, desde as raízes; já o da esquerda trazia o estigma de uma cicatriz, como se a mãe, que era por onde começava o segundo galho, fosse uma anomalia, uma protuberância mórbida, um enxerto junto ao tronco talvez funesto, pela carga de afeto; podia-se quem sabe dizer que a distribuição dos lugares na mesa (eram caprichos do tempo) definia as duas linhas da família.

O avô, enquanto viveu, ocupou a outra cabeceira; mesmo depois da sua morte, que quase coincidiu com nossa mudança da casa velha para a nova, seria exagero dizer que sua cadeira ficou vazia.

25

. . . .

— Meu coração está apertado de ver tantas marcas no teu rosto, meu filho; essa é a colheita de quem abandona a casa por uma vida pródiga.

— A prodigalidade também existia em nossa casa.

— Como, meu filho?

— A prodigalidade sempre existiu em nossa mesa.

— Nossa mesa é comedida, é austera, não existe desperdício nela, salvo nos dias de festa.

— Mas comemos sempre com apetite.

— O apetite é permitido, não agrava nossa dignidade, desde que seja moderado.

— Mas comemos até que ele desapareça; é assim que cada um em casa sempre se levantou da mesa.

— É para satisfazer nosso apetite que a natureza é generosa, pondo seus frutos ao nosso alcance, desde que trabalhemos por merecê-los. Não fosse o apetite, não teríamos forças para buscar o alimento que torna possível a sobrevivência. O apetite é sagrado, meu filho.

— Eu não disse o contrário, acontece que muitos trabalham, gemem o tempo todo, esgotam suas forças, fazem tudo que é possível, mas não conseguem apaziguar a fome.

— Você diz coisas estranhas, meu filho. Ninguém deve desesperar-se, muitas vezes é só uma questão de paciência, não há espera sem recompensa, quantas vezes eu não contei para vocês a história do faminto?

— Eu também tenho uma história, pai, é também a história de um faminto, que mourejava de sol a sol sem nunca conseguir aplacar sua fome, e que de tanto se contorcer acabou por dobrar o corpo sobre si mesmo alcançando com os dentes as pontas dos próprios pés; sobrevivendo à custa de tantas chagas, ele só podia odiar o mundo.

— Você sempre teve aqui um teto, uma cama arrumada, roupa limpa e passada, a mesa e o alimento, proteção e muito afeto. Nada te faltava. Por tudo isso, ponha de lado essas histórias de famintos, que nenhuma delas agora vem a propósito, tornando muito estranho tudo o que você fala. Faça um esforço, meu filho, seja mais claro, não dissimule, não esconda nada do teu pai, meu coração está apertado também de ver tanta confusão na tua cabeça. Para que as pessoas se entendam, é preciso que ponham ordem em suas ideias. Palavra com palavra, meu filho.

— Toda ordem traz uma semente de desordem, a clareza, uma semente de obscuridade, não é por outro motivo que falo como falo. Eu poderia ser claro e dizer, por exemplo, que nunca, até o instante em que decidi o contrário, eu tinha pensado em deixar a casa; eu poderia ser claro e dizer ainda que nunca, nem antes e nem depois de ter partido, eu pensei que pudesse encontrar fora o que não me davam aqui dentro.

— E o que é que não te davam aqui dentro?

— Queria o meu lugar na mesa da família.

— Foi então por isso que você nos abandonou: porque não te dávamos um lugar na mesa da família?

— Jamais os abandonei, pai; tudo o que quis, ao deixar a casa, foi poupar-lhes o olho torpe de me verem sobrevivendo à custa das minhas próprias vísceras.

— O pão contudo sempre esteve à mesa, provendo igualmente a necessidade de cada boca, e nunca te foi proibido sentar-se com a família, ao contrário, era esse o desejo de todos, que você nunca estivesse ausente na hora de repartir o pão.

— Não falo deste alimento, participar só da divisão deste pão pode ser em certos casos simplesmente uma crueldade: seu consumo só prestaria para alongar a minha fome; tivesse de sentar-me à mesa só com esse fim, preferiria antes me servir de um pão acerbo que me abreviasse a vida.

— Do que é que você está falando?

— Não importa.

— Você blasfemava.

— Não, pai, não blasfemava, pela primeira vez na vida eu falava como um santo.

— Você está enfermo, meu filho, uns poucos dias de trabalho ao lado de teus irmãos hão de quebrar o orgulho da tua palavra, te devolvendo depressa a saúde de que você precisa.

— Por ora não me interesso pela saúde de que o senhor fala, existe nela uma semente de enfermidade, assim como na minha doença existe uma poderosa semente de saúde.

— Não há proveito em atrapalhar nossas ideias, esqueça os teus caprichos, meu filho, não afaste o teu pai da discussão dos teus problemas.

— Não acredito na discussão dos meus problemas, não acredito mais em troca de pontos de vista, estou convencido, pai, de que uma planta nunca enxerga a outra.

— Conversar é muito importante, meu filho, toda palavra, sim, é uma semente; entre as coisas humanas que podem nos assombrar, vem a força do verbo em primeiro lugar; precede o uso das mãos, está no fundamento de toda prática, vinga, e se expande, e perpetua, desde que seja justo.

— Admito que se pense o contrário, mas ainda que eu vivesse dez vidas, os resultados de um diálogo pra mim seriam sempre frutos tardios, quando colhidos.

— É egoísmo, próprio de imaturos, pensar só nos frutos, quando se planta; a colheita não é a melhor recompensa para quem semeia; já somos bastante gratificados pelo sentido de nossas vidas, quando plantamos, já temos nosso galardão só em fruir o tempo largo da gestação, já é um bem que transferimos, se transferimos a espera para gerações futuras, pois há um gozo intenso na própria fé, assim como há calor na quietude da ave que choca os ovos no seu ninho. E pode haver tanta vida na semente, e tanta fé nas mãos do semeador, que é um milagre sublime que grãos espalhados há milênios, embora sem germinar, ainda não morreram.

— Ninguém vive só de semear, pai.

— Claro que não, meu filho; se outros hão de colher do que semeamos hoje, estamos colhendo por outro lado do que semearam antes de nós. É assim que o mundo caminha, é esta a corrente da vida.

— Isso já não me encanta, sei hoje do que é capaz esta corrente; os que semeiam e não colhem, colhem contudo do que não plantaram; deste legado, pai, não tive o meu bocado. Por que empurrar o mundo para frente? Se já tenho as mãos atadas, não vou por minha iniciativa atar meus pés também; por isso, pouco me importa o rumo que os ventos tomem, eu já não vejo diferença, tanto faz que as coisas andem para frente ou que elas andem para trás.

— Não quero acreditar no pouco que te entendo, meu filho.

— Não se pode esperar de um prisioneiro que sirva de boa vontade na casa do carcereiro; da mesma forma, pai, de quem amputamos os membros, seria absurdo exigir um abraço de afeto; maior despropósito que isso só mesmo a vileza do aleijão que, na falta das mãos, recorre aos pés para aplaudir o seu algoz; age quem sabe com a paciência proverbial do boi: além do peso da canga, pede que lhe apertem o pescoço entre os canzis. Fica mais feio o feio que consente o belo...

— Continue.

— E fica também mais pobre o pobre que aplaude o rico, menor o pequeno que aplaude o grande, mais baixo o baixo que aplaude o alto, e assim por diante. Imaturo ou não, não reconheço mais os valores que me esmagam, acho um triste faz de conta viver na pele de terceiros, e nem entendo como se vê nobreza no arremedo dos desprovidos; a vítima ruidosa que aprova seu opressor se faz duas vezes prisioneira, a menos que faça essa pantomima atirada por seu cinismo.

— É muito estranho o que estou ouvindo.

— Estranho é o mundo, pai, que só se une se desunindo; erguida sobre acidentes, não há ordem que se sustente; não há nada mais espúrio do que o mérito, e não fui eu que semeei esta semente.

— Não vejo como todas essas coisas se relacionam, vejo menos ainda por que te preocupam tanto. Que é que você quer dizer com tudo isso?

— Não quero dizer nada.

— Você está perturbado, meu filho.

— Não, pai, eu não estou perturbado.

— De quem você estava falando?

— De ninguém em particular; eu só estava pensando nos desenganados sem remédio, nos que gritam de ardência, sede e solidão, nos que não são supérfluos nos seus gemidos; era só neles que eu pensava.

— Quero te entender, meu filho, mas já não entendo nada.

— Misturo coisas quando falo, não desconheço esses desvios, são as palavras que me empurram, mas estou lúcido, pai, sei onde me contradigo, piso quem sabe em falso, pode até parecer que exorbito, e se há farelo nisso tudo, posso assegurar, pai, que tem também aí muito grão inteiro. Mesmo confundindo, nunca me perco, distingo pro meu uso os fios do que estou dizendo.

— Mas sonega clareza para o teu pai.

— Já disse que não acredito na discussão dos meus problemas, estou convencido também de que é muito perigoso quebrar a intimidade, a larva só me parece sábia enquanto se guarda no seu núcleo, e não descubro de onde tira a sua força quando rompe a resistência do casulo; contorce-se com certeza, passa por metamorfoses, e tanto esforço só para expor ao mundo sua fragilidade.

— Corrija a displicência dos teus modos de ver: é forte quem enfrenta a realidade; e depois, estamos em família, que só um insano tomaria por ambiente hostil.

— Forte ou fraco, isso depende: a realidade não é a mesma para todos, e o senhor não ignora, pai, que sempre gora o ovo que não é galado; o tempo é farto e generoso, mas não devolve a vida aos que não nasceram; aos derrotados de partida, ao fruto peco já na semente, aos arruinados sem terem sido erguidos, não resta outra alternativa: dar as costas para o mundo, ou alimentar a expectativa da destruição de tudo; de minha parte, a única coisa que sei é que todo meio é hostil, desde que negue direito à vida.

— Você me assusta, meu filho, sem te entender, entendo contudo teus disparates: não há hostilidade nesta casa, ninguém te nega aqui o direito à vida, não é sequer admissível que te passe esse absurdo pela cabeça!

— É um ponto de vista.

— Refreie tua costumeira impulsividade, não responda desta forma para não ferir o teu pai. Não é um ponto de vista! Todos nós sabemos como se comporta cada um em casa: eu e tua mãe vivemos sempre para vocês, o irmão para o irmão, nunca faltou, a quem necessitasse, o apoio da família!

— O senhor não me entendeu, pai.

— Como posso te entender, meu filho? Existe obstinação na tua recusa, e isto também eu não entendo. Onde você encontraria lugar mais apropriado para discutir os problemas que te afligem?

— Em parte alguma, menos ainda na família; apesar de tudo, nossa convivência sempre foi precária, nunca permitiu ultrapassar certos limites; foi o senhor mesmo que disse há pouco que toda palavra é uma semente: traz vida, energia, pode trazer inclusive uma carga explosiva no seu bojo: corremos graves riscos quando falamos.

— Não receba com suspeita e leviandade as palavras que te dirijo, você sabe muito bem que conta nesta casa com nosso amor!

— O amor que aprendemos aqui, pai, só

muito tarde fui descobrir que ele não sabe o que quer; essa indecisão fez dele um valor ambíguo, não passando hoje de uma pedra de tropeço; ao contrário do que se supõe, o amor nem sempre aproxima, o amor também desune; e não seria nenhum disparate eu concluir que o amor na família pode não ter a grandeza que se imagina.

— Já basta de extravagâncias, não prossiga mais neste caminho, não se aproveitam teus discernimentos, existe anarquia no teu pensamento, ponha um ponto na tua arrogância, seja simples no uso da palavra!

— Não acho que sejam extravagâncias, se bem que já não me faz diferença que eu diga isto ou aquilo, mas como é assim que o senhor percebe, de que me adiantaria agora ser simples como as pombas? Se eu depositasse um ramo de oliveira sobre esta mesa, o senhor poderia ver nele simplesmente um ramo de urtigas.

— Nesta mesa não há lugar para provocações, deixe de lado o teu orgulho, domine a víbora debaixo da tua língua, não dê ouvidos ao murmúrio do demônio, me responda como deve responder um filho, seja sobretudo humilde na postura, seja claro como deve ser um homem, acabe de uma vez com esta confusão!

— Se sou confuso, se evito ser mais claro, pai, é que não quero criar mais confusão.

— Cale-se! Não vem desta fonte a nossa água, não vem destas trevas a nossa luz, não é a tua palavra soberba que vai demolir agora o que levou milênios para se construir; ninguém em nossa casa há de falar com presumida profundidade, mudando o lugar das palavras, embaralhando as ideias, desintegrando as coisas numa poeira, pois aqueles que abrem demais os olhos acabam só por ficar com a própria cegueira; ninguém em nossa casa há de padecer também de um suposto e pretensioso excesso de luz, capaz como a escuridão de nos cegar; ninguém ainda em nossa casa há de dar um curso novo ao que não pode desviar, ninguém há de confundir nunca o que não pode ser confundido, a árvore que cresce e frutifica com a árvore que não dá frutos, a semente que tomba e multiplica com o grão que não germina, a nossa simplicidade de todos os dias com um pensamento que não produz; por isso, dobre a tua língua, eu já disse, nenhuma sabedoria devassa há de contaminar os modos da família! Não foi o amor, como eu pensava, mas o orgulho, o desprezo e o egoísmo que te trouxeram de volta à casa!

Quanta amargura meu pai juntava à sua cólera! E que veleidade a minha, expor-lhe a carcaça de um pensamento, ter triturado na mesa imprópria uns fiapos de ossos, tão minguados diante da força poderosa de sua figura à cabeceira. Encolhido, senti num momento a presença da mãe às minhas costas, trazida à porta da cozinha pelo discurso exasperado ali na copa, tentando com certeza interferir em meu favor; mesmo sem me voltar, pude ler com clareza a angústia no rosto dela, implorando com os olhos aflitos para o meu pai: "Chega, Iohána! Poupe nosso filho!".

— Estou cansado, pai, me perdoe. Reconheço minha confusão, reconheço que não me fiz entender, mas agora serei claro no que vou dizer: não trago o coração cheio de orgulho como o senhor pensa, volto para casa humilde e submisso, não tenho mais ilusões, já sei o que é a solidão, já sei o que é a miséria, sei também agora, pai, que não devia ter me afastado um passo sequer da nossa porta; daqui pra frente, quero ser como meus irmãos, vou me entregar com disciplina às tarefas que me forem atribuídas, chegarei aos campos de lavoura antes que ali chegue a luz do dia, só os deixarei bem depois de o sol se pôr; farei do trabalho a minha religião, farei do cansaço a minha embriaguez, vou contribuir para preservar nossa união, quero merecer de coração sincero, pai, todo o teu amor.

— Tuas palavras abrem meu coração, querido filho, sinto uma luz nova sobre esta mesa, sinto meus olhos molhados de alegria, apagando depressa a mágoa que você causou ao abandonar a casa, apagando depressa o pesadelo que vivemos há pouco. Cheguei a pensar por um instante que eu tinha outrora semeado em chão batido, em pedregulho, ou ainda num campo de espinhos. Vamos festejar amanhã aquele que estava cego e recuperou a vista! Agora vai descansar, meu filho, a viagem foi longa, a emoção foi grande, vai descansar, querido filho.

E o meu suposto recuo na discussão com o pai logo recebia uma segunda recompensa: minha cabeça foi de repente tomada pelas mãos da mãe, que se encontrava já então atrás da minha cadeira; me entreguei feito menino à pressão daqueles dedos grossos que me apertavam uma das faces contra o repouso antigo do seu seio; curvando-se, ela amassou depois seus olhos, o nariz e a boca, enquanto cheirava ruidosamente meus cabelos, espalhando ali, em língua estranha, as palavras ternas com que sempre me brindara desde criança: "meus olhos" "meu coração" "meu cordeiro"; largado naquele berço, vi que o pai saía para o pátio, grave, como se todo aquele transbordamento de afeto se passasse à sua revelia; empunhava o mesmo facão com que entrara pouco antes ali na copa, ia agora reunir-se de novo às minhas irmãs perdidas numa azáfama animada em torno da mesa tosca, lá debaixo do telheiro dos fundos, onde preparavam as carnes para a minha festa; e eu tinha os olhos nessa direção, e me perguntava pelos motivos da minha volta, sem conseguir contudo delinear os contornos suspeitos do meu retorno, quando notei, além do pátio, um pouco adentrado no bosque escuro, o vulto de Pedro: andava cabisbaixo entre os troncos das árvores, o passo lento, parecia sombrio, taciturno.

26

Meu pai sempre dizia que o sofrimento melhora o homem, desenvolvendo seu espírito e aprimorando sua sensibilidade; ele dava a entender que quanto maior fosse a dor tanto ainda o sofrimento cumpria sua função mais nobre; ele parecia acreditar que a resistência de um homem era inesgotável. Do meu lado, aprendi bem cedo que é difícil determinar onde acaba nossa resistência, e também muito cedo aprendi a ver nela o traço mais forte do homem; mas eu achava que, se da corda de um alaúde — esticada até o limite — se podia tirar uma nota afinadíssima (supondo-se que não fosse mais que um arranhado melancólico e estridente), ninguém contudo conseguiria extrair nota alguma se a mesma fosse distendida até o rompimento. Era isso pelo menos o que eu pensava até a noite do meu retorno, sem jamais ter suspeitado antes que se pudesse, de uma corda partida, arrancar ainda uma nota diferente (o que só vinha confirmar a possível crença de meu pai de que um homem, mesmo quebrado, não perdeu ainda sua resistência, embora nada provasse que continuava ganhando em sensibilidade).

27

Não tinha ainda visto Ana quando me recolhi (era fácil compreender que ela tivesse se refugiado na capela ao saber do meu retorno), e nem meu irmão caçula, pois não tinha ousado sair do meu silêncio para perguntar por ele. Ao entrar no quarto, embora achando um tanto estranho, não me surpreendi vendo Lula na cama, deitado de lado contra a parede, coberto por um lençol branco da cabeça aos pés. O quarto dormia numa penumbra tranquila, a claridade em volta da casa, diluída, chegava ali dentro ainda mais calma vazada pelas frinchas da veneziana; não acendi a luz, sabendo que podia me deslocar sem dificuldade, além do que, vestindo o pijama desde o banho, eu tinha pouco que fazer: fechar a porta atrás de mim, remover minha bagagem para um canto, soltar meus chinelos dos pés, e me enfiar em seguida na cama: cansado de subir serras, tudo que eu queria era uma relva plana, me entorpecer de sono, dormir todos os meus sonhos, todos os meus pesadelos, acordando no dia seguinte com os olhos claros, podendo quem sabe, como dizia o avô, "distinguir já na aurora um fio branco de um fio negro".

Cuidando da bagagem, dei logo pela falta da caixa que acompanhava a mala, mas não liguei importância a isso, ainda que a caixa trouxesse coisas insólitas, as mesmas coisas que eu, em alta tensão, tinha exposto aos olhos pejados de Pedro naquele remoto quarto de pensão; a cinta de sisal estava jogada ali no assoalho, chegando a me intrigar as mãos afoitas que arrancaram o cordão sem desfazer o nó (não se fazia nunca isso em casa), subtraindo a caixa só depois de conhecer às pressas seu conteúdo; sentado na cama, eu recuperava mecanicamente o barbante, enrolando-o depois à maneira de meu pai no carretel dos dedos, quando me ocorreu que tinha sido talvez para satisfazer a gula púbere de Lula que aquele roubo fora consumado; olhando sobre o ombro para a outra cama, notei num momento que Lula não só fingia o seu sono, mas queria também, através de movimentos um tanto desabusados, me deixar claro que não dormia, e que era para demonstrar seu desprezo que ele, deitado de lado contra a parede, me voltava ostensivamente as costas; fiquei bem alguns minutos sondando sua graça ingênua e incansável, desfechando pequenas patadas de espaço a espaço no lençol que o cobria, até que me levantei e, contornando minha cama, fui me sentar na beira da cama dele: o lençol já não se mexia, passando eu a ouvir de repente o ruído de quem ressonava profundamente; um pouco surpreso com a distração que tudo aquilo começava a me causar, levei a mão ao seu ombro:

— Lula! Lula!

Lula demorou para descobrir a cabeça e me olhou sem virar o corpo, rosnando qualquer coisa hostil como se tivesse sido despertado, não conseguindo contudo esconder seu contentamento.

— Você dormia?

— Claro! Então você não viu que eu dormia?

— É que eu queria ter um dedo de conversa com você, foi só por isso que te acordei.

— Conversar o quê?

— Acabo de voltar pra casa, Lula.

— E daí?

— Eu pensei que isso te deixasse contente.

— Contente por quê?

— Não sei, mas pensei isso.

— Pensou errado.

— Se for pra conversar assim, a gente para por aqui, é melhor.

— Você nem devia ter começado, boa-noite — e Lula puxou de novo o lençol sobre a cabeça, resguardando sua altivez, mas não ressonava e nem se mexia, aguardava com certeza uma nova iniciativa de minha parte, parecia ansioso em conversar comigo, ele, cujos olhos sempre estiveram muito perto de mim (eu não sabia), e para quem meus passos eram um mau exemplo, segundo Pedro.

— O que há com você, Lula? — eu disse num impulso de ternura. — Quero te falar como amigo, é tudo.

— O que há... o que há... você ainda pergunta — ele disse sem descobrir a cabeça — faz mais de uma hora que estou aqui te esperando, se você quer saber. Uma hora! Agora vem você com essa de amigo...

— Eu não sabia, Lula.

— Não sabia... não sabia... onde é que eu poderia estar, se você não tinha me visto ainda? Não era no pasto, no meio dos carneiros... — e ele tentava amenizar sua recusa, mas não cedia.

— Está bem, Lula, então boa-noite — eu disse, e nem sequer tinha me erguido quando ele se virou intempestivo, atirando o lençol e descobrindo o peito, sentando-se apoiado na cabeceira da cama, precipitando-se com ardor numa insolente confidência:

— Vou sair de casa, André, amanhã, no meio da tua festa, mas isso eu só estou contando pra você.

— Fale baixo, Lula.

— Não aguento mais esta prisão, não aguento mais os sermões do pai, nem o trabalho que me dão, e nem a vigilância do Pedro em cima do que faço, quero ser dono dos meus próprios passos; não nasci pra viver aqui, sinto nojo dos nossos rebanhos, não gosto de trabalhar na terra, nem nos dias de sol, menos ainda nos dias de chuva, não aguento mais a vida parada desta fazenda imunda...

— Fale baixo, eu já disse.

— Só foi você partir, André, e eu já vivia empoleirado lá na porteira, sonhando com estradas, esticando os olhos até onde podia, era só na tua aventura que eu pensava... Quero conhecer muitas cidades, quero correr todo este mundo, vou trocar meu embornal por uma mochila, vou me transformar num andarilho que vai de praça em praça cruzando as ruas feito vagabundo; quero conhecer também os lugares mais proibidos, desses lugares onde os ladrões se encontram, onde se joga só a dinheiro, onde se bebe muito vinho, onde se cometem todos os vícios, onde os criminosos tramam os seus crimes; vou ter a companhia de mulheres, quero ser conhecido nos bordéis e nos becos onde os mendigos dormem, quero fazer coisas diferentes, ser generoso com meu próprio corpo, ter emoções que nunca tive; e quando a intimidade da noite me cansar, vou caminhar a esmo pelas ruas escuras, vou sentir o orvalho da madrugada em cima de mim, vou ver o dia amanhecendo estirado num banco de jardim; quero viver tudo isso, André, vou sair de casa para abraçar o mundo, vou partir para nunca mais voltar, não vou ceder a nenhum apelo, tenho coragem, André, não vou falhar como você...

Era uma água represada (que correnteza,

quanto desassossego!) que jorrava daquela imaginação adolescente ansiosa por dissipar sua poesia e seu lirismo, era talvez a minha aprovação que ele queria quando terminasse de descrever seu projeto de aventuras, e enquanto eu escutava aquelas fantasias todas — infladas de distâncias inúteis — ia pensando também em abaixar seus cílios alongados, dizendo-lhe ternamente "dorme, menino"; mas não foi para fechar seus olhos que estendi o braço, correndo logo a mão no seu peito liso: encontrei ali uma pele branda, morna, tinha a textura de um lírio; e meu gesto imponderável perdia aos poucos o comando naquele repouso quente, já resvalava numa pesquisa insólita, levando Lula a interromper bruscamente seu relato, enquanto suas pernas de potro compensavam o silêncio, voltando a mexer desordenadas sob o lençol; subindo a mão, alcancei com o dorso suas faces imberbes, as maçãs do rosto já estavam em febre; nos seus olhos, ousadia e dissimulação se misturavam, ora avançando, ora recuando, como nuns certos olhos antigos, seus olhos eram, sem a menor sombra de dúvida, os primitivos olhos de Ana!

— Que que você está fazendo, André?

Aprisionado no velho templo, os pés ainda cobertos de sal (que prenúncios de alvoroço!), eu estendia a mão sobre o pássaro novo que pouco antes se debatia contra o vitral.

— Que que você está fazendo, André?

Não respondi ao protesto dúbio, sentindo cada vez mais confusa a súbita neblina de incenso que invadia o quarto, compondo giros, espiras e remoinhos, apagando ali as ressonâncias do trabalho animado e ruidoso em torno da mesa lá no pátio, a que alguns vizinhos acabavam de se juntar. Minha festa seria no dia seguinte, e, depois, eu tinha transferido só para a aurora o meu discernimento, sem contar que a madrugada haveria também de derramar o orvalho frio sobre os belos cabelos de Lula, quando ele percorresse o caminho que levava da casa para a capela.

28

A terra, o trigo, o pão, a mesa, a família (a terra); existe neste ciclo, dizia o pai nos seus sermões, amor, trabalho, tempo.

29

O tempo, o tempo, o tempo e suas águas inflamáveis, esse rio largo que não cansa de correr, lento e sinuoso, ele próprio conhecendo seus caminhos, recolhendo e filtrando de vária direção o caldo turvo dos afluentes e o sangue ruivo de outros canais para com eles construir a razão mística da história, sempre tolerante, pobres e confusos instrumentos, com a vaidade dos que reclamam o mérito de dar-lhe o curso, não ca-

bendo contudo competir com ele o leito em que
há de fluir, cabendo menos ainda a cada um correr contra a corrente, ai daquele, dizia o pai, que tenta deter com as mãos seu movimento: será consumido por suas águas; ai daquele, aprendiz de feiticeiro, que abre a camisa para um confronto: há de sucumbir em suas chamas, que toda mudança, antes de ousar proferir o nome, não pode ser mais que insinuada; o tempo, o tempo, o tempo e suas mudanças, sempre cioso da obra maior, e, atento ao acabamento, sempre zeloso do concerto menor, presente em cada sítio, em cada palmo, em cada grão, e presente também, com seus instantes, em cada letra desta minha história passional, transformando a noite escura do meu retorno numa manhã cheia de luz, armando desde cedo o cenário para celebrar a minha páscoa, retocando, arteiro e lúdico, a paisagem rústica lá de casa, perfumando nossas campinas ainda úmidas, carregando as cores de nossas flores, traçando com engenho as linhas do seu teorema, atraindo, debaixo de uma enorme peneira azul, muitas pombas em revoada, trazendo desde as primeiras horas para a fazenda nossos vizinhos e as famílias inteiras de nossos parentes e amigos lá da vila, entre eles divertidos tagarelas e crianças muito traquinas, tecendo

agitações frívolas e ruídos muito propícios, Zuleika e Huda, ajudadas por amigas, já transportavam contentes garrafões de vinho, correndo sucessivas vezes todos os copos, despejando risonhas o sangue decantado e generoso em todos os corpos, recebido sempre com saudações efusivas que eram prenúncio de uma gorda alegria, e foi no bosque atrás da casa, debaixo das árvores mais altas que compunham com o sol o jogo alegre e suave de sombra e luz, depois que o cheiro da carne assada já tinha se perdido entre as muitas folhas das árvores mais copadas, foi então que se recolheu a toalha antes estendida por cima da relva calma, e eu pude acompanhar assim recolhido junto a um tronco mais distante os preparativos agitados para a dança, os movimentos irrequietos daquele bando de moços e moças, entre eles minhas irmãs com seu jeito de camponesas, nos seus vestidos claros e leves, cheias de promessas de amor suspensas na pureza de um amor maior, correndo com graça, cobrindo o bosque de risos, deslocando as cestas de frutas para o lugar onde antes se estendia a toalha, os melões e as melancias partidas aos gritos da alegria, as uvas e as laranjas colhidas dos pomares e nessas cestas com todo o viço bem dispostas sugerindo no centro do espaço o mote para a dança, e era sublime essa alegria com o sol descendo espremido entre as folhas e os galhos, se derramando às vezes na sombra calma através de um facho poroso de luz divina que reverberava intensamente naqueles rostos úmidos, e foi então a roda dos homens se formando primeiro, meu pai de mangas arregaçadas arrebanhando os mais jovens, todos eles se dando rijo os braços, cruzando os dedos firmes nos dedos da mão do outro, compondo ao redor das frutas o contorno sólido de um círculo como se fosse o contorno destacado e forte da roda de um carro de boi, e logo meu velho tio, velho imigrante, mas pastor na sua infância, puxou do bolso a flauta, um caule delicado nas suas mãos pesadas, e se pôs então a soprar nela como um pássaro, suas bochechas se inflando como as bochechas de uma criança, e elas inflavam tanto, tanto, e ele sanguíneo dava a impressão de que faria jorrar pelas orelhas, feito torneiras, todo o seu vinho, e ao som da flauta a roda começou, quase emperrada, a deslocar-se com lentidão, primeiro num sentido, depois no seu contrário, ensaiando devagar a sua força num vaivém duro e ritmado ao toque surdo e forte dos pés batidos virilmente contra o chão, até que a flauta voou de repente, cortando encantada o bosque, correndo na floração do capim e varando os pastos, e a roda então vibrante acelerou o movimento circunscrevendo todo o círculo, e já não era mais a roda de um carro de boi, antes a roda grande de um moinho girando célere num sentido e ao toque da flauta que reapanhava desvoltando sobre seu eixo, e os mais velhos que presenciavam, e mais as moças que aguardavam a sua vez, todos eles batiam palmas reforçando o novo ritmo, e quando menos se esperava, Ana (que todos julgavam sempre na capela) surgiu impaciente numa só lufada, os cabelos soltos espalhando lavas, ligeiramente apanhados num dos lados por um coalho de sangue (que assimetria mais provocadora!), toda ela ostentando um deboche exuberante, uma borra gordurosa no lugar da boca, uma pinta de carvão acima do queixo, a gargantilha de veludo roxo apertando-lhe o pescoço, um pano murcho caindo feito flor da fresta escancarada dos seios, pulseiras nos braços, anéis nos dedos, outros aros nos tornozelos, foi assim que Ana, coberta com as quinquilharias mundanas da minha caixa, tomou de assalto a minha festa, varando com a peste no corpo o círculo que dançava, introduzindo com segurança, ali no centro, sua petulante decadência, assombrando os olhares de espanto, suspendendo em cada boca o grito, paralisando os gestos por um instante, mas dominando a todos com seu violento ímpeto de vida, e logo eu pude adivinhar, apesar da graxa que me escureceu subitamente os olhos, seus passos precisos de cigana se deslocando no meio da roda, desenvolvendo com destreza gestos curvos entre as frutas e as flores dos cestos, só tocando a terra na ponta dos pés descalços, os braços erguidos acima da cabeça serpenteando lentamente ao trinado da flauta mais lento, mais ondulante, as mãos graciosas girando no alto, toda ela cheia de uma selvagem elegância, seus dedos canoros estalando como se fossem, estava ali a origem das castanholas, e em torno dela a roda passou a girar cada vez mais veloz, mais delirante, as palmas de fora mais quentes e mais fortes, e mais intempestiva, e magnetizando a todos, ela roubou de repente o lenço branco do bolso de um dos moços, desfraldando-o com a mão erguida acima da cabeça enquanto serpenteava o corpo, ela sabia fazer as coisas, essa minha irmã, esconder primeiro bem escondido sob a língua sua peçonha e logo morder o cacho de uva que pendia em bagos túmidos de saliva enquanto dançava no centro de todos, fazendo a vida mais turbulenta, tumultuando dores, arrancando gritos de exaltação, e logo entoados em língua estranha começaram a se elevar os versos simples, quase um cântico, nas vozes dos mais velhos, e um primo menor e mais gaiato, levado na corrente, pegou duas tampas de panelas fazendo os pratos estridentes, e ao som contagiante parecia que as garças e os marrecos tivessem voado da lagoa pra se juntarem a todos ali no bosque, e Ana, sempre mais ousada, mais petulante, inventou um novo lance alongando o braço, e, com graça calculada (que demônio mais versátil!), roubou de um circundante a sua taça, logo derramando sobre os ombros nus o vinho lento, obrigando a flauta a um apressado retrocesso lânguido, provocando a ovação dos que a cercavam, era a voz surda de um coro ao mesmo tempo sacro e profano que subia, era a comunhão confusa de alegria, anseios e tormentos, ela sabia surpreender, essa minha irmã, sabia molhar a sua dança, embeber a sua carne, castigar a minha língua no mel litúrgico daquele favo, me atirando sem piedade numa insólita embriaguez, me pondo convulso e antecedente, me fazendo ver com espantosa lucidez as minhas pernas de um lado, os braços de outro, todas as minhas partes amputadas se procurando na antiga unidade do meu corpo (eu me reconstruía nessa busca! que salmoura nas minhas chagas, que ardência mais salubre nos meus transportes!), eu que estava certo, mais certo do que nunca, de que era para mim, e só para mim, que ela dançava (que reviravoltas o tempo dava! que osso, que espinho virulento, que glória para o meu corpo!), e eu, sentado onde estava sobre uma raiz exposta, num canto do bosque mais sombrio, eu deixei que o vento que corria entre as árvores me entrasse pela camisa e me inflasse o peito, e na minha fronte eu sentia a carícia livre dos meus cabelos, e nessa postura aparentemente descontraída fiquei imaginando de longe a pele fresca do seu rosto cheirando a alfazema, a boca um doce gomo, cheia de meiguice, mistério e veneno nos olhos de tâmara, e os meus olhares não se continham, eu desamarrei os sapatos, tirei as meias e com os pés brancos e limpos fui afastando as folhas secas e alcançando abaixo delas a camada de espesso húmus, e a minha vontade incontida era de cavar o chão com as próprias unhas e nessa cova me deitar à superfície e me cobrir inteiro de terra úmida, e eu nessa senda oculta mal percebi de início o que se passava, notei confusamente Pedro, sempre taciturno até ali, buscando agora por todos os lados com os olhos alucinados, descrevendo passos cegos entre o povo imantado daquele mercado — a flauta desvairava freneticamente, a serpente desvairava no próprio ventre, e eu de pé vi meu irmão mais tresloucado ainda ao descobrir o pai, disparando até ele, agarrando-lhe o braço, puxando-o num arranco, sacudindo-o pelos ombros, vociferando uma sombria revelação, semeando nas suas ouças uma semente insana, era a ferida de tão doída, era o grito, era sua dor que supurava (pobre irmão!), e, para cumprir-se a trama do seu concerto, o tempo, jogando com requinte, travou os ponteiros: correntes corruptas instalaram-se comodamente entre vários pontos, enxugando de passagem a atmosfera, desfolhando as nossas árvores, estorricando mais rasteiras o verde das campinas, tingindo de ferrugem nossas pedras protuberantes, reservando espaços prematuros para logo erguer, em majestosa solidão, as torres de muitos cáctus: a testa nobre de meu pai, ele próprio ainda úmido de vinho, brilhou um instante à luz morna do sol enquanto o rosto inteiro se cobriu de um branco súbito e tenebroso, e a partir daí todas as rédeas cederam, desencadeando-se o raio numa velocidade fatal: o alfanje estava ao alcance de sua mão, e, fendendo o grupo com a rajada de sua ira, meu pai atingiu com um só golpe a dançarina oriental (que vermelho mais pressuposto, que silêncio mais cavo,

que frieza mais torpe nos meus olhos!), não teria a mesma gravidade se uma ovelha se inflamasse, ou se outro membro qualquer do rebanho caísse exasperado, mas era o próprio patriarca, ferido nos seus preceitos, que fora possuído de cólera divina (pobre pai!), era o guia, era a tábua solene, era a lei que se incendiava — essa matéria fibrosa, palpável, tão concreta, não era descarnada como eu pensava, tinha substância, corria nela um vinho tinto, era sanguínea, resinosa, reinava drasticamente as nossas dores (pobre família nossa, prisioneira de fantasmas tão consistentes!), e do silêncio fúnebre que desabara atrás daquele gesto, surgiu primeiro, como de um parto, um vagido primitivo
        Pai!
           e de outra voz, um uivo cavernoso, cheio de desespero
Pai!
   e de todos os lados, de Rosa, de Zuleika e de Huda, o mesmo gemido desamparado
           Pai!
eram balidos estrangulados
         Pai! Pai!
onde a nossa segurança? onde a nossa proteção?
   Pai!

e de Pedro, prosternado na terra
>Pai!

e vi Lula, essa criança tão cedo transtornada, rolando no chão
>Pai! Pai!
>>onde a união da família?
>Pai!
>>e vi a mãe, perdida no seu juízo, arrancando punhados de cabelo, descobrindo grotescamente as coxas, expondo as cordas roxas das varizes, batendo a pedra do punho contra o peito
>Iohána! Iohána! Iohána!
>>e foram inúteis todos os socorros, e recusando qualquer consolo, andando entre aqueles grupos comprimidos em murmúrio como se vagasse entre escombros, a mãe passou a carpir em sua própria língua, puxando um lamento milenar que corre ainda hoje a costa pobre do Mediterrâneo: tinha cal, tinha sal, tinha naquele verbo áspero a dor arenosa do deserto.

30

(Em memória de meu pai, transcrevo suas palavras: "e, circunstancialmente, entre posturas mais urgentes, cada um deve sentar-se num banco, plantar bem um dos pés no chão, curvar a espinha, fincar o cotovelo do braço no joelho, e, depois, na altura do queixo, apoiar a cabeça no dorso da mão, e com olhos amenos assistir ao movimento do sol e das chuvas e dos ventos, e com os mesmos olhos amenos assistir à manipulação misteriosa de outras ferramentas que o tempo habilmente emprega em suas transformações, não questionando jamais sobre seus desígnios insondáveis, sinuosos, como não se questionam nos puros planos das planícies as trilhas tortuosas, debaixo dos cascos, traçadas nos pastos pelos rebanhos: que o gado sempre vai ao poço".)

NOTA DO AUTOR

Na elaboração deste romance, o A. partiu da remota parábola do filho pródigo, invertendo-a. Quanto à parábola do faminto, trata-se de uma passagem (distorcida) de *O Livro das Mil e Uma Noites*. Recurso dispensável, o A. também enxertou no texto — na íntegra ou modificados — os versos que seguem: "especular sobre os serviços obscuros da fé, levantar suas partes devassas, o consumo sacramental da carne e do sangue", p. 28, de Thomas Mann; "para onde estamos indo?" "sempre para casa", pp. 37-8, de Novalis; "tenho dezessete anos e minha saúde é perfeita", p. 91, de Walt Whitman; "o instante que passa, passa definitivamente", p. 105, de André Gide; "que culpa temos nós dessa planta da infância, de sua sedução, de seu viço e constância?", p. 133, de Jorge de Lima; "eram também coisas do direito divino, coisas santas, os muros e as portas da cidade", p. 146, de Almeida Faria. Embora cometendo omissões, o A. quer ainda registrar o seu reconhecimento ao criador de Marcoré, Antonio Olavo Pereira, pela atenção afetuosa que dedicou a este texto.

Esta nota do autor apareceu na primeira edição de *Lavoura arcaica*, publicada pela Livraria José Olympio Editora em 1975. As referências às páginas do livro foram adequadas a esta edição.

Um copo de cólera

*"Ninguém dirige aquele
que Deus extravia"*

*"Hosana! eis chegado o macho!
Narciso! sempre remoto e frágil,
rebento do anarquismo!"*

A CHEGADA

E quando cheguei à tarde na minha casa lá no 27, ela já me aguardava andando pelo gramado, veio me abrir o portão pra que eu entrasse com o carro, e logo que saí da garagem subimos juntos a escada pro terraço, e assim que entramos nele abri as cortinas do centro e nos sentamos nas cadeiras de vime, ficando com nossos olhos voltados pro alto do lado oposto, lá onde o sol ia se pondo, e estávamos os dois em silêncio quando ela me perguntou "que que você tem?", mas eu, muito disperso, continuei distante e quieto, o pensamento solto na vermelhidão lá do poente, e só foi mesmo pela insistência da pergunta que respondi "você já jantou?" e como ela dissesse "mais tarde" eu então me levantei e fui sem pressa pra cozinha (ela veio atrás), tirei um tomate da geladeira, fui até a pia e passei uma água nele, depois fui pegar o saleiro do armário me sentando em seguida ali na mesa (ela do outro lado acompanhava cada movimento que eu fazia, embora eu displicente fingisse que não percebia), e foi sempre na mira dos olhos dela que comecei a comer o tomate, salgando pouco a pouco o que ia me restando na mão, fazendo um empenho simulado na mordida pra mostrar meus dentes fortes como os dentes de um cavalo, sabendo que seus olhos não desgrudavam da minha boca, e sabendo que por baixo do seu silêncio ela se contorcia de impaciência, e sabendo acima de tudo que mais eu lhe apetecia quanto mais indiferente eu lhe parecesse, eu só sei que quando acabei de comer o tomate eu a deixei ali na cozinha e fui pegar o rádio que estava na estante lá da sala, e sem voltar pra cozinha a gente se encontrou de novo no corredor, e sem dizer uma palavra entramos quase juntos na penumbra do quarto.

NA CAMA

Por uns momentos lá no quarto nós parecíamos dois estranhos que seriam observados por alguém, e este alguém éramos sempre eu e ela, cabendo aos dois ficar de olho no que eu ia fazendo, e não no que ela ia fazendo, por isso eu me sentei na beira da cama e fui tirando calmamente meus sapatos e minhas meias, tomando os pés descalços nas mãos e sentindo-os gostosamente úmidos como se tivessem sido arrancados à terra naquele instante, e me pus em seguida, com propósito certo, a andar pelo assoalho, simulando motivos pequenos pra minha andança no quarto, deixando que a barra da calça tocasse ligeiramente o chão ao mesmo tempo que cobria parcialmente meus pés com algum mistério, sabendo que eles, descalços e muito brancos, incorporavam poderosamente minha nudez antecipada, e logo eu ouvia suas inspirações fundas ali junto da cadeira, onde ela quem sabe já se abandonava ao desespero, atrapalhando-se ao tirar a roupa, embaraçando inclusive os dedos na alça que corria pelo braço, e eu, sempre fingindo, sabia que tudo aquilo era verdadeiro, conhecendo, como conhecia, esse seu pesadelo obsessivo por uns pés, e muito especialmente pelos meus, firmes no porte e bem-feitos de escultura, um tanto nodosos nos dedos, além de marcados nervosamente no peito por veias e tendões, sem que perdessem contudo o jeito tímido de raiz tenra, e eu ia e vinha com meus passos calculados, dilatando sempre a espera com mínimos pretextos, mas assim que ela deixou o quarto e foi por instantes até o banheiro, tirei rápido a calça e a camisa, e me atirando na cama fiquei aguardando por ela já teso e pronto, fruindo em silêncio o algodão do lençol que me cobria, e logo eu fechava os olhos pensando nas artimanhas que empregaria (das tantas que eu sabia), e com isso fui repassando sozinho na cabeça as coisas todas que fazíamos, de como ela vibrava com os trejeitos iniciais da minha boca e o brilho que eu forjava nos meus olhos, onde eu fazia aflorar o que existia em mim de mais torpe e sórdido, sabendo que ela arrebatada pelo meu avesso haveria sempre de gritar "é este canalha que eu amo", e repassei na cabeça esse outro lance trivial do nosso jogo, preâmbulo contudo de insuspeitadas tramas posteriores, e tão necessário como fazer avançar de começo um simples peão sobre o tabuleiro, e em que eu, fechando minha mão na sua, arrumava-lhe os dedos, imprimindo-lhes coragem, conduzindo-os sob meu comando aos cabelos do meu peito, até que eles, a exemplo dos meus próprios dedos debaixo do lençol, desenvolvessem por si sós uma primorosa atividade clandestina, ou então, em etapa adiantada, depois de criteriosamente vasculhados nossos pelos, caroços e tantos cheiros, quando os dois de joelhos medíamos o caminho mais prolongado de um único beijo, nossas mãos em palma se colando, os braços se abrindo num exercício quase cristão, nossos dentes mordendo ao outro a boca como se mordessem a carne macia do coração, e de olhos fechados, largando a imaginação nas curvas desses rodeios, me vi também às voltas com certas práticas, fosse quando eu em transe, e já soberbamente soerguido da sela do seu ventre, atendia precoce a um dos seus (dos meus) caprichos mais insólitos, atirando em jatos súbitos e violentos o visgo leitoso que lhe aderia à pele do rosto e à pele dos seios, ou fosse aquela outra, menos impulsiva e de lenta maturação, o fruto se desenvolvendo num crescendo mudo e paciente de rijas contrações, e em que eu dentro dela, sem nos mexermos, chegávamos com gritos exasperados aos estertores da mais alta exaltação, e pensei ainda no salto perigoso do reverso, quando ela de bruços me oferecia generosamente um outro pasto, e em que meus braços e minhas mãos, simétricos e quase mecânicos, lhe agarravam por baixo os ombros, comprimindo e ajustando, área por área, a massa untada dos nossos corpos, e ia pensando sempre nas minhas mãos de dorso largo, que eram muito usadas em toda essa geometria passional, tão bem elaborada por mim e que a levava invariavelmente a dizer em franca perdição "magnífico, magnífico, você é especial", e eu daí entrei pensando nos momentos de renovação, nos cigarros que fumávamos seguindo a cada bolha envenenada de silêncio, quando não fosse ao correr das conversas com café da térmica (escapávamos da cama nus e íamos profanar a mesa da cozinha), e em que ela tentava me descrever sua confusa experiência do gozo, falando sempre da minha segurança e ousadia na condução do ritual, mal escondendo o espanto pelo fato de eu arrolar insistentemente o nome de Deus às minhas obscenidades, me falando sobretudo do quanto eu lhe ensinei, especialmente da consciência no ato através dos nossos olhos que muitas vezes seguiam, pedra por pedra, os trechos todos de uma estrada convulsionada, e era então que eu falava da inteligência dela, que sempre exaltei como a sua melhor qualidade na cama, uma inteligência ágil e atuante (ainda que só debaixo dos meus estímulos), excepcionalmente aberta a todas as incursões, e eu de enfiada acabava falando também de mim, fascinando-a com as contradições intencionais (algumas nem tanto) do meu caráter, ensinando entre outras balelas que eu canalha era puro e casto, e eu ali, de olhos sempre fechados, ainda pensava em muitas outras coisas enquanto ela não vinha, já que a imaginação é muito rápida ou o tempo dela diferente, pois trabalha e embaralha simultaneamente coisas díspares e insuspeitadas, quando pressenti seus passos de volta no corredor, e foi então só o tempo de eu abrir os olhos pra inspecionar a postura correta dos meus pés despontando fora do lençol, dando conta como sempre de que os cabelos castanhos, que brotavam no peito e nos dedos mais longos, lhes davam graça e gravidade ao mesmo tempo, mas tratei logo de fechar de novo os olhos, sentindo que ela ia entrar no quarto, e já adivinhando seu vulto ardente ali por perto, e sabendo como começariam as coisas, quero dizer: que ela de mansinho, muito de mansinho, se achegaria primeiro dos meus pés, que ela um dia comparou com dois lírios brancos.

O LEVANTAR

Já eram cinco e meia quando eu disse pra ela "eu vou pular da cama" mas ela então se enroscou em mim feito uma trepadeira, suas garras se fechando onde podiam, e ela tinha as garras das mãos e as garras dos pés, e um visgo grosso e de cheiro forte por todo o corpo, e como a gente já estava quase se engalfinhando eu disse "me deixe, trepadeirinha", sabendo que ela gostava que eu falasse desse jeito, pois ela em troca me disse fingindo alguma solenidade "eu não vou te deixar, meu mui grave cypressus erectus", gabando-se com os olhos de tirar efeito tão alto no repique (se bem que ela não fosse lá versada em coisas de botânica, menos ainda na geometria das coníferas, e o pouco que atrevia sobre plantas só tivesse aprendido comigo e mais ninguém), e como eu sabia que não há rama nem tronco, por mais vigor que tenha a árvore, que resista às avançadas duma reptante, eu só sei que me arranquei dela enquanto era tempo e fui esquivo e rápido pra janela, subindo imediatamente a persiana, e recebendo de corpo ainda quente o arzinho frio e úmido que começou a entrar no quarto, mas mesmo assim me debrucei no parapeito, e, pensativo, vi que o dia lá fora mal se espreguiçava sob o peso de uma cerração fechada, e, só esboçadas, também notei que as zínias do jardim embaixo brotavam com dificuldade dos borrões de fumaça, e estava assim na janela, de olhos agora voltados pro alto da colina em frente, no lugar onde o Seminário estava todo confuso no meio de tanta neblina, quando ela veio por trás e se enroscou de novo em mim, passando desenvolta a corda dos braços pelo meu pescoço, mas eu com jeito, usando de leve os cotovelos, amassando um pouco seus firmes seios, acabei dividindo com ela a prisão a que estava sujeito, e, lado a lado, entrelaçados, os dois passamos, aos poucos, a trançar os passos, e foi assim que fomos diretamente pro chuveiro.

O BANHO

Debaixo do chuveiro eu deixava suas mãos escorregarem pelo meu corpo, e suas mãos eram inesgotáveis, e corriam perscrutadoras com muita espuma, e elas iam e vinham incansavelmente, e nossos corpos molhados vez e outra se colavam pr'elas me alcançarem as costas num abraço, e eu achava gostoso todo esse movimento dúbio e sinuoso, me provocando súbitos e recônditos solavancos, e vendo que aquelas mãos já me devassavam as regiões mais obscuras — vasculhando inclusive os fiapos que acompanham a emenda mal cosida das virilhas (sopesando sorrateiras a trouxa ensaboada do meu sexo) — eu disse "me lave a cabeça, eu tenho pressa disso", e então, me tirando do foco da ducha, suas mãos logo penetraram pelos meus cabelos, friccionando com firmeza os dedos, riscando meu couro com as unhas, me raspando a nuca dum jeito que me deixava maluco na medula, mas eu não dizia nada e só ficava sentindo a espuma crescendo fofa lá no alto até que desabasse com espalhafato pela cara, me alfinetando os olhos na descida, me fazendo esfregá-los doidamente com o nó dos dedos, ainda que eu soubesse que eles, ardendo, anunciavam francamente o meu asseio, e não demorou ela me puxou de novo sob a ducha, e seus dedos começaram a tramar a coisa mais gostosa do mundo nos meus cabelos co'a chuva quente que caía em cima, e era então um plaft plaft de espuma grossa e atropelada, se espatifando na cerâmica co'a água que corria ruidosa para o ralo, e ela ria e ria, e eu ali, todo quieto e largado aos seus cuidados, eu sequer mexia um dedo pra que ela cumprisse sozinha esse trabalho, e eu já estava bem enxaguado quando ela, resvalando dos limites da tarefa, deslizou a boca molhada pela minha pele d'água, mas eu, tomando-lhe os freios, fiz de conta que nada perturbava o ritual, e assim que ela fechou o registro me deixei conduzir calado do box para o piso, e, ligado numa ligeira corrente de arrepios, fiquei aguardando até que ela me jogou uma ampla toalha sobre a cabeça, cuidando logo de me enxugar os cabelos, em movimentos tão ágeis e precisos que me agitavam a memória, e com os olhos escondidos vi por instantes, embora pequenos e descalços, seus pés crescerem metidos em chinelões, e senti também suas mãos afiladas se transformarem de repente em mãos rústicas e pesadas, e eram mãos minuciosas que me entravam com os dedos pelas orelhas, me cumulando de afagos, me fazendo cócegas, me fazendo rir baixinho sob a toalha, e era extremamente bom ela se ocupando do meu corpo e me conduzindo enrolado lá pro quarto e me penteando diante do espelho e me passando um pito de cenho fingido e me fazendo pequenas recomendações e me fazendo vestir calça e camisa e me fazendo deitar as costas ali na cama, debruçando-se em seguida pra me fechar os botões, e me fazendo estender meus pesados sapatos no seu regaço pra que ela, dobrando-se cheia de aplicação, pudesse dar o laço, eu só sei que me entregava inteiramente em suas mãos pra que fosse completo o uso que ela fizesse do meu corpo.

O CAFÉ DA MANHÃ

A gente recendia um cheiro fresco quando entramos no terraço, onde sua bolsa a tiracolo estava ainda aberta sobre a mesa, e enquanto ela se sentava numa das cadeiras de vime eu fui abrindo as cortinas que estavam por abrir, e meio escondido atrás de uma das colunas amassei o nariz no vidro e pude ver, apesar da cerração, a dona Mariana agachada junto a um canteiro da horta lá embaixo, as mãos na terra, o regador ao lado, espreitando de espaço a espaço e discretamente na direção dos vidros altos do terraço, e foi então que saí pro patamar da escada e, prendendo as mãos na cerâmica da mureta, gritei seu nome pedindo por café, mas logo tornei a entrar no foco dos seus olhos, sua cabeça reclinada no encosto da almofada, a pele cor-de-rosa e apaziguada, um suspiro breve e denso como se dissesse "eu não tive o bastante, mas tive o suficiente" (que era o que ela me dizia sempre), e eu sem dizer nada me curvei sobre o tampo da mesa de sucupira, deslocando pr'um canto sua bolsa de couro e meus pesados cinzeiros de ferro, e foi nesse momento que a dona Mariana entrou com seu jeitão de mulata protestante, as manchas na pele parda e desbotada, os óculos de lentes grossas, nos cumprimentando como sempre encabulada, mas sem dar bola pro seu embaraço eu imediatamente encomendei "o café", e ela sabia muito bem, pelo tom, que que eu queria dizer com isso, e sabia perfeitamente em que dias é que devia servi-lo assim completo (minha cama larga quase sempre escancarada), por isso ela tratou envergonhada de correr rápida pra cozinha, e eu ali no terraço corri os vidros do vão central, logo puxando uma cadeira e me sentando junto da abertura e, com os olhos pendurados na paisagem imprecisa que tinha em frente, comecei a pensar quase com cuidado no que poderia passar pela sua cabeça de purezas, e fui concluindo como sempre "bolas! pra sua confusão, dona Mariana, bolas! pra sua falta de entendimento, dona Mariana, sim, a mesma cama escancarada, mas bolas! pro que a senhora pensa" e eu ia mexendo nesses cascalhos aqui dentro (na verdade me exercitando na magia do exorcismo), e a minha caseira já tinha estendido na mesa a toalha xadrez, e em cima já estavam as louças, o pote de mel, a cumbuca com frutas, o cesto de pão e a manteigueira, e mais o canecão de barro com margaridas e melindros, e a dona Mariana, sempre sem nos olhar, já tinha voltado quem sabe mais tranquila pra cozinha, e no terraço a gente só ouvia o ruído alegre do alumínio das panelas, e eu estava achando muito bom que fosse tudo exatamente assim, quando ela me perguntou "que que você tem?", mas eu, sentindo o cheiro poderoso do café que já vinha em grossas ondas do coador lá na cozinha, eu não disse nada, sequer lhe virei o rosto, continuei alisando o Bingo, meu vira-lata, e fui pensando que o primeiro cigarro da manhã, aquele que eu acenderia dali a pouco depois do café, era, sem a menor sombra de dúvida, uma das sete maravilhas.

O ESPORRO

O sol já estava querendo fazer coisas em cima da cerração, e isso era fácil de ver, era só olhar pra carne porosa e fria da massa que cobria a granja e notar que um brilho pulverizado estava tentando entrar nela, e eu me lembrei que a dona Mariana, de olhos baixos mas contente com seu jeito de falar, tinha dito minutos antes que "o calor de ontem foi só um aperitivo", e eu sentado ali no terraço via bem o que estava se passando, e percorria com os olhos as árvores e os arbustos do terreno, sem esquecer as coisas menores do meu jardim, e era largado nessa quieta ocupação que sentia os pulmões me agradecerem os dedos cada vez que o cigarro subia à boca, e ela onde estava eu sentia que me olhava e fumava como eu, só que punha nisso uma ponta de ansiedade, certamente me questionando com a rebarba dos trejeitos, mas eu nem estava ligando pra isso, queria era o silêncio, pois estava gostando de demorar os olhos nas amoreiras de folhas novas, se destacando da paisagem pela impertinência do seu verde (bonito toda vida!), mas meus olhos de repente foram conduzidos, e essas coisas quando acontecem a gente nunca sabe bem qual o demônio, e, apesar da neblina, eis o que vejo: um rombo na minha cerca viva, ai de mim, amasso e queimo o dedo no cinzeiro, ela não entendendo me perguntou "o que foi?", mas eu sem responder me joguei aos tropeções escada abaixo (o Bingo, já no pátio, me aguardava eletrizado), e ela atrás de mim quase gritando "mas o que foi?", e a dona Mariana corrida da cozinha pelo estardalhaço, esbugalhando as lentes grossas, embatucando no alto da escada, pano e panela nas mãos, mas eu nem via nada, deixei as duas pra trás e desabalei feito louco, e assim que cheguei perto não aguentei "malditas saúvas filhas da puta", e pondo mais força tornei a gritar "filhas da puta, filhas da puta", vendo uns bons palmos de cerca drasticamente rapelados, vendo uns bons palmos de chão forrados de pequenas folhas, é preciso ter sangue de chacareiro pra saber o que é isso, eu estava uma vara vendo o estrago, eu estava puto com aquele rombo, e só pensando que o ligustro não devia ser assim essa papa-fina, tanta trabalheira pra que as saúvas metessem vira e mexe a fuça, e foi numa rajada que me lancei armado no terreno ao lado, campeando logo a pista que me conduzisse ao formigueiro, seguindo a trilha camuflada ao pé do capim alto, eu que haveria àquela hora de surpreendê-las enfurnadas, tão ativas noite afora com o corte e com a coleta, e tremendo, e espumando, eu sem demora descubro, e de balde já na mão deito uma dose dupla de veneno em cada olheiro, c'uma gana que só eu é que sei o que é porque só eu é que sei o que sinto, puto com essas formigas tão ordeiras, puto com sua exemplar eficiência, puto com essa organização de merda que deixava as pragas de lado e me consumia o ligustro da cerca viva, daí que propiciei a elas a mais gorda bebedeira, encharcando suas panelas subterrâneas com farto caldo de formicida, cuidando de não deixar ali qualquer sobra de vida, tapando de fecho, na prensa do calcanhar, a boca de cada olheiro, e eu já vinha voltando daquele terreno baldio, largando ainda vigorosas fagulhas pelo caminho, quando notei que ela e a dona Mariana, nessa altura, estavam de conversinha ali no pátio que fica entre a casa e o gramado, a bundinha dela recostada no para-lama do carro, a claridade do dia lhe devolvendo com rapidez a desenvoltura de femeazinha emancipada, o vestido duma simplicidade seleta, a bolsa pendurada no ombro caindo até as ancas, um cigarro entre os dedos, e tagarelando tão democraticamente com gente do povo, que era por sinal uma das suas ornamentações prediletas, justamente ela que nunca dava o ar da sua graça nas áreas de serviço lá da casa, se fazendo atender por mim fosse na cama ou pela caseira no terraço, deixando o café só a meu cargo na falta da dona Mariana, eu só sei que de cara enfezada, e sem olhar pro lado delas, entrei curvado pela porta do quartinho de ferramentas ali mesmo embaixo da escada, larguei lá os apetrechos que tinha carregado pra dar cabo das cortadeiras, mas, previdente, aproveitei a provisão das prateleiras pra me abastecer de outros venenos, além de eu mesmo, na rusticidade daquele camarim, entre pincéis, carvão e restos de tinta, me embriagar às escondidas num galão de ácido, preocupado que estava em maquilar por dentro as minhas vísceras, sabendo de antemão que não ia nisso nada de supérfluo, eu só sei que quando saí de novo ali pro pátio as duas já não conversavam mais, uma e outra, embora lado a lado, se encontravam habilmente separadas, ela não só tinha forjado na caseira uma plateia, mas me aguardava também c'um arzinho sensacional que era de esbofeteá-la assim de cara, e como se isso não bastasse ela ainda por cima foi me dizendo "não é pra tanto, mocinho que usa a razão", e eu confesso que essa me pegou em cheio na canela, aquele "mocinho" foi de lascar, inda mais do jeito que foi dito, tinha na observação de resto a mesma composta displicência que ela punha em tudo, qualquer coisa assim, no caso, que beirava o distanciamento, como se isso devesse necessariamente fundamentar a sensatez do comentário, e isso só serviu pra me deixar mais puto, "pronto" eu disse aqui comigo como se dissesse "é agora", eu que ficando no entrave do "mocinho" podia perfeitamente lhe dizer "fui mais manipulado pelo tempo" (se bem que ela não fosse lá entender que vantagem eu tirava disso), passando-lhe também um sabão pelo uso, enfadonho no fundo, da ironia maldosa, não que eu cultivasse um gosto raivoso pelo verbo carrancudo, puxando aí pro trágico, não era isso e nem o seu contrário, mas a ela, que via naquela prática um alto exercício da inteligência, viria bem a calhar se eu então sisudo lhe lembrasse que não dava qualquer mistura ironia e sólida envergadura, e muitas outras coisas eu poderia contrapor ainda à sua glosa, pois era fácil de ver, entre escancaradas e encobertas, a reprimenda múltipla que trazia, fosse pela minha extremada dedicação a bichos e plantas, mas a reprimenda, porventura mais queixosa, por eu não atuar na cama com igual temperatura (quero dizer, com a mesma ardência que empreguei no extermínio das formigas), sem contar que ela, de olho no sangue do termômetro, se metera a regular também o mercúrio da racionalidade, sem suspeitar que minha razão naquele momento trabalhava a todo vapor, suspeitando menos ainda que a razão jamais é fria e sem paixão, só pensando o contrário quem não alcança na reflexão o miolo propulsor, pra ver isso é preciso ser realmente penetrante, não que ela não fosse inteligente, sem dúvida que era, mas não o bastante, só o suficiente, e eu poderia atrevido largar às soltas o raciocínio, espremendo até ao bagaço o grão do seu sarcasmo, mas eu não falei nada, não disse um isto, tranquei minha palavra, ela não teve o bastante, só o suficiente, eu pensava, por isso já estava lubrificando a língua viperina entorpecida a noite inteira no aconchego dos meus pés e etcétera, eu só sei que continuei de cabeça baixa mas avançando, as coisas aqui dentro se triturando, e eu tinha, e isso era fácil de ver, a dona Mariana primeiro, mas estava na cara que não era a dona Mariana, nem era ela, não era ninguém em particular pra ser mais claro ainda, mas mesmo assim eu perguntei "onde está o seu Antônio?" e perguntei isso pra caseira dum jeito mais ou menos equilibrado e de quem quase, mas só quase, está se dominando, mas também não tinha a menor importância se não fosse bem assim, meu estômago era ele mesmo uma panela e eu estava co'as formigas me subindo pela garganta, sem falar que eu já puxava ali pro palco quem estivesse a meu alcance, pois não seria ao gosto dela, mas, sui generis, eu haveria de dar um espetáculo sem plateia, daí que fui intimando duramente a dona Mariana, a quem, de novo embatucada, tornei a perguntar "onde está o seu Antônio?", forjando dessa vez na voz a mesma aspereza que marcava minha máscara, combinando estreitamente essas duas ferramentas, o alicate e o pé de cabra pra lhe arrancar uma palavra, não que eu fosse exigir do seu marido o resgate daquele rombo, não que ele pudesse responder pela sanha das formigas, mas — atrelado à cólera — eu cavalo só precisava naquele instante dum tiro de partida, era uma resposta, era só de uma resposta que eu precisava, me bastando da caseira qualquer chavão do dia a dia "o Tonho foi pertinho ali embaixo mas volta logo" ou, mais cuidadosa, a dona Mariana podia inclusive justificar "ele saiu cedinho pra pegar o leite lá na venda e já deve bem de estar chegando" e ela ainda, numa das suas tiradas, podia até dizer dum jeito asceta "o Tonho tava numa das panelas e deve de estar agora estrebuchando co'as saúvas" e nem que ela tivesse de dizer, c'uma ponta de razão aliás, que de nada adiantava o marido estar ou não ali, me explicando (novidade!) que as cortadeiras trabalham em geral no escuro da noite, o que não importava na verdade é o que ela fosse lá contar, e isso só mesmo um tolo é que não via, fosse resposta ciosa ou arredia, eu só sei que bastou a dona Mariana abrir a boca pr'eu desembestar "eu já disse que o horário aqui é das seis às quatro, depois disso eu não quero ver a senhora na casa, nem ele na minha frente, mas dentro desse horário eu não admito, a senhora está entendendo? e a senhora deve dizer isso ao seu marido, a senhora está me ouvindo?" e o meu berro tinha força, ainda que de substância só tivesse mesmo a vibração (o que não é pouco), e foi tanta a repercussão que a dona Mariana não sabia o que fazer, se chamar o marido pra que cumprisse o que eu acabava de decretar (além de só lhe cobrar cuidados, era mais do que sabido que o horário dele começava às sete, e não às seis), se subia pra cozinha, ou, ainda, se devia ficar ali pra abrir o portão pra jovenzinha, que, pondo provisoriamente no gesto a reprimenda, acabava de levar a mão na maçaneta do seu carro, e o que a dona Mariana encontrou de melhor lá na cachola, depois de tão alvoroçadas hesitações das asas, foi ficar meio de lado, escondida sabiamente no canto da casa, ali bem perto da escada, mas não subia e nem fazia nada, e foi então que ela, com a mão ainda na maçaneta, deglutindo o grão perfeito do meu chamariz, e desenterrando circunstancialmente uns ares de gente séria (ela sabia representar o seu papel), entrou de novo espontaneamente em cena, me dizendo com bastante equilíbrio "eu não entendo como você se transforma, de repente você vira um fascista" e ela falou isso dum jeito mais ou menos grave, na linha reta do comentário objetivo, só entortando, um tantinho mais, as pontas sempre curvas da boca, desenhando enfim na mímica o que a coisa tinha de repulsivo, eu só sei que essa foi no saco, e não era o meu saco que devia ser atingido, disso eu estava certo (apesar de tudo), estava solidamente certo de que minha raiva se resgatava na fonte, "você me deixa perplexa" ela ainda comentou com a mesma gravidade, "perplexa!", mas segurei bem as pontas, fiquei um tempo quieto, me limitando a catar calado duas ou três achas do chão, abastecendo com lenha enxuta o incêndio incipiente que eu puxava (eu que vinha — metodicamente — misturando razão e emoção num insólito amálgama de alquimista), afinal, ela ainda não tinha entrado no carro, eu a conhecia bem, ela não fazia o gênero de quem fala e entra, ela pelo contrário era daquelas que só dão uma alfinetada na expectativa sôfrega de levar uma boa porretada, tanto assim que ela, na hora da picada, estava era de olho na gratificante madeira do meu fogo, de qualquer forma eu tinha sido atingido, ou então, ator, eu só fingia, a exemplo, a dor que realmente me doía, eu que dessa vez tinha entrado francamente em mim, sabendo, no calor aqui dentro, de que transformações era capaz (eu não era um bloco monolítico, como ninguém de resto, sem esquecer que certos traços que ela pudesse me atribuir à personalidade seriam antes características da situação), mas eu não ia falar disso pra ela, eu poderia, isto sim, era topar o desafio, partindo pr'um bate-boca de reconfortante conteúdo coletivo, sabendo que ela, mesmo ansiosa, não desprezava um bom preâmbulo, era só fazer de conta que cairia na sua fisga, beliscando de permeio a isca inteira, mamando seu grão de milho como se lhe mamasse o bico do seio, bastando pra embicar com as palavras que eu rebatesse feito um clássico "não é você que vai me ensinar como se trata um empregado", lembrando de enfiada que ninguém, pisando, estava impedido de protestar contra quem pisava, mas que era preciso sempre começar por enxergar a própria pata, o corpo antes da roupa, uma sentida descoberta precedendo a comunhão, e, se quisesse, teria motivos de sobra pra pegar no seu pezinho, não que eu fosse ingênuo a ponto de lhe exigir coerência, não esperava isso dela, nem arrotava nunca isso de mim, tolos ou safados é que apregoam servir a um único senhor, afinal, bestas paridas de um mesmíssimo ventre imundo, éramos todos portadores das mais escrotas contradições, mas, fosse o caso de alguém se exibir só como pudico, que admitisse nesta exibição, e logo de partida, a sua falta de pudor, a verdade é que me enchiam o saco essas disputas todas entre filhos arrependidos da pequena burguesia, competindo ingenuamente em generosidade com a maciez das suas botas, extraindo deste cotejo uns fumos de virtude libertária, desta purga ela gostava, tanto quanto se purgava ao desancar a classe média, essa classe quase sempre renegada, hesitando talvez por isso entre lançar-se às alturas do gavião, ou palmilhar o chão com a simplicidade das sandálias, confundindo às vezes, de tão indecisa, a direção desses dois polos, sem saber se subia pro sacerdócio, ou se descia abertamente pra rapina (como não chegar lá, gloriosamente?), mas nem me passava então pela cabeça espicaçar os conflitos da pilantra, não ia confundir um arame de alfinete co'a iminente contundência do meu porrete, seriam outros os motivos que me punham em pé de guerra, estava longe de me interessar pelos traços corriqueiros de um caráter trivial, e nem eu ia, movendo-lhe o anzol, propiciar suas costumeiras peripécias de raciocínio, não que me metessem medo as unhas que ela punha nas palavras, eu também, além das caras amenas (aqui e ali quem sabe marota), sabia dar ao verbo o reverso das carrancas e das garras, sabia, incisivo como ela, morder certeiro com os dentes das ideias, já que era com esses cacos que se compunham de hábito nossas intrigas, sem contar que — empurrado pra raia do rigor — meus cascos sabiam inventar a sua lógica, mas toda essa agressão discursiva já beirava exaustivamente a monotonia, não era mais o caso de bocejar em cima de um sono maldormido, não era o caso enfadonho de esticar braços supérfluos, as coisas aqui dentro se fundiam velozmente com a febre, eu já não tinha sequer pedrisco na moela, quanto mais cascalho que era o indicado pra digerir o papo dela, sem esquecer que a reflexão não passava da excreção tolamente enobrecida do drama da existência, ora, o seu Antônio, na semana anterior, já tinha estercado os canteiros de hortaliças, o que fazer então com o farelo das teorias? saí pois, mais que depressa, pela tangente, fui é pro terreno confinado dela, fui pr'uma área em que ela se gabava como femeazinha livre, é ali que eu a pegaria, só ali é que lhe abriria um rombo (eu que poderia simplesmente dispensá-la c'um sumário "vá caçar sapo", dando-lhe as costas e subindo pro terraço), é ali que eu haveria de exasperar sua arrogante racionalidade, mas nem era isso o que eu queria (exasperá-la por exemplo e só), eu estava dentro de mim, precisava naquele instante é duma escora, precisava mais do que nunca — pra atuar — dos gritos secundários duma atriz, e fique bem claro que não queria balidos de plateia, longe disso, tinha a lúcida consciência então de que só queria meu berro tresmalhado, e ela nem tinha tanto a ver com tudo isso (concordo que é confuso, mas era assim), eu estava dentro de mim, eu já disse (e que tumulto!), estava era às voltas c'o imbróglio, co'as cólicas, co'as contorções terríveis duma virulenta congestão, co'as coisas fermentadas na panela do meu estômago, as coisas todas que existiam fora e minhas formigas pouco a pouco carregaram, e elas eram ótimas carregadeiras as filhas da puta, isso elas eram excelentes, e as malditas insetas me tinham entrado por tudo quanto era olheiro, pela vista, pelas narinas, pelas orelhas, pelo buraco das orelhas especialmente! e alguém tinha de pagar, alguém sempre tem de pagar queira ou não, era esse um dos axiomas da vida, era esse o suporte espontâneo da cólera (quando não fosse o melhor alívio da culpa), o fato é que eu, mesmo sentindo os olhares por perto — os olhos protestantes da dona Mariana estavam prontos, e eu já tinha descoberto atrás dum arbusto as pernas bambas do seu Antônio

— mesmo assim estufei um pouco o peito e dei dois passos na direção dela, e ela deve ter notado alguma solenidade nesse meu avanço, era inteligente a jovenzinha, e versátil a filha da puta, eu só sei que ela de repente levou as mãos na cintura, mudou a cara em dois olhos de desafio, os dois cantos da boca sarcásticos, além de esbanjar a quinquilharia de outros trejeitos, mas nem era preciso tanto, eu nessa altura já não podia mais conter o arranco "você aí, você aí" eu disparei de supetão "você aí, sua jornalistinha de merda" continuei expelindo o vitupério aos solavancos, ela não se mexia junto ao carro, só a bundinha dela se esfregava na maçaneta, e sorriu a filha da puta, um "há-há-há" que eu esperava e não esperava, ela procurava me confundir, mas mesmo assim eu fui em frente "que tanto você insiste em me ensinar, hem jornalistinha de merda? que tanto você insiste em me ensinar se o pouco que você aprendeu da vida foi comigo, comigo" e eu batia no peito e já subia no grito, mas um "ó! honorável mestre!..." ela disse e foi um zás-trás sua língua peçonhenta saindo e se recolhendo, era só de ver como trabalhava aquela peça bem azeitada, e ouvindo o que ela disse eu tremi, não propriamente pela ironia, vazada de resto na técnica primária do sumo apologético, era antes pela obsessiva teima em me castrar, me chamando de "mestre", sim, mas me barrando como sempre, por falta de títulos, qualquer acesso ao entendimento, a mim, um "biscateiro graduado" (que sabia a pilantra das minhas transas de trabalho?), sugerindo então que eu, na discussão, não devia ir além das minhas chinelas, se bem que eu não estivesse mais aí, quero dizer, já não me interessava ser acatado no pasto das ideias, tantas vezes aliás já tinha dito a ela que não era pela profissão, nem ainda pela cabeça, mas pela garganta que se reconhecia a fibra da reflexão, pelo calibre ranzinza da goela na hora de engolir, um defeito de anatomia que se encontrava entre os comuns dos mortais na mesma minguada proporção que existia entre os babacas dos intelectuais, vindo pois da enfermidade — e só daí — a força amarga do pensamento independente, claro que os profetas não podiam responder pela volúpia dos seguidores, mas me deixava uma vara ver a pilantra, ungida no espírito do tempo, se entregando lascivamente aos mitos do momento, me deixava uma vara ver a pilantra, a despeito da sua afetada rebeldia, sendo puxada por este ou aquele dono, uma porrada de vezes tentei passar o canivete na sua coleira, uma porrada de vezes lembrei que o cão acorrentado trazia uma fera no avesso, a ela que a propósito de tudo vivia me remetendo lá pros seus guias (tinha uma saúde de ferro a pilantra, impossível abalar sua ossatura), desesperado mesmo eu lhe dizia que antes daquelas sombras esotéricas eu tinha nas mãos a minha própria existência, não conhecendo, além do útero, matriz capaz de conformar essa matéria-prima, mas era sempre uma heresia bulir nas tábuas dos seus ídolos, riscar o pó, assustar esses fantasmas, cheguei até a lembrar o episódio daquele remoto peripatético (fosse agora e ela feito um sabujo se filiaria à sua escola, lambendo-lhe os pés numa submissão obscena), que na sua história natural atribuiu incorretamente ao cavalo certo número de dentes, fazendo, com o andar lento mas autoritário, seu erro atravessar séculos com força de verdade, e que tantos outros absurdos, alguns desde os primórdios, continuavam sendo tolamente erguidos num andor, e que inclusive nas escolas (altar dos dogmas) se abriam muitas vezes alas pr'esse andor passar, mas de nada adiantava a pregação pelo reverso, de nada adiantava o gesto que destorcia a chave, eu, "biscateiro" ("graduado" no biscate), eu não era um "mestre", menos ainda "honorável", eu (ironia) não era certamente uma autoridade, mas mesmo assim tive ímpetos então — e não era essa a primeira vez — de meter dois dedos em cada canto dos lábios, esticando-os até escancarar a boca larga do meu forno, piscando ao mesmo tempo o olho numa clara advertência "abra minha boca e conte você mesma os dentes deste cavalo", ilustrando assim grotesco a força do empirismo, já que eu pra ela não passava de "uma besta vagamente interessante", era isso aliás, nas horas desconvulsas, o máximo que ela me concedia, mas eu não fiz e nem disse nada disso, não arreganhei os dentes, nem quaisquer outros correspondentes, afinal, não seria exatamente pedagógica a investida, já disse por sinal que não queria balidos de plateia, e já disse também que queria meu berro tresmalhado, só não disse ainda — e é isto o que mais conta — é que não queria sair das minhas chinelas, daí é que voltei a entrar de sola "nunca te passou pela cabeça, hem intelecta de merda? nunca te passou pela cabeça que tudo que você diz, e tudo que você vomita, é tudo coisa que você ouviu de orelhada, que nada do que você dizia você fazia, que você só trepava como donzela, que sem minha alavanca você não é porra nenhuma, que eu tenho outra vida e outro peso..." aí ela me interrompeu "vai, vai, repete outra vez, me diz que você não é o ermitão que eu te imagino, mas que você tem demônios a dar com pau ao teu redor, vai, diz isso, diz isso de novo... há-há-há... demoníaco... há-há-há..." ela devia no café a gulosa ter esvaziado um pote de brilhantina, se eu nunca tinha dito nada como isso! estava na cara que a coisa deslizava, eu do meu lado estava tremendo, e com isso até já ia me perdendo, soltando inclusive a língua bem mais do que convinha "escute aqui, pilantra, não fale de coisas que você não entende, vá pôr a boca lá na tua imprensa, vá lá pregar tuas lições, denunciar a repressão, ensinar o que é justo e o que é injusto, vá lá derramar a tua gota na enxurrada de palavras; desperdice o papel do teu jornal, mas não meta a fuça nas folhas do meu ligustro" eu disse putíssimo comigo mesmo por ter passado de repente de um ataque curto e grosso à simples defensiva, propiciando ainda que ela, capciosa, acionasse com absoluta precisão o bote "compreende-se, senhor, sou bem capaz de avaliar os teus temores... tanto recato, tanta segurança reclamada, toda essa suspeitíssima preocupação co'a tua cerca, aliás, é incrível como você vive se espelhicizando no que diz; vai, fala, continua co'as palavras, continua o teu retrato, mas vem depois pra ver daqui a tua cara... há-há-há... que horror!" e ela disse isso como se me pilhasse num flagra, aproveitando meu embaraço pra carregar inda mais a barra "ergue logo um muro, constrói uma fortaleza, protege o que é teu na espessura duma muralha" "não tire conclusões fáceis" eu mal consegui dizer, "é a conclusão do povo" ela veio imediata no rebote, deixando claro que depois disso só haveria lugar pr'uma sentença, provavelmente a roda medieval, "sabe no que você me faz pensar, hem pilantra?" eu disse numa voz plana, sem poder acreditar na súbita calma (nervosa por dentro) de cada palavra, fiz aliás que partia pro bate-boca, fiz que ia na dela (ela insistia no preâmbulo, queria, antes do porrete, que eu lhe acendesse os botões do corpo), mas fui montado nos meus cálculos, tanto assim que na fervura oculta da caldeira era fácil de ver meus algarismos saçaricando co'a borbulha "você me faz pensar no homem que se veste de mulher no carnaval: o sujeito usa enormes conchas de borracha à guisa de seios, desenha duas rodelas de carmim nas faces, riscos pesados de carvão no lugar das pestanas, avoluma ainda com almofadas as bochechas das nádegas, e sai depois por aí com requebros de cadeira que fazem inveja à mais versátil das cabrochas; com traços tão fortes, o cara consegue ser — embora se traia nos pelos das pernas e nos pelos do peito — mais mulher que mulher de verdade" "e?..." "e tem que isso me leva a pensar que dogmatismo, caricatura e deboche são coisas que muitas vezes andam juntas, e que os privilegiados como você, fantasiados de povo, me parecem em geral como travesti de carnaval", e disse isso com boa sobra de transparência, sem qualquer acidente que perturbasse a ilustração, mas era espantosa sua agilidade, não era só no populismo, no estilo ela alcançava também um transcendente mimetismo "todo cidadão tem o direito, claro, de meter duas rodelas de carmim nas faces, de arredondar a ponta do nariz numa bola vermelha, de pendurar no braço um pau grosso e torto à guisa de bengala, e de ajustar um chapéu-pituca, alto e pontudo, sobre a nuca, e, feito isso, sair em praça pública fazendo graça... há-há-há... há-há-há... há-há-há..." eu devia cumprimentar a pilantra, não tinha o seu talento, não chegava a isso meu cinismo, fingir indiferença assim perto duma fogueira, dar gargalhadas à beira do sacrifício, e tinha de reconhecer a eficiência do arremedo, um ligeiro branco me varreu um instante a cabeça, senti as pernas de repente amputadas, caí numa total imobilidade, notei com o rabo do olho direito — espichada no canto da casa — a dona Mariana recolhendo com presteza a cara, e com o rabo do esquerdo — atrapalhada entre as folhas do arbusto — apanhei em cheio a cara loura e lerda do seu Antônio, não tinha dúvida que ela gozava de audiência "fique tranquila, pilantra, gente como você desempenha uma função" eu disse com amargura, "fique tranquilo, sabichão, gente como você também desempenha uma função: cruzando os braços, você seria conivente, mas vejo agora que isso é muito pouco, como agente é que você há de ser julgado" "não pedi tua opinião" eu disse me amparando na frase feita, essa muleta ociosa mas ca-

paz de me exacerbar, compensadoramente, as
sobras de musculatura, senti que me explodiam duas bolhas imensas aqui nos bíceps, enquanto reconquistava — suprema aventura! —
minha consciência ocupada, fazendo coincidir,
necessariamente, enfermidade e soberania "pra
julgar o que digo e o que faço tenho os meus
próprios tribunais, não delego isso a terceiros,
não reconheço em ninguém — absolutamente
em ninguém — qualidade moral pra medir
meus atos" eu disse trocando de repente de retórica (tinha vibrado o diapasão e pinçado um
tom suspeito, mas, como simples instrumentos
— inclusive as inefáveis... — e já que tudo
depende do contexto, que culpa tinham as palavras? existiam, isto sim, eram soluções imprestáveis), acabei invertendo de vez as medidas, tacando três pás de cimento pra cada pá de
areia, argamassando o discurso com outra liga,
me reservando uma hóstia casta e um soberbo
cálice de vinho enquanto entrava firme e coeso
(além de magistral, como ator) na liturgia duma missa negra "tinha treze anos quando perdi
meu pai, em nenhum momento me cobri de
luto, nem mesmo então sofri qualquer sentimento de desamparo, não estaria pois agora à

procura de nova paternidade, seria preciso resgatar a minha história pr'eu abrir mão dessa orfandade" "tenho de te cumprimentar pela proeza" ela disse ligeira "só mesmo você consegue ser ao mesmo tempo órfão e grisalho... há-há-há..." e desencaminhando o que eu dizia, seu sarcasmo forjou também um sutil desdobramento, sugerindo, ao me incluir na geração cinzenta, que isso me aporrinhava tremendamente, justo a mim, justo a mim que até cultivava precocidades de ancião, e ela sabia disso a pilantra, ela não ignorava, segundo seu próprio comentário, essa minha "supérflua veleidade", o que só vinha realçar então o atrevido contorcionismo da tirada, tanto mais quando se pensa que eu tinha lá uns fios brancos, cronológicos, surgidos na disciplina do tempo, mas que estava longe de ter os cabelos mesclados (eram brilhantes seus torneios de raciocínio, sem dúvida que ela merecia cumprimentos), é bem verdade que, brilho à parte, o achincalhe escondia como sempre um nevoeiro denso de sensualidade, a mesma solicitação queixosa, provocadora, redundante, afinal, a jovenzinha nunca tinha o bastante deste "grisalho", eu só sei que continuei montado nos

meus cálculos, mas, soberano, concordo que
ela ainda puxava a orelha dos meus números
pelos dedos, pois, apesar de esgotado o prazo
que eu mesmo me concedera pro bate-boca,
me vi emendando às pressas — ponta com
ponta — o fio cortado por ela um pouco atrás
"disse e repito: seria preciso resgatar a minha
história pr'eu abrir mão dessa orfandade, sei
que é impossível, mas seria esta a condição primordial; já foi o tempo em que via a convivência como viável, só exigindo deste bem comum, piedosamente, o meu quinhão, já foi o
tempo em que consentia num contrato, deixando muitas coisas de fora sem ceder contudo
no que me era vital, já foi o tempo em que reconhecia a existência escandalosa de imaginados valores, coluna vertebral de toda 'ordem';
mas não tive sequer o sopro necessário, e, negado o respiro, me foi imposto o sufoco; é esta
consciência que me libera, é ela hoje que me
empurra, são outras agora minhas preocupações, é hoje outro o meu universo de problemas; num mundo estapafúrdio — definitivamente fora de foco — cedo ou tarde tudo acaba se reduzindo a um ponto de vista, e você,
que vive paparicando as ciências humanas,

nem suspeita que paparica uma piada: impossível ordenar o mundo dos valores, ninguém arruma a casa do capeta; me recuso pois a pensar naquilo em que não mais acredito, seja o amor, a amizade, a família, a igreja, a humanidade; me lixo com tudo isso! me apavora ainda a existência, mas não tenho medo de ficar sozinho, foi conscientemente que escolhi o exílio, me bastando hoje o cinismo dos grandes indiferentes..." "lá tá ele metafisicando, o especulativo... se largo as rédeas, ele dispara no bestialógico... não vem que não tem, esse papo já era" ela disse peremptória, despachando com censura, lacrando meu protesto, arquivando-o sem consulta, passando enfim no meu feixe de ideias uma sólida argola de ferro, pode ser até que eu tivesse algo (os cílios lânguidos, alongados?) de bovino, mas é preciso convir também em que ela exorbitou no atrevimento ao cometer tamanha violência no nariz do meu cavalo, embora ela mesma se guardando até nos frívolos direitos, esticando prazenteirissimamente a goma das palavras, mascando esta ou aquela como se fosse um elástico ou a porra do pai dela, "espelhicizando-se" a sacana, "metafisicando" lá à sua maneira, eu tinha de dar um fecha nessa farsa toda, já tinha ido muito longe c'o preâmbulo, bolinado demais a isca da pilantra, sentindo que faltava pouco pr'ela me rasgar a boca na sua fisga "não dá pé mesmo, ô burocrata, mas não resisto a este registro, é importante: foi a duras penas que aprendi a transformar em graça o ferrete que carrego, sinto as mãos agora poderosamente livres para agir, evidentemente c'um olho no policial da esquina, o outro nas orgias da clandestinidade; é esta a iluminação que pode se revelar aos excluídos, juntamente com o arbítrio de usar uma chispa desta luz pra inflamar as folhas de qualquer código" e foi aí que deu o estalo nela "tive um insight" ela disse c'uns ares de heureca, "acho que matei o quebra-cabeça, descobri finalmente qual é a verdadeira 'ocupação' desse nosso biscateiro, aliás, só agora entendo por que tanta recusa em falar do teu 'trabalho', por que tanto mistério, só agora é que atino com o quê das tuas transas, já que todas as pistas do teu caráter me levam a concluir que você não passa dum vigarista, dum salafra, dum falsário" e logo ela arrebitou o achado "não um falsário qualquer, claro que um falsário graduado..." e eu confesso que de novo me tremeram as pernas, vi o Bingo, naquele preciso instante, cortar numa carreira elétrica o espaço entre mim e ela, esticando — com seu pelo negro e brilhante — mais um fio na atmosfera, e foi na cola dele que estiquei inda mais a corda dos meus nervos, contornando com cuidado a suspeita de falsário, que eu não soube de resto se era jocosa ou sisuda, ou se, sendo uma coisa, vinha prudentemente misturada com a outra, eu só sei que dei a volta por cima, soneguei mexer no mérito, não permitindo que ela sopesasse a gravidade da suposta descoberta, deixei a pilantra de mãos abanando ao dar sumiço, num passe de prestidigitador, na maçã do seu insight "me sinto hoje desobrigado, é certo que teria preferido o fardo do compromisso ao fardo da liberdade; não tive escolha, fui escolhido, e, se de um lado me revelaram o destino, o destino de outro se encarregou de me revelar: não respondo absolutamente por nada, já não sou dono dos meus próprios passos, transito por sinal numa senda larga, tudo o que faço, eu já disse, é pôr um olho no policial da esquina, o outro nas orgias da clandestinidade" "não posso descuidar que ele logo decola com o verbo... corta essa de solene, desce aí dessas alturas, entenda, ô estratosférico, que essa escalada é muito fácil, o que conta mesmo na vida é a qualidade da descida; não me venha pois com destino, sina, karma, cicatriz, marca, ferrete, estigma, toda essa parafernália enfim que você bizarramente batiza de 'história'; se o nosso metafísico pusesse os pés no chão, veria que a zorra do mundo só exige soluções racionais, pouco importa que sejam sempre soluções limitadas, importa é que sejam, a seu tempo, as melhores; só um idiota recusaria a precariedade sob controle, sem esquecer que no rolo da vida não interessam os motivos de cada um — essa questãozinha que vive te fundindo a cuca — o que conta mesmo é mandar a bola pra frente, se empurra também a história co'a mão amiga dos assassinos; aliás, teus altíssimos níveis de aspiração, tuas veleidades tolas de perfeccionista tinham mesmo de dar nisso: no papo autoritário dum reles iconoclasta — o velho macaco na casa de louças, falando ainda por cima nesse tom trágico como protótipo duma classe agônica... sai de mim, carcaça!" e logo ela tachava minha performance de catártica ("pura catarse" ela engrolou), palavra c'um terrífico poder demolidor e que — pelo uso imprudente, ou pelo abuso — transformava o próprio cérebro da pilantra num cogumelo nuclear, mas eu de novo dei a volta por cima, deixei inclusive a "parafernália" pra trás (bola pra frente!) e fui empurrando a minha história, equacionando uma álgebra tropical, ardente como nas origens (sangue e areia), uma operação perfeita por não dispensar os valores positivos da pilantra, mas que não prescindia jamais, por outro lado, dos meus valores negativos (ou da "mão amiga dos assassinos"): "já disse que a margem foi um dia meu tormento, a margem agora é a minha graça, rechaçado quando quis participar, o mundo hoje que se estrepe! caiam cidades, sofram povos, cesse a liberdade e a vida, quando o rei de marfim está em perigo, que importa a carne e o osso das irmãs e das mães e das crianças? nada pesa na alma que lá longe estejam morrendo filhos..." "há-há-há... ele perdeu as estribeiras... há-há-há... delinquente!" "...que tudo venha abaixo, eu estarei de costas; ao absurdo, com a loucura, e nem podia ser outra a resposta; é amarga, sim, mas é no mínimo adequada, e isto não depende do teu decreto, pois desde já é fácil de prever o teu futuro: além de jornalista exímia, você preenche brilhantemente os requisitos como membro da polícia feminina; aliás, no abuso do poder, não vejo diferença entre um redator-chefe e um chefe de polícia, como de resto não há diferença entre dono de jornal e dono de governo, em conluio, um e outro, com donos de outros gêneros" "não é comigo, solene delinquente, mas com o povo que você há de se haver um dia" "pense, pilantra, uma vez sequer nessa evidência, ainda que isso seja estranho ao teu folclore, ainda que a disciplina das tuas orelhas não se preste a tanta dissonância: o povo nunca chegará ao poder!" "louquinho da aldeia!... entrou de vez em convulsão, sabe-se lá o que ainda vem desse transe paroxístico..." "o povo nunca chegará ao poder! não seria pois com ele que teria um dia de me haver; ofendido e humilhado, povo é só, e será sempre, a massa dos governados; diz inclusive tolices, que você enaltece, sem se dar conta de que o povo fala e pensa, em geral, segundo a anuência de quem o domina; fala, sim, por ele mesmo, quando fala (como falo) com o corpo, o que pouco adianta, já que sua identidade jamais se confunde com a identidade de supostos representantes, e que a força escrota da autoridade necessariamente fundamenta toda 'ordem', palavra por sinal sagaz que incorpora, a um só tempo, a insuportável voz de comando e o presumível lugar das coisas; claro que o povo pode até colher benefícios, mas sempre como massa de manobra de lideranças emergentes; por isso vá em frente, pilantra — com o povo na boca, papagueando sua fala tosca, sem dúvida pitoresca, embora engrossando co'arremedo a sufocante corda dos cordeiros, exatamente como o impassível ventríloquo que assenta paternalmente os miúdos sobre os joelhos, denunciando inclusive trapaças com sua arte, ainda que trapaceando ele mesmo ao esconder a própria voz; mas não se preocupe, pilantra, você chega lá... montadinha, é claro, numa revolta usurpada, montadinha numa revolta de segunda mão; quanto a este tresmalhado, ou delinquente, te digo somente que ninguém dirige aquele que Deus extravia! não aceito pois nem a pocilga que está aí, nem outra 'ordem' que se instale, olhe bem aqui..." eu disse chegando ao pico da liturgia, e foi pensando na suposta subida do meu verbo que eu, pra compensar, abaixei sacanamente o gesto "tenho colhão, sua pilantra, não reconheço poder algum!" "Hosana! eis chegado o macho! Narciso! sempre remoto e frágil, rebento do anarquismo!... há-há-há... dogmático, caricato e debochado... há-há-há..." "entenda, pilantra, toda 'ordem' privilegia" "entenda, seu delinquente, que a desordem também privilegia, a começar pela força bruta" "força bruta sem rodeios, sem lei que legitime" "estou falando da lei da selva" "mas que não finge a pudicícia, não deixa lugar pro farisaísmo, e nem arrola indevidamente uma razão asséptica, como suporte" "pois vista uma tanga, ou prescinda mesmo dela, seu gorila" "dispenso a exortação, fique aí, no círculo da tua luz, e me deixe aqui, na minha intensa escuridão, não é de hoje que chafurdo nas trevas: não cultivo a palidez seráfica, não construo com os olhos um olhar pio, não meto nunca a cara na máscara da santidade, nem alimento a expectativa de ver a minha imagem entronada num altar; ao contrário dos bons samaritanos, não amo o próximo, nem sei o que é isso, não gosto de gente, para abreviar minhas preferências; afinal, alguém precisa, pilantra — e uso aqui tua palavrinha mágica — 'assumir' o vilão tenebroso da história, alguém precisa assumi-lo pelo menos pra manter a aura lúcida, levitada sobre tua nuca; assumo pois o mal inteiro, já que há tanto de divino na maldade, quanto de divino na santidade; e depois, pilantra, se não posso ser amado, me contento fartamente em ser odiado" "sem acesso à razão, ele agora se ressuscita ridiculamente como Lúcifer... há-há-há... som e fúria... há-há-há... você não passa, isto sim, é de um subproduto de paixões obscuras, e toda essa algaravia, obsessivamente desfiada, só serve por sinal pra confirmar velhas suspeitas... aqui com meus botões, aberração moral é sempre cria de aberrações inconfessáveis, só pode estar aí a explicação dos teus 'caprichos'... além, claro, do susto que te provoco como mulher que atua... e quanto a esse teu arrogante 'exílio' contemplativo, a coisa agora fica clara: enxotado pela consciência coletiva, que jamais tolera o fraco, você só tinha de morar no mato; em favor do nosso ecologista, será contudo levado em conta o fato de não ter arrolado a poluição como justificativa, imitando assim os mestres-trapaceiros que — pra esconder melhor os motivos verdadeiros — deixam que os tolos cheguem por si mesmos às desprezíveis conclusões sugeridas pelo óbvio, um jogo aliás perfeito e que satisfaz a todos: enquanto os primeiros, lúdicos, fruem em silêncio a trapaça, os segundos, barulhentos, se regozijam com a própria perspicácia; mas não é este o teu caso: trapaceiro sem ser mestre, o que devia ser escondido acabou também ficando óbvio, e o tiro então saiu pela culatra, pois só podia mesmo ser este o teu 'destino': viver num esconderijo com alguém da tua espécie — Lúcifer e seu cão hidrófobo... que pode até dar fita de cinema... há-há-há... um fechando os buraquinhos da cerca, o outro montando guarda até que chegue a noite, os dois zelando por uma confinadíssima privacidade, pra depois, em surdina... muito recíprocos... entre arranhões e lambidinhas... urdir com os focinhos suas orgias clandestinas... há-há-há... há--há-há... há-há-há... me dá nojo!" e foi de embolada que ela desfechou a saraivada, levando firme a mão lá na pedreira, me atirando de novo a razão na cara, espetando de quebra espinhos terríveis, contive a baba, mas me tremeram fortemente os dentes, não foi por outro motivo que passei a picotar o discurso hemorrágico do meu derrame cerebral "sim, eu, o extraviado, sim, eu, o individualista exacerbado, eu, o inimigo do povo, eu, o irracionalista, eu, o devasso, eu, a epilepsia, o delírio e o desatino, eu, o apaixonado..." "queima-me, língua de fogo!... há-há-há..." "...eu, o pavio convulso, eu, a centelha da desordem, eu, a matéria inflamada, eu, o calor perpétuo, eu, a chama que solapa..." "transforma-me em tuas brasas!... há-há-há..." "...eu, o manipulador provecto do tridente, eu, que cozinho uma enorme caldeira de enxofre, eu, sempre lambendo os beiços co'a carne tenra das crianças..." "fogo violento e dulcíssimo!... há-há-há..." "...eu, o quisto, a chaga, o cancro, a úlcera, o tumor, a ferida, o câncer do corpo, eu, tudo isso sem ironia e muito mais, mas que não faz da fome do povo o disfarce do próprio apetite; saiba ainda que faço um monte pr'esse teu papo, e que é só por um princípio de higiene que não limpo a bunda no teu humanismo; já disse que tenho outra vida e outro peso, sua nanica, e isso definitivamente não dá pauta pra tua cabecinha" eu disse vertendo bílis no sangue das palavras, sentindo que lhe abalava um par de ossos, tinha sido certeira a porretada do disfarce, sem falar na profilática rejeição do seu humanismo, mas era incrivelmente espantosa sua agilidade, vendo que não cabiam mais palavras na refrega, a nanica, mesmo irritada, se agarrou às pressas no rabo do meu foguete, passando ao mesmo tempo — c'um eloquente jogo das cadeiras — a me incitar pro pega "o mocinho é grandioso em tudo... fascistão!" e ela desatou sua sentença em dois tons, claramente distintos, e o que tinha no primeiro de forçada zombaria, aí enroscada uma ferina ponta de malícia, tinha de conclusiva seriedade no segundo, aí enroscado um fiapo da ofendida, e eu com isso, embora tremendo, fui avançando mais seguro, tomando ao mesmo tempo fôlego sem que ela percebesse, e como eu recuperasse aquela calma (nervosa por dentro) de cada palavra, eu arrisquei ainda "só uma pergunta: sabe qual é a minha opinião a teu respeito, comparada comigo mesmo?" "você é incapaz, absolutamente incapaz de ter opinião" "tudo bem, mas sabe o que penso de você e de mim, comparados um com o outro?" "desembucha logo, seu delinquente" "confesso que em certos momentos viro um fascista, viro e sei que virei, mas você também vira fascista, exatamente como eu, só que você vira e não sabe que virou; essa é a única diferença, apenas essa; e você só não sabe que virou porque — sem ser propriamente uma novidade — não há nada que esteja mais em moda hoje em dia do que ser fascista em nome da razão" "devo então concluir que o nosso fascista confesso ainda é melhor, se comparado a mim" "pelo contrário, se por um lado redime, a confissão por outro também pode liberar: mais do que nunca posso agir como fascista..." "que que você quer dizer com isso?" e seus olhos me paparicavam num intenso desafio, "é uma ameaça, seu delinquente?", notei porém de esguelha o Bingo esculturando o corpo, fuzilando os olhos na direção dela, a cauda um sarrafo teso, as orelhas duas antenas, vira-lata sim, mas na postura tensa do cão que amarra a caça, "fique de lado, Bingo" eu ordenei ferindo-lhe os escrúpulos de fidelidade, "não se meta" ciciei ainda dispensando sem complacência o seu concurso, afinal, já não tinha sido lá muito leal ter permitido que a pilantra açulasse tanto a sanha dos meus números, levando inclusive minha queima a um estardalhaço de estalidos (fácil concluir que dois e dois são quatro à sombra duma figueira, queria era ver alguém puxar linhas e outros segmentos, fechar rigorosamente um círculo, demonstrar enfim um teorema em plena fogueira do inferno), eu só sei que me chamei aqui inteiro e, decidido, dei outro passo à frente e sapequei "tipos como você babam por uma bota, tipos como você babam por uma pata" eu disse dispondo com perfeito equilíbrio a ambivalência da minha suspeição — a vontade de poder misturada à volúpia da submissão — mas versátil, versátil a jovenzinha, atirou pra dentro do carro a bolsa a tiracolo e apoiou as mãos na lata como se me chamasse para o tapa, e era evidente o que ela queria, mas eu não queria dar nela "você acha que estou nessa de te surrar, hem imbecil?" e vendo nisso quem sabe um recuo, fraqueza, ou sei lá o quê, e associando tudo isso do seu jeito, ela reagiu que nem faísca, e foi metálico, e foi cortante o riso de escárnio "bicha!" foi a mordida afiada da piranha, tentando numa só dentada me capar co'a navalha, ("óbvio!..."), traindo-se por sinal, feito um travesti de carnaval, nos grossos pelos da sua ideologia, ela que trombeteava o protesto contra a tortura enquanto era ao mesmo tempo um descarado algoz do dia a dia, igualzinha ao povo, feito à sua imagem, lá nos estádios de futebol, igualzinha ao governo, repressor, que ela sem descanso combatia, eu só sei que aí a coisa foi suspensa, o circo pegou fogo (no chão do picadeiro tinha uma máscara), minha arquitetura em chamas veio abaixo, inclusive os ferros da estrutura, e eu me queimando disse "puta" que foi uma explosão na boca e minha mão voando outra explosão na cara dela, e não era a bofetada generosa parte de um ritual, eu agora combinava intencionalmente a palma co'as armas repressivas do seu arsenal (seria sim no esporro e na porrada!), por isso tornei a dizer "puta" e tornei a voar a mão, e vi sua pele cor-de-rosa manchar-se de vermelho, e de repente o rosto todo ser tomado por um formigueiro, seus olhos ficaram molhados, eu fiquei atento, meus olhos em brasa na cara dela, ela sem se mexer amparada pelo carro, eu já recuperado no aço da coluna, ela mantendo com volúpia o recuo lascivo da bofetada, cristalizando com talento um sistema complexo de gestos, o corpo torcido, a cabeça jogada de lado, os cabelos turvos, transtornados, fruindo, quase até o orgasmo, o drama sensual da própria postura, mas nada disso me surpreendia, afinal, eu a conhecia bem, pouco importava a qualidade da surra, ela nunca tinha o bastante, só o suficiente, estava claro naquele instante que eu tinha o pêndulo e o seguro controle do seu movimento, estava claro que eu tinha mudado decisivamente a rotação do tempo, sabendo, como eu sabia, que eu tinha a explorar áreas imensas da sua gula, sabendo, como eu sabia, de que transformações eu era capaz, e foi bem aqui comigo que pensei "peraí que você vai ver só" "peraí que você vai ver ainda" foi o que pensei dando conta de que a merda que me enchia a boca já escorria pelos cantos, mas eu não perdia nada dessa íntima substância, ia aparando com a língua o que caía antes da hora, sem falar que a fumaceira do momento era extremamente propícia ao ocultismo, não ia desperdiçar aquela chance de me exercitar nas finas artes de feiticeiro, por isso a coisa foi assim: surgiram, em combustão, gotas de gordura nos metais das minhas faces, meu rosto começou a transmudar-se, primeiro a casca dos meus olhos, logo depois a massa obscena da boca, num instante eu era o canalha da cama, e eu li na chama dos seus olhos "sim, você canalha é que eu amo", e sempre atento aos sinais da sua carne eu passei então a usar a língua, muda e coleante, capaz sozinha das posturas mais inconcebíveis, e não demorou ela mexeu os lábios dum jeito mole e disse um "sacana" bem dúbio, era preciso conhecer de perto sua boca pra saber o que ela tinha dito, e era preciso conhecer essa femeazinha de várias telhas pra saber que sugestão, eu fiz de conta que tinha esquecido tudo e que o mundo agora só tinha aquele apertado metro de diâmetro, continuei o canalha da cama e ela dum jeito mais quente tornou a dizer "sacana", que era o mesmo que dizer "me convida pra deitar na grama", ela que nos arroubos de bucolismo me pedia sempre pra trepar no mato, daí que forjei uma víbora no músculo viscoso da língua, e conformei-lhe cabeça, e uma sórdida altivez, "an" "an" "an" eu disse mexendo a ponta devassa, "sacana sacana" ela disse numa entrega hipnótica, já entrando quem sabe em estado de graça, mantendo contudo as narinas plenas, uma respiração ruidosa tumultuando o colo, os peitos empinados subindo e descendo, as penas todas do corpo mobilizadas, tanto fazia dizer no caso que a ave já tinha o voo pronto, ou que a ave tinha antes as asas arriadas, e foi pra melar inda mais o desejo dela que levei a mão bem perto do seu rosto, e comecei com meu dedo do meio a roçar o seu lábio de baixo, e foi primeiro uma tremura, e foi depois uma queimadura intensa, sua boca foi se abrindo aos poucos pr'um desempenho perfeito, e começamos a nos dizer coisas através dos olhos (essa linguagem que eu também ensinei a ela), e atento na sua boca, que eu fazia fingir como se fosse, eu estava dizendo claramente com os olhos "você nunca tinha imaginado antes que tivesse no teu corpo um lugar tão certo pr'esse meu dedo enquanto eu te varava e você gemia" e logo seus olhos me responderam num grito "sacana sacana sacana" como se dissessem "me rasga me sangra me pisa", e senti a ponta da sua língua tocando a ponta do meu dedo, lambendo furtiva minha unha, e senti seus dentes, que já tinham perdido o corte, mordiscando a polpa úmida, ela mamava sôfrega a minha isca, e a gente se olhava, e vazava visgo das suas pupilas, e era o mesmo que eu estar ouvindo o que ela tinha dito tantas vezes dum jeito ambivalente "não conheci ninguém que trabalhasse como você, você é sem dúvida o melhor artesão do meu corpo", por isso continuei modelando a lascívia em sua boca, e logo depois desci a mão no gesso quente do pescoço, e não demorou seus poros de ventosa me engoliam gulosamente os dedos, e foi com a boca imunda que eu disse num vento súbito "estou descalço" e vi então que um virulento desespero tomava conta dela, mas eu sem pressa fui dizendo "estou sem meias e sem sapatos, meus pés como sempre estão limpos e úmidos" e eu de repente ouvi dos seus olhos um alucinado grito de socorro "larga logo em cima de mim todos os teus demônios, é só com eles que eu alcanço o gozo", e escutando este gemido estrangulado eu canalha sussurrei "você se lembra do pé que eu te dei um dia?" e ela então disse "amor" dum jeito bem sufocado, e eu velhaco recordei "era um pé branco e esguio como um lírio, lembra?..." e ela fechando devagarinho os olhos disse "amor amor", e eu sacana ainda perguntei "que que você fez com o pé que eu te dei um dia?..." e ela entrando em agonia disse suspirando "amor amor amor" e eu vi então que eu tinha definitivamente a pata em cima dela, e que eu podia subverter — debaixo da minha forja — o suposto rigor da sua lógica, pois se eu dissesse num sopro "você viu quantas coisas você aprendeu comigo?" ela haveria de dizer "sim amor sim" e se eu também dissesse "que tanto você insiste em me ensinar?" ela haveria de dizer "esquece amor esquece" e se eu lhe dissesse "já é dia, faz tempo que o teu bom senso se espreguiçou, por que caminhos anda ele agora?" ela haveria de dizer "não sei amor não sei" e vendo o calor, sacro e obsceno, fervilhando em sua carne eu poderia dizer "mais cuidado nos teus julgamentos, ponha também neles um pouco desta matéria ardente" e ela sem demora concordaria "claro amor claro" e me lembrando do escárnio com que ela me desabou, eu, sempre canalha, poderia dizer como arremate "e quem é o macho absoluto do teu barro?" e ela fidelíssima responderia "você amor você" e eu poderia ainda meter a língua no buraco da sua orelha, até lhe alcançar o uterozinho lá no fundo do crânio, dizendo fogosamente num certeiro escarro de sangue "só usa a razão quem nela incorpora suas paixões", tingindo intensamente de vermelho a hortênsia cinza protegida ali, enlouquecendo de vez aquela flor anêmica, fazendo germinar com meu esperma grosso uma nova espécie, essa espécie nova que pouco me importava existisse ou não, era na verdade pra salvar alguns instantes que me rebelava à revelia duma enorme confusão, ela que me enchia tanto o saco com suas vindas, compondo a cada dia a trava dura dos meus passos, mas eu não fiz e nem disse nada disso, e só fiquei um tempo olhando pra cara dela entorpecida e esmagada debaixo dos meus pés, examinando, quase como um clínico, e sem qualquer clemência, o subproduto da minha bruxaria (quantas vezes não disse a ela que a prosternação piedosa correspondia à ereção do santo?), enquanto ia ouvindo seus lábios bem untados se desfolhando obsessivamente num delírio "meu amor sacana meu amor sacana meu amor sacana" e quando senti a mão pequena me entrando trêmula pela camisa, feito uma coleirinha que tivesse voado da touceira ao lado pra se aninhar nos pelos do meu peito, foi só então que lavei o canalha da minha cara e dei num salto o pulo do gato e vi o susto no seu rosto como um lenço branco enquanto gritei num berro cheio "toma! leva o outro!" e estendi o pé como um soldado "tira o dedão pelo menos e enfia no meio das pernas, é ele que te mexia o grelo" eu fui gritando "vai, filha do caralho, é a única coisa que ainda te deixo, corta o dedão enquanto é tempo" e eu via a sua cara de espanto, a tartaruga livre e desenvolta a quem eu tinha sabido como devolver o peso e a tortura da carapaça, reduzi seu tempo de reação a uma agonia, vi o terror nos olhos dela, não basta sacrificar um animal, é preciso encomendá-lo corretamente em ritual "não faça mais devaneio, nunca mais nada do meu corpo, nada! nada! você também vai se estrepar!" eu ainda fui gritando, sabendo que lhe abria pra sempre na memória uma cova funda "nada! nada! nunca mais nada do meu corpo" "você não é gente" ela disse saindo do seu torpor "você não é gente" "fora! fora! você também vai se estrepar!" "você não é gente, você é um monstro!" "suma! suma de vez da minha vida!" "você é um monstro, eu tenho medo de você" "pois foda-se, pilantra" "eu tenho medo" "foda-se" "medo medo" "foda-se foda-se" eu berrava quase contente, e a ré do seu carro serpenteava baratinada, não encontrava direito o caminho de saída, mas o portão já estava aberto, nem tinha visto, e ela com a cara de fora ainda gritava "você não é gente" "você não é gente" e eu em cima desgovernando mais o carro dela, misturando raiva e gargalhada no escorraço "foda-se, fascistinha enrustida" "filhota da porca grande" "filha do cacete" "porra degenerada" "titica de tico-tico" e tudo isso c'um gosto gordo e carregado, sem falar que o Bingo me reforçava fartamente na arruaça, latindo como nunca, descrevendo perigosas evoluções, se arremessando inclusive contra as rodas, e foi um tremendo "broxa!" que ela gritou da rua antes de se atracar no volante lá da máquina, e com tudo que é ingrediente, as faces vermelhas e molhadas, cheias de generosas e borbulhantes lágrimas, a femeazinha que ela era, a mesma igual à maioria, que me queria como filho, mas (emancipada) me queria muito mais como seu macho, eu só sei que pra cobrir a fúria da arrancada do seu carro eu quase estourei a boca com o meu "foda-se" e não vendo mais as pernas do seu Antônio, só o arbusto se mexendo, mobilizei todos os meus foles e berrei um "puta-que-pariu-todo-mundo!", rasgando o peito, rebentando co'a jugular, me regalando grandemente co'a volúpia do meu escândalo, notando uma janela recatada da colina em frente se abrir e fechar numa só ventania, mas eu berrava "fodam-se" "fodam-se" "fodam-se" e com isso ia pondo pra fora o bofe, a carniça e o bucho, enquanto via surpreso e comovido o meu avesso, e sentia até vontade de virar cambotas de macaco no gramado (dando conta só então de que tinha avaliado mal o seu tamanho, não chegava sequer a nanica, era um inseto, era uma formiga), mas em vez de me entregar a estripulias de regozijo, fiquei um tempo ali parado, olhando o chão como um enforcado, o corpo enroscado nas tramas da trapaça, estraçalhado nas vísceras pela ação do ácido, um ator em carne viva, em absoluta solidão — sem plateia, sem palco, sem luzes, debaixo de um sol já glorioso e indiferente — às voltas c'uma zoeira de sangues e vozes, às voltas também com cascalhos mais remotos, e foi de repente que caí pensando nela, no abandono recolhido da sua casa àquela hora do café, certamente já sentada de lado, que era assim que ela ficava depois de concluir o austero dejejum, o cotovelo fincado na mesa, a cabeça apoiada na mão, os olhos pregados no passado, desfiando horas compridas da sua viuvez provecta, revivendo a cada dia os velhos tempos da nossa união, ruminando desde cedo os resíduos deste mito, tendo assistido calada, anos a fio, à quebra ruidosa dos princípios, e pensei também na página mais intensa do seu livro de sabedoria (ao lado da pregação contra o egoísmo), ela que ainda era, com a dispersão da prole, a depositária espiritual de um patrimônio escasso, a lição que ela repetia sempre nas raras vezes que me via, um filho só abandona a casa quando toma uma mulher por esposa e levanta outra casa para nela procriarem, e seus filhos, outros filhos, era esse o movimento espontâneo da natureza, procriar e com trabalho prover o sustento da família ("o amor é a única razão da vida"), e daí passei direto pra fotografia antiga, o pai e a mãe sentados, ela as mãos no colo, o olhar piedoso, os pés cruzados, ele solene, o peito rijo, um grão de prata fechando o colarinho sem gravata, e mais a cara angulosa de lavrador severo, o bigode denso, o olhar de ferro, tendo os dois a ninhada numerosa à sua volta, de pé, mineral, comportada, aqui e ali uma boca torta, atendendo mal ao pedido frívolo do retratista, e aí me detive nos fundamentos e nas colunas e nas vigas inabaláveis daquela estufa, tínhamos então as pernas curtas, mas debaixo desse teto cada passo nosso era seguro, nos parecendo sempre lúcida a mão maciça que nos conduzia, era sem dúvida gratificante a solidez dessa corrente, as mãos dadas, a mesa austera, a roupa asseada, a palavra medida, as unhas aparadas, tudo tão delimitado, tudo acontecendo num círculo de luz, contraposto com rigor — sem áreas de penumbra — à zona escura dos pecados, sim-sim, não-não, vindo da parte do demônio toda mancha de imprecisão, era pois na infância (na minha), eu não tinha dúvida, que se localizava o mundo das ideias, acabadas, perfeitas, incontestáveis, e que eu agora — na minha confusão — mal vislumbrava através da lembrança (ainda que viesse inscrito no reverso de todas elas que "a culpa melhora o homem, a culpa é um dos motores do mundo"), ao mesmo tempo em que acreditava, piamente, que as palavras — impregnadas de valores — cada uma trazia, sim, no seu bojo, um pecado original (assim como atrás de cada gesto sempre se escondia uma paixão), me ocorrendo que nem a banheira do Pacífico teria água bastante pra lavar (e serenar) o vocabulário, e ali, no meio daquela quebradeira, de mãos vazias, sem ter onde me apoiar, não tendo a meu alcance nem mesmo a muleta duma frase feita, eu só sei que de repente me larguei feito um fardo, acabei literalmente prostrado ali no pátio, a cara enfiada nas mãos, os olhos formigando, me sacudindo inteiro numa tremenda explosão de soluços (eram gemidos roucos que eu puxava lá do fundo), até que meus braços foram apanhados por mãos rústicas e pesadas, a dona Mariana de um lado, o seu Antônio do outro, ele caladão e desajeitado, ela desenvolta apesar do corpo grosso, procurando logo me distrair com seu relato, me falando numa voz de afago que eu não podia deixar de passar pelas coelheiras "antes de zarpar lá pra São Paulo", que ela estava "perplexa" co'a ninhada da Quitéria, "a menina teve treze na primeira cria, treze! quem diria?", e me lembrando que "o pai é o Pituca, aquele malandro de coelho, tão velho e ainda procriando", "perplexa!" repetia a dona Mariana no acalanto, só mudando o tom pra passar à meia-voz uma raspança no marido que não punha o mesmo empenho que ela, os dois tentando me erguer do chão como se erguessem um menino.

A CHEGADA

E quando cheguei na casa dele lá no 27, estranhei que o portão estivesse ainda aberto, pois a tarde, fronteiriça, já avançava com o escuro, notando, ao descer do carro, uma atmosfera precoce se instalando entre os arbustos, me impressionando um pouco a gravidade negra e erecta dos ciprestes, e ali ao pé da escada notei também que a porta do terraço se encontrava escancarada, o que poderia parecer mais um sinal, redundante, quase ostensivo, de que ele estava à minha espera, embora o expediente servisse antes pra me lembrar que eu, mesmo atrasada, sempre viria, incapaz de dispensar as recompensas da visita, e eu de fato, pensativa, subi até o patamar no alto, me detendo ali um instante mas logo entrando no terraço, me vendo então vigiada pelo Bingo, um irado vira-lata que cumpria exemplarmente o papel de cão do claustro, sentado na almofada da cadeira numa rigorosa imobilidade, varando a hora fosca co'a lâmina dos olhos, mas não fiz caso disso, além de acostumada, já tinha dado conta da folha ali na mesa, onde pude ler, ao me aproximar, mas sem pegar o bilhete, sequer sem me curvar, "estou no quarto", uma mensagem bem no estilo dele — breve, descarnada pelo cálculo, escrita ainda, com intenção, num forjado garrancho de escolar — mas logo esqueci a gratuidade simulada do recado e entrei na sala, inventariando sem pressa os vestígios espalhados pelo assoalho, as duas almofadas que pouco antes lhe teriam servido de travesseiro, o quebra-luz de ferro ao lado, a térmica sobre a banqueta, um cinzeiro ao alcance do braço, e mais um compêndio aberto contra o chão, cuja lombada virada pra cima remetia diretamente ao conteúdo do calhamaço, sem falar nas surradas sandálias de couro cru, abandonadas displicentemente como as sandálias duma criança, cacos isolados uns dos outros e que eu a contragosto fui juntando num mosaico, ficando um tempo ali parada, considerando a densidade da casa quieta, "minha cela", segundo o comentário seco que ele fez um dia, misturando nesse estoicismo coisas monásticas e mundanas, até que me desloquei entre aqueles fragmentos e atravessei a peça toda, e só foi cruzar o corredor pr'eu alcançar a porta ali do quarto, boiando vagamente à luz tranquila duma vela: deitado de lado, a cabeça quase tocando os joelhos recolhidos, ele dormia, não era a primeira vez que ele fingia esse sono de menino, e nem seria a primeira vez que me prestaria aos seus caprichos, pois fui tomada de repente por uma virulenta vertigem de ternura, tão súbita e insuspeitada, que eu mal continha o ímpeto de me abrir inteira e prematura pra receber de volta aquele enorme feto.

NOTA DO AUTOR

"Um copo de cólera", escrito em 70 e inédito até aqui, é agora publicado em sua segunda versão. Mais precisamente, foi ampliado o sexto quadro ("O esporro"), em relação à versão original. Além disso, o autor enxertou no texto versos de Jorge de Lima ("queima-me, língua de fogo", "transforma-me em tuas brasas" e "fogo (espírito) violento e dulcíssimo", p. 261, todos de "Espírito Paráclito"); versos também de Fernando Pessoa ("caiam cidades, sofram povos, cesse a liberdade e a vida", "quando o rei de marfim está em perigo, que importam a carne e o osso das irmãs e das mães e das crianças?" e "nada (pouco) pesa na alma que lá longe estejam morrendo filhos", p. 255, todos de "Ouvi contar que outrora, quando a Pérsia"); o autor parafraseou ainda uma pequena passagem de *Um retrato do artista quando jovem*, de James Joyce ("sabe qual é a minha opinião a teu respeito, comparada comigo mesmo? [...] essa é a única diferença, apenas essa"), p.262.

A nota do autor acima reproduzida apareceu somente na primeira edição de *Um copo de cólera*, lançada pela Livraria Cultura Editora, de São Paulo, em 1978. As referências às páginas do livro foram adequadas a esta edição.

Menina a caminho

e outros textos

MENINA A CAMINHO

*Para
Laura de Souza Chaui*

Vindo de casa, a menina caminha sem pressa, andando descalça no meio da rua, às vezes se desviando ágil pra espantar as galinhas que bicam a grama crescida entre as pedras da sarjeta. O vestido caseiro, costurado provavelmente com dois retalhos, cobre seu corpo magro feito um tubo; a saia é de um pano grosso e desbotado, a blusa do vestido é de algodão acetinado, um fundo preto e brilhante, berrando em cima uma estampa enorme em cores vivas, tão grande que sobre o peito liso da menina não aparece mais que o pedaço de uma folha tropical. Deve dormir e acordar, dia após dia, com as mesmas tranças, uns restos amarrotados. Uma delas, toda esfiapada, é presa por dois grampos se engolindo; já quase desfeita, as mechas da outra estão mal apanhadas no alto por um laço encardido que cai feito flor murcha sobre a testa. Lambendo, enquanto anda, os fios colados à roda amarela e gosmenta de manga ao redor da boca, a menina esquece um momento outras distrações da rua ao se aproximar da pequena agitação diante da máquina de beneficiar arroz: três meninos estão saindo pela porta grande do armazém, puxando cada um deles um saco de palha.

"O Quinzinho só levou dois sacos até agora" resmunga um dos meninos.

"Mas ele vai emprestar a farda de quando era escoteiro mascote" diz um segundo.

"E daí? A Lena-minha-irmã vai emprestar duas fantasias, de baiana e havaiana, e eu já levei seis sacos, são sete com este..."

A menina se encanta acompanhando assim clandestinamente aquela disputa, sente um entusiasmo gostoso escondido atrás da discussão.

"Eu acho bom você parar de reclamar" recomenda o terceiro menino.

Descalços, sem camisa, os corpos arcados, os meninos arrastam os sacos, que puxam por um dos cantos como se os puxassem pela orelha. E a palha, com o movimento às vezes emperrado, vai estufando cada vez mais a barriga gorda do fundo dos sacos. Passando pro chão de terra, um dos meninos vê a menina acocorada, observando-os por sob a barriga abaulada de um cavalo, cujas rédeas estão amarradas numa das argolas chumbadas na guia. Os três meninos param.

"O cirquinho é hoje, na casa do Dinho" grita um deles se agachando pra encontrar os olhos da menina por baixo da barriga do cavalo.

A menina vislumbra um fundo escuro de quintal, um grande círculo fofo de palha de arroz, velas acesas na ponta de estacas, os casacas de ferro, os meninos trapezistas, e seus olhos piscam de fantasias.

"São dez palitos a entrada" diz o Dinho se agachando também.

O Zuza, rapazote que marcha na calçada do outro lado, uma bola de capotão no arco do braço, diminui o passo e vem pro meio da rua:

"Na casa de quem, o cirquinho?" vai perguntando.

"Lá em casa" diz o Dinho.

"E quem trabalha nesse cirquinho?"

"A gente, mais o Quinzinho, a Tuta co'a Iracema que vão cantar 'Um carro de boi', a Eunice..."

"A Nice não vai" intervém um dos meninos. "A mãe dela diz que da outra vez teve aquilo..."

"Aquilo o quê?" pergunta o Zuza, malandramente.

"Você sabe, ara!"

O Zuza estufa o peito, cheio de si, enquanto o menino adverte com medo:

"A mãe do Dinho disse que quem tem mais de doze anos não entra dessa vez, só o Quinzinho que o Quinzinho vai emprestar a..."

"Fecha esse bico, gordinho."

O menino se tranca e enfia os olhos no chão. O Zuza faz ainda um trejeito com a boca:

"Cirquinho mixo esse... e o Quinzinho que não se meta a besta comigo" diz despeitado, e, largando de repente a bola de capotão, mata com destreza a pelota, pisando em cima com o pé direito. Os braços livres, arma num instante o gesto: "Aqui que eu não entro nesse cirquinho" diz movimentando lentamente o braço teso da banana, pra cima e pra baixo, os olhos cheios de safadeza:

"Aqui que eu não entro, aqui, ó."

A menina arregala uns olhos deste tamanho e acompanha apreensiva a ameaça do rapazote. Os três meninos nem se mexem e, ao pé deles, um depois do outro, estão caídos os três sacos, vomitando palha pela boca aberta, como se tivessem levado um murro violento na barriga.

"Zuza! Ó Zuza!"

O Zuza interrompe rápido a banana, apanha dissimulado a bola e olha.

"Zuza, vem cá um pouquinho."

Debruçada sobre uma almofada de cetim azul, no parapeito de uma janela alta, dona Ismênia, robusta, cheia de pintura, desfrutando a primeira sombra que já tomba da sua casa, acena a mão chamando o Zuza. O rapazote abandona o meio da rua enquanto os três meninos, sem mais demora, apanham os sacos pela orelha e se safam apressadamente dali, deixando no chão três rodelas de palha amarela, como se fossem três gemas enormes se cozendo ao sol. O Zuza sobe a calçada meio sem jeito e ergue os olhos pra janela.

"Mas Zuza, não faz nem uma semana que você começou a trabalhar e você já está nessa folga?" diz a dona Ismênia brincando com os olhos, o rosto colorido que nem bunda de mandril.

O Zuza continua olhando pro alto, a bola de capotão no arco do braço.

"Será que você está mesmo de folga, hem Zuza?"

"Tou" responde encabulado.

"É verdade que o seu Américo fechou o armazém?"

"É verdade, sim."

"E você sabe por quê?"

"O seu Américo mandou fechar as portas e eu fechei, não faz meia hora."

"Como assim?"

"Disse que era por causa do calor e que eu podia ir embora."

"O quê?!"

Outra mulher, que mal se esconde atrás da cortina repuxada pr'um dos lados, belisca com certeza a coxa grossa da dona Ismênia que protesta c'um grito esganiçado, voltando logo o rosto e alongando mais o riso. Debruçando-se de novo na almofada, os seios leitosos, explosivos, quase espirrando pela canoa do decote, encabulam inda mais o rapazote.

"Me diz uma coisa, Zuza: que história é essa que andam falando do filho do seu Américo?..."

O vulto atrás da cortina já não sustenta o recato, se arrebenta, sem mostrar a cara, numa solta gargalhada, enquanto a dona Ismênia, afogando-se de gozo, se sacode tanto na janela, parece até que vai vomitar algum sabugo. O Zuza ri também, sem saber por que, as faces formigando, mas a algazarra incompreensível das duas mulheres pouco a pouco se abranda.

"Posso te fazer outra pergunta, Zuza?"

"Claro."

"Me diz só mais uma coisa: quem te ensinou a dar banana daquele jeito?" pergunta a dona Ismênia carregando na malícia, se engasgando ao mesmo tempo com o novo acesso de riso. "Chega, Mênia! Tadinho..." diz a voz atrás da cortina.

"A banana que você dá é muito bem dada, Zuza..." acrescenta a dona Ismênia logo depois, alimentando fartamente a fogueira de riso. Sacudindo-se de novo na janela, fazendo tremer os seios de gelatina, ela até lacrimeja de tanto rir, gritando no fim do gozo com o beliscão que mais uma vez lhe aplicam na coxa. Termina extenuada: "Uff!..." "Ai, Mênia, que vergonha!..." diz a voz atrás da cortina.

O Zuza está ardendo de vermelhidão, as orelhas num fogaréu.

"É só, Zuza" encerra a dona Ismênia entre suspiros.

O Zuza continua olhando pra cima.

"É só" diz ela se desvencilhando, desviando o olhar pra bem longe e cantarolando baixinho: "larará, larará, lariri...". Volta-se de novo pro rapazote:

"Sua mãe está boa, Zuza?"

"Tá boa, sim."

"Dê lembranças pra ela."

O Zuza não se mexe.

"Dê lembranças" repete a dona Ismênia vendo que o Zuza não arreda pé. Atrás da cortina, um risinho, meio miado, aparece e desaparece.

"Até logo, dona Ismênia" diz enfim o rapazote.

"Até logo, Zuza, e dê lembranças pra sua mãe, viu?"

O Zuza se aparta dali, andando cada vez mais rápido, atendendo quem sabe à curiosidade que cresce com os passos, enquanto na janela da dona Ismênia o riso ressurge com ardor revigorado.

Acocorada ainda ao lado do cavalo, a menina desvia os olhos da janela e alcança, bem afastados, os três meninos arrastando os sacos de palha pelo chão de terra, como se fossem três pequenos arados, um ao lado do outro, que tivessem deixado à sua passagem uma seara estreita ao longo da rua.

Só quando o cavalo distancia as patas traseiras é que a menina repara, escondido no alto entre as pernas, e se mostrando cada vez mais volumoso, no seu sexo de piche. Ela desmancha rápido a postura, se joga pra trás, os bracinhos esticados, as palmas das mãos se plantando na terra. Recebe mesmo assim os respingos do esguicho forte, o jato de mijo abrindo uma biroca no chão. O susto nos olhos dela aumenta com a gargalhada dos carregadores, dois crioulos musculosos e um branco atarracado, que fazem a sesta na calçada, estirados à sombra de uma árvore.

"Num brinca co'a boneca do cavalo, menina" debocha um deles acenando o chapéu em forma de cuia e engrossando com isso a gargalhada dos dois outros. "Num brinca co'essa boneca que tem feitiço nela."

Assustada, a menina busca com os olhos a janela da dona Ismênia, mas só encontra a almofada abandonada no parapeito, mal percebendo o bloco agitado se enrolando de riso com o rendão da cortina. Ela se põe de pé num salto, se atrapalha com a carroça parada quase em frente da máquina de arroz, e dispara.

Respirando de boca aberta, já na esquina da rua principal, acompanha dali o caminhão velho que vem rodando, levantando uma poeira amarela, a carroçaria sacolejando, fazendo um barulhão dos diabos nessa hora pachorrenta em que tudo está quieto. O caminhão passa, mas a menina continua ali, o dedo enfiado no nariz, olhando indecisa pra cá e pra lá.

"Dov'è il bambino?"

O seu Giovanni arrasta as alpargatas na outra calçada, parece um papai-noel que perdeu a roupa vermelha, sempre com aquela cara triste de dor de cabeça. Anda sem parar, o olhar solto, o coração apertado. Nas suas andanças, passa o dia falando sozinho, como se procurasse um menino. "Quel malandrino..."

Ainda na esquina, o dedo teimoso no nariz, a menina continua indecisa. Poucos passos à sua direita, uma menina de saia azul e blusa branca sai de casa ajeitando a bolsa escolar e a lancheira a tiracolo, recendendo limpeza da cabeça aos pés. Assim que a menina de uniforme passa, o andar pequeno e altivo, a primeira deixa a esquina, seguindo-a de alguns passos atrás. As meias três-quartos, alvas, e as pregas da saia, em gomos perfeitos, encantam a menina suja e descalça, que come também com os olhos as tranças curtas, douradas, dois biscoitos de padaria. Sem ter se voltado nem uma vez sequer, a menina de uniforme de repente para e se vira pra de trás:

"Ó!" diz, e, abanando a mão espalmada, o polegar tocando a ponta do nariz, faz uma careta bisbilhoteira e mostra a língua, tão comprida e insuspeitada, pondo quase em pânico a menina de trás, que acaba ficando um bom tempo ali parada, vendo a menina de uniforme se distanciar toda empertigada, que nem fosse uma boneca de porcelana.

Desprezada, só muito depois é que a menina se dá conta da roda de homens dentro da barbearia ao lado, conversando animadamente a meia-voz ao redor de um homem de carnes fofas. Ela então se achega timidamente da soleira e, permanecendo na calçada, se encosta na parede do salão. Percorre os olhos pela prateleira de espelho, dirige depois sua atenção pro vidro enorme de loção amarela, e descobre, c'uma ponta de estranheza, as mechas de cabelo, macias talvez, ao pé da cadeira giratória. A loira pelada da folhinha na parede só tem uma estola sobre os ombros, caindo toda peluda por cima dos braços abertos e deixando bem à vista os mamões do peito. De relance, o olho da menina ainda apanha o retrato emoldurado de Getúlio Vargas, pendurado no fundo, acima da porta.

O falatório do homem fofo é indistinto e miúdo no centro da roda, ninguém se mexe enquanto ele fala, e o barbeiro, que tem uma cabeleira de cantor de tango e um dente de ouro mordendo sempre o beiço de baixo, está com o braço esticado pra fora da roda, empunhando a navalha ainda aberta, um montinho de espuma de sabão na ponta. Outro sujeito ali então parece um fantasma, em cima da roupa tem um lençol branco cheinho de pelos cortados. Metade da cara é de espuma, a outra já está com a barba raspada. O fantasma tem uma voz forte de meter medo: "Uma tunda!" diz ele. "É disso que o filho dele precisa" diz a cada brecha que se abre na falação.

"Ninguém perde por esperar" diz o homem fofo. "Ninguém, foi o que eu disse, eu sempre disse isso, foi isso o que eu já disse uma vez: o Galego é um filho da puta; o Alfeo da pensão é um filho da puta; o Zé-Elias é um filho da puta, todo mundo sabe o que ele apronta quando apita um jogo; o Nenê, o Garcia, o Tonico-da-luz, o João Minervino, o Nelão da barbearia, você mesmo, Nelão, o Nelão da barbearia, eu disse, afiado como a navalha que usa, o Nelão também é um filho da puta..."

"Qu'é isso, sô? Veja lá que que cê tá falando" diz o barbeiro fechando a cara. "Esclareça esse negócio, pombas!" diz ele ainda, passando a engrolar um resmungo grosso.

As mãos gordas do homem fofo pedem silêncio no ar:

"Quem não é filho da puta entre os caras que passam o dia na sapataria do Filó? Na verdade, não tem ninguém, ninguém nesta cidade — ou não importa em que outra cidade — que não seja um filho da puta. E vocês nem precisam me lembrar o que eu já sei, sei mais do que ninguém que eu também sou um filho da puta, mas tudo isso não me impede de dizer que ele, o Américo, este sim é um filho da puta, e que ele não perdeu nem um pouco por esperar."

"Essa não, seu moço, essa não. Deixa de lado o Américo e a história do filho dele que você anda espalhando por aí, e vamos tirar esse negócio de filho da puta a limpo antes que eu faça a merda feder mais co'as coisas que o Américo sempre disse de você" diz o barbeiro armando um pequeno tumulto.

As bochechas sombrias do homem fofo ganham um súbito lustro com o suor que começa a porejar.

"Se você acha que você é um filho da puta, isso lá é problema teu, não sou eu que vou te proibir de se achar assim, você pode se achar isso e mais aquilo, e te digo que você pode até mesmo se achar o que o Américo vive dizendo de você, mas daí você partir pr'esse papo... essa não, seu moço, essa não, minha mãe é uma santa!"

O homem fofo leva o lenço pra enxugar o rosto como se levasse uma esponja nervosa de pó de arroz.

"Uma tunda! Uma tunda!" repete o fantasma isolado, sua voz repercutindo cheia como o surdo da banda. "Uma tunda! É disso que o filho dele precisa."

"Minha mãe é uma santa!" insiste o barbeiro desbaratando mais a roda cada vez que levanta exaltado o braço com a navalha na mão. "Minha mãe é uma santa!"

E um sujeito baixinho, o tempo todo agitado, mas alheio à engrossada do barbeiro, desce a mão até o sexo e, apanhando-o como a uma bola através do pano da calça, diz sacudindo-o:

"Aqui que a flor do filho dele se safa. Aqui!"

A menina não desgruda mais o olho da bola de pano do baixinho, só que a roda se recompõe, fica de repente muda, e o homem fofo, batendo ainda o chumaço do lenço na testa, sai por um instante do apuro c'um bom pretexto:

"Vai embora, menina" diz ele protegendo uma criança.

Escapulindo-se num zás-trás, a menina desaparece dali. Logo na esquina, ela para e estica os olhos pra rua que corta a principal: não muito longe, um bando de garotos, armados com cabos de vassoura, ataca aos gritos um cachorro e uma cadela acasalados, grudados um no outro feito linguiça. Movendo-se em direções contrárias, os bichos mal conseguem sair do lugar, deixando-se espancar, até que um dos meninos despeja em cima uma vasilha de água quente. O cachorro e a cadela se largam ganindo, cada qual disparando pr'um lado. O cachorro some de vista, enquanto a cadela, que vem na direção da menina, acaba se dobrando de costas contra um muro, enfiando a cabeça entre as pernas dianteiras e lambendo sofregamente a queimadura de trás.

A menina se afasta condoída, mas torna a parar alguns passos depois, de frente pra escolinha da dona Eudóxia. Espia timidamente pelo vidro de uma das janelas: estão todos quietos na sala de aula. Paralítica, a velha mestre-escola está sempre naquela cadeirona do canto, ao lado da lousa, os chinelões de lã descansando no assoalho, os pés sobre o banquinho cobertos pela surrada manta xadrez que lhe protege também as pernas. Mas segura firme o livro que folheia devagar, como se escolhesse a lição. Cada aluno tem um livro aberto em cima da carteira, e toda vez que a dona Eudóxia vira uma página, as crianças juntas, logo em seguida, viram uma página também.

A menina se encanta é com a gravura colorida no suporte: um sapateiro examina uma sola estragada na sua mesa de trabalho, enquanto uma menina pobre e descalça espera ao lado. Que pena, pela cara do sapateiro, o sapato não tem mesmo conserto... Que história será que cada um vai contar?

A atenção da menina se desvia pro menino que deixa de virar a página enquanto os outros viram, e começa a abanar a mão na frente do nariz. Quando a dona Eudóxia vira uma nova página, a classe inteira está abanando a mão na frente do nariz. A dona Eudóxia para de folhear o livro, olha por cima dos óculos, franze a boca num bico grosso e começa também a abanar a mão. O leque das crianças vai e vem, vai e vem. O leque da dona Eudóxia é mais lerdo, vaaai e veeem, vaaai e veeem, e enquanto vaaai e veeem ela sonda de um lado e de outro o olhar de cada aluno, mas em vão.

"Quem foi?" pergunta a dona Eudóxia.

Ninguém diz nada, estão todos ocupados: vaivém, vaivém.

"Eu quero saber quem foi."

Ninguém diz nada, continuam todos ocupados: vaivém, vaivém.

"Béééca!" grita a dona Eudóxia, enérgica, balançando a barbela.

A Beca, agregada que a um só tempo cuida da casa e assiste a mestre-escola, vem correndo dos fundos. As crianças, mudas, param de abanar o leque.

"Descubra quem fez o mau cheiro" ordena a mestre-escola.

A Beca se enfia por trás da fileira da frente, se abaixa e cheira de pertinho o traseiro de cada aluno, um por um. Na fileira seguinte, porém, interrompe a tarefa logo na segunda carteira. De pé então, o dedo espetado pra baixo, ela aponta seguidamente pra nuca de uma menina, justo a que tem tranças curtas e douradas, dois biscoitos de padaria.

Sem acreditar, a menina assiste através da vidraça aos três bolos em cada mão como castigo. A dona Eudóxia atira a régua num canto enquanto a menina dos biscoitos chora. Encolhida lá fora, a menina nem se dá conta de que apontam pra janela, mas seus olhos se chocam de repente com os olhos de aço da velha mestre-escola.

"Béééca!"

Aterrorizada, a menina some da janela, ressurgindo caída feito peteca que tivesse sido atirada no chão do bar da esquina.

"Ei, molenguinha, tropicando que nem barata tonta?" diz o mulatinho Isaías, atrás do balcão de sorvete.

A menina se levanta, oscila um pouco explorando o raspão leve do braço, mas ninguém dá por ela além do rapazote que tem as mãos agarradas numa pá longa de pau enquanto bate o sorvete na caldeira que gira.

Na mesa do canto, do lado de fora do balcão de vidro, o dono do bar está numa conversinha muito entretida com dois sujeitos e nuns risinhos estridentes que nem guinchos de rato, enquanto vão bebericando o cafezinho. Os olhos do Isaías, miúdos e inteligentes, se voltam pra mesa do canto e a menina tem a impressão de que suas orelhas, redondas e grandes, cada vez aumentam mais de tamanho. A menina lança um olhar comprido pras brevidades, queijadinhas e bombocados, e se demora nos cavalinhos de bolacha salpicados de confeitos coloridos e amontoados no chão do balcão de vidro. Se aproxima depois da máquina de sorvete, põe as mãos c'um gosto retraído na superfície fria de mármore, e percorre os olhos pelas tampas amassadas que fecham as bocas dos seis recipientes. Se ergue na ponta dos pés, espreita antes a atenção do Isaías espichada ainda pra mesa lá do canto, e mergulha em seguida os olhos gulosos dentro da caldeira que gira, a pá correndo ali num mesmo ritmo contra a parede interna, revolvendo de alto a baixo uma pastosa massa cor-de-rosa. A menina lambe ainda os lábios de vontade quando se vira pra porta com a barulheira que se aproxima.

Três rapazolas turbulentos entram no bar

trazendo o Zé das palhas, que vive fazendo discursos contra o governo. Coitado do seu Zé, ele pensa que o rádio que toca e fala serve também pra levar de volta a voz da gente. No fim, todo mundo dá risada.

"O seu Zé vai fazer um discurso de lascar, cadê o rádio?" diz o rapazola de topete alto. "Um discurso sobre o filho do Américo, com sal e pimenta, né, seu Zé?"

"É hoje!" diz o Isaías como se falasse com a menina.

Encostada na sorveteira, a menina se atrapalha, não sabe se olha pro Isaías, ou pro galinho de topete alto, com a crista caindo um pouco sobre a testa, e a camisa meio aberta pondo à mostra as peninhas novas do peito. O galinho tem uma munhequeira larga de couro preto no pulso direito, pra que será que serve?

Na mesa do canto, o cochicho vai pro beleléu co'arrastação das cadeiras, mas o dono do bar, que fechou a cara no começo, está todo animadinho agora com os comentários que estão fazendo. Leva então o Zé das palhas pra trás do balcão de vidro e ajeita a cadeira, prometendo comprar do orador mil-réis de palha pro cigarrinho, se ele misturar malagueta da boa na sua fala. Desengonçado, o seu Zé sobe na cadeira com os bolsos estufados de palha de milho, ficando de costas pra rua e o nariz no Philips, instalado ali na prateleira num nicho grande entre as bebidas. Atiçado contra o filho do Américo, parece que ele nem liga pra algazarra.

"Pode falar, seu Zé" diz o galinho exigindo ao mesmo tempo silêncio do galinheiro.

O Zé das palhas gira pra trás o botão do rádio, apaga o bolero mexicano que tocava, arruma o brim do terno e a palheta na cabeça, e fica c'um jeito de quem faz pose enquanto se concentra. Atrás dele, de pé, separado só pelo balcão, o galinheiro se amontoa. Não se ouve um pio, até que o seu Zé sapeca a voz rachada no rádio, como se falasse num microfone, martelando ao mesmo tempo o dedo no ar, como se passasse um pito:

"Doutor Getúlio Vargas, o povo brasileiro tá cansado, cansado, cansado: não aguenta mais apertar o cinto, não aguenta mais passar com farinha de mandioca, não aguenta mais o senhor mandar as pessoas pra cadeia; o xadrez já tá apinhado, seu Getúlio, tá assim de bêbado, assim, ó, de pau-d'água."

Um dos frangotes enfia dois dedos na boca e

assobia, o outro cata o que acha na caixa de lixo e atira no seu Zé, casca de banana, de laranja e até casca de mortadela, mas no alvoroço contra o discurso ninguém saberia dizer se o dono do bar e os sujeitos dos cochichos estão mesmo protestando ou só se divertindo.

"Doutor Getúlio Vargas, o povo brasileiro tá cansado, cansado, cansado..."

"Para-para-para" berra o galinho calando o galinheiro e o Zé das palhas c'uma só bicada. "Não é hora dessa xaropada, seu Zé, a gente combinou outro discurso pelo copinho de fernete. Ora, o Getúlio, que importância tem isso agora?"

"Getúlio é nosso pai!" diz uma voz de trovão lá da porta.

Todos se viram, menos o Zé das palhas.

"Viche!" diz o Isaías como se falasse com a menina.

Grande, c'um bruta muque quase arrebentando a manga do macacão, o homem da porta repete de frente pro galinheiro desenxabido:

"Getúlio é nosso pai!"

O seu Zé, de bico calado, nem se mexe em cima da cadeira. De costas pra rua e o nariz no rádio, parece até que está pendurado na prateleira, com as folhas secas de palha saindo pelos bolsos do paletó e pelos bolsos traseiros da calça. Deve estar esperando pela palavra do galinho que, sem explicar a confusão, dá logo um jeito e se safa de fininho, dando o fora do bar seguido dos dois frangotes.

O homem de macacão aponta ainda pro orador, que continua mudo em cima da cadeira feito um boneco empalhado.

"Falta arrancar da prateleira aquele espantalho de passarinho" diz com a mesma voz de trovão, indo em seguida embora.

Depois de conduzir o Zé das palhas até a calçada, o dono do bar se volta pros dois sujeitos, já de velho na mesa lá do canto:

"De onde veio esse cara?" pergunta tentando encobrir sua paspalhice c'uns ares de surpresa.

"Eu já vi ele na União Operária" diz o Isaías, caindo porém em si com o olhar do patrão, de repente inquiridor e decidido. "Quer dizer... ele deve ser lá da ferroviária..." emenda ele depressa, afundando os olhos na caldeira, mas satisfeito.

O dono do bar capricha no silêncio, faz que deixa a coisa passar e se senta, voltando pros cochichos.

Ágil, a velha entra no bar c'um vestido que chega na canela, uma chita tão escura que encolhe inda mais seu corpo arcado; traz na cabeça um lenço que se afunila armado sobre a cacunda. Se achega da sorveteira assim que entra, a barra da saia fustigando a perna da menina, espia a massa dentro da caldeira c'um trejeito azedo na boca, e pergunta do que que é aquele sorvete. O rapazote retira a pá, aproveitando pra dar uma limpada no rosto com a manga da camisa: "De uva-passa, vovó". Sua cara fica mais colorida quando mostra os dentes sorridente, piscando ao mesmo tempo o olho com malícia:

"Tá fervendo o chão por aí, num tá mesmo, vovó?"

A velha faz um muxoxo entortando a boca.

"A coisa tá de queimar o pé da gente, só se fala nisso... mas também não é todo dia que é dia de pão quente, né vovó?"

"Acaba co'essa conversa maluca que eu não sou de prosa."

"Não é maluca, não, vovó, nadinha" diz ele metendo de novo a pá longa de pau na caldeira, com tanta firmeza, como se fincasse uma lança na carne doce e cor-de-rosa do sorvete.

"Vai de casquinha ou de palito, vovó?"

"Mais respeito, moleque, eu quero uma garrafa de pinga."

"Nossa!"

O dono do bar acorre rápido, pondo-se atrás do balcão:

"A senhora pediu uma garrafa de pinga, dona Engrácia?"

"Eu já disse o que quero."

"O armazém do seu Américo está fechado, deve de ser por isso que a senhora veio comprar aqui, não é mesmo?"

"O seu Américo nunca fechou o armazém."

"Mas hoje ele fechou, todo mundo sabe, não faz uma hora."

"Não quero ouvir histórias, estou com pressa, preciso fazer a janta."

"Mas é cedo pra pensar na janta, dona Engrácia."

"Isso é comigo."

"Pra quem é a pinga, vovó?" intervém zombeteiro o Isaías. "A senhora não vai fazer a janta co'a caninha, vai?"

"Isso não é da tua conta, moleque atrevido, e o senhor aí vai me vender ou não a pinga?" grita a velha.

"Não precisa embrabecer, dona Engrácia" diz o dono do bar voltando-se pra mesa do canto, onde os dois sujeitos ali sentados se sacodem numa gargalhada muda. Ele trepa na cadeira, apanha a garrafa do alto, tira o pó: "Pronto, dona Engrácia, e a senhora não precisa ficar zangada assim desse jeito" diz ele enquanto a velha puxa do bolso um lenço amarrotado que ergue pra cobrir a boca, como se calasse seu ressentimento. Cava, a boca afunda mais com a pressão do pano, o bico do queixo desponta sob o lenço mais pontudo.

A menina fica assuntando no perfil dessa face tosca, os olhos fundos, o nariz de osso, a pele seca e enrugada que recobre uma cara de bruxa. A velha pega a garrafa, aperta-a com mãos e braços contra o peito chupado, afasta-se de mansinho, desce a soleira praguejando baixinho. A menina sai logo atrás, segue a dona Engrácia um pedaço, vagarando o passo quando a velha, num andar corrido, corta a rua como se voasse numa vassoura, sumindo num assopro na dobra lá da esquina.

Do interior da pequena oficina de duas portas, o seu Tio-Nilo, olhando por cima dos óculos, está medindo a menina, assim surpreendida seguindo a velha. Ela se acanha, abaixa os olhos, mas se aproxima. Levanta os braços, agarra as malhas de arame acima da cabeça, e abandona o corpo franzino contra o alambrado que barra uma das portas: que cheiro de couro mais gostoso na selaria do seu Tio-Nilo!

A menina logo procura pelo passo-preto que não se encontra no poleiro: coisa estranha... ele não fica em gaiola, nunca foge, vive solto na oficina. Pois não é que ele está todo encolhidinho justamente no pau seco do macaco sem-vergonha. O macaco está do mesmo jeito, se esticando enquanto trepa no lenho pregado na parede dos fundos, acima da porta. Guarda, apesar de empalhado, a desenvoltura de um movimento ousado, a cara virada pros que passam na rua. Olhos espertos, o rabo comprido acabando quase em caracol, o macaco convencido parece que está sempre subindo, mas nunca sai do lugar.

A menina depois se perde admirando selas, arreios e bainhas, trabalhos lindos enfeitados com franjas e metais. Mas vez e outra espia de soslaio o velho seleiro: meio sentado na banqueta alta atrás do balcão, a muleta descansando contra a prateleira às suas costas, o seu Tio-Nilo trabalha sisudo uma sola abaulada, vai cortando o couro cru com a faca sem cabo, mas de gume tão afiado, até parece que ele retalha uma casca grandona de laranja. Solitário, ninguém cochicha na sua oficina. O seu Tio-Nilo recolhe criterioso os recortes, ajunta os retalhos pr'um uso possível, deixa os óculos de lado, apanha a muleta e se desloca. Alto, magro, a barba branca e rala, o coto da perna esquerda está corretamente vestido e embrulhado com a sobra do pano da calça. Volta logo pra banqueta trazendo outra sola. Faz tudo sozinho, a semana inteira trabalhando na mesa do balcão, ou costurando naquela máquina esquisita, menos no sábado que é quando chegam os peões-boiadeiros, tez queimada, lenços coloridos no pescoço, gente rude, delicada. Vão deixando os cavalos com as rédeas amarradas nas argolas da guia, um ao lado do outro, assim arrumados que nem nas batalhas santas das romarias. Aos poucos esses homens do campo se apertam ali na selaria, rascando esporas no chão, selecionando peças com adornos, além de apetrechos triviais de montaria, proseando sobretudo a vida dura e ouvindo com respeito a palavra curta do artesão severo. Por que é que falam que o seu Tio-Nilo é um homem perigoso?

Desviando-se da tarefa, de novo ele espeta o queixo no peito, entorta as sobrancelhas e franze a testa, enquanto seus olhos pulam um instante por cima dos aros redondos, esboçando um sorriso franco pra menina. Ela nem acredita, seu coraçãozinho dança! Cheia de leveza, a menina abandona a tela de arame, anda uns passos de costas, se apruma na calçada, esfrega antes um pouco de guspe no raspão do braço, e em seguida abre as asas em equilíbrio, cuidando de não pisar fora do fio da guia. Enquanto se afasta, suas pernas vão se cruzando como as de uma bailarina magricela e suja debaixo de um solão quente e vermelho.

Logo adiante tem um pinguço sentado na sarjeta, as pernas abertas e esticadas, cheio de remendos no pano imundo da calça, os pelos da barba que nem traços a carvão, duas cascas de jabuticaba no lugar dos olhos, um cigarro de palha descansando na orelha de abano, está ali feito um brinquedo de feltro maltratado, rindo no ritmo do mundo: "há-há-há" "hu-hu-hu" "hi-hi-hi". A menina passa por ele e na sua boca, de um jeito pequeno, ecoa: "há-há-há" "hu-hu-hu" "hi-hi-hi", mas seus olhos estão pregados é na sombrinha azul que passa ao longe, girando devagar, como um aceno suave, nas mãos de uma moça faceira. Sem perder de vista a moça lá longe, cobiça o pano florido de uma loja de fazendas, cruzando alguns passos depois com o ancião que deve mesmo de estar c'uma dor de cabeça eterna, de tão triste.

"Dov'è il bambino?"

O seu Giovanni está outra vez resmungando. Mal se suspeita nele uma vida generosa no passado, pois se deu como poucos ao povoado, desde o começo. Caduco, anda agora perdido na sua cidade, o olhar solto, falando sozinho, como se procurasse um menino. "Quel malandrino..."

Ainda em equilíbrio no meio-fio, a menina desce as asas quando observa melhor o cavalo que se aproxima, vindo na rua em sentido contrário. Em passo lento, um camponês cavalga solitário em direção à igreja e ao cemitério. A mão esquerda governa as rédeas, a direita prende o pequeno caixão branco, guarnecido com galão prateado, que traz debaixo do braço. "Um anjinho" balbucia a menina fazendo o sinal da cruz. Assim que o cavalo passa, ela para, voltando-se pro outro lado da rua.

À sua frente se erguem casas de comércio recortadas por portas estreitas, acabando em arco algumas vezes. A composição em pirâmide dos telhados se repete em muitos armazéns, com as pontas à vista apesar das fachadas altas. Um ao lado do outro, numa sucessão interrompida aqui e ali por longos corredores, cujo acesso é quase sempre protegido por pequenos portões. A menina se esquece, o dedo de novo no nariz, buscando, antes de atravessar a rua, a casa com a águia de asas ainda abertas, parecendo terminar o seu voo de pedra no topo da fachada. As sete portas desse armazém estão fechadas e na parede entre duas delas tem um garrancho a carvão.

A menina atravessa a rua, sobe na calçada e para de frente pro armazém, não atinando pro sentido das letras pretas do garrancho. Vira-se pra trás quando nota a bicicleta circunvolteando, um ginasiano de uniforme cáqui pedalando tranquilamente, as maçãs do rosto rosadas, o olhar maroto sempre fixo no xingo enorme a carvão. Os livros vão presos atrás do selim, e o vira-lata de pelo curto, o toco de rabo espetado pra cima, acompanha os círculos que a bicicleta descreve na rua, balançando o corpo ao lépido jogo das patas.

O adolescente passa a olhar pra menina de um jeito dúbio e silabeia várias vezes o xingo a carvão, sem pronunciá-lo. A menina abre bem os olhos, presta bastante atenção nas caretas que ele faz, mas não consegue ler os movimentos da sua boca. Numa arrancada, a bicicleta sai de órbita, o corpo do adolescente se arca, a cabeça se deita com graça sobre o guidão, e ele sorri pra menina com seus dentes de giz enquanto se afasta em linha reta.

Quando a bicicleta dobra a esquina, a menina se volta de novo pro armazém, indo direto pra porta que tem uma fresta entre as folhas. Empurra timidamente uma das folhas de madeira, entra no armazém, mas fica parada na entrada, inibida pela súbita escuridão. Um silêncio úmido e distenso, nenhum ruído da rua ali dentro. O ar que ela respira é impregnado de secos e molhados, sobressaindo forte o cheiro de bacalhau. Aos poucos as mercadorias reencontram suas formas, mergulhadas todas numa sombra calma e fria de recolhimento, a luz dali tão só filtrada pelas bandeiras de vidro no alto das portas.

A menina avança alguns passos entre sacos de cereais expostos sobre caixotes de querosene e não vê ninguém. Arregala os olhos quando descobre a barrica de manjubas secas, sente a boca vazia e perdida ao vislumbrar um compartimento cheinho de torrões de açúcar redondo. Afunda logo a mão na barrica em busca de manjubas, come muitas, sofregamente. Lambe o sal que lhe pica a pele ao redor da boca e estala a língua. Pega depois um torrão de açúcar redondo, em seguida outro, mais outro, os mais graúdos que repousam na superfície. A barriga estufa, a voracidade do começo desaparece e a menina, de espaço a espaço, sem vontade, continua lambendo o torrão enorme que tem na mão, enquanto passeia livre pelo armazém sem ninguém. Explora atrapalhada a composição geométrica dos ladrilhos sob os pés, a lataria em pilhas, a ferragem amontoada num canto, os trens de cozinha, os rolos de fumo em corda, as garrafas nas prateleiras, as redes de teia de aranha no forro.

No sarrafo suspenso por dois cordões, lá no alto, estão presos, que nem três bandeiras quadradas, uma ao lado da outra, os panos que estampam as figuras de três santos. Nem Santo Antônio c'uma criança nos braços, nem São Pedro de barba bonita, segurando uma bruta chave do céu na mão direita, nenhum dos dois chega a mexer com ela. A menina não tira os olhos é da imagem de João Batista estampada na bandeira do meio, contempla com indisfarçável paixão o menino de cabelos encaracolados que aperta contra o peito um cordeiro de tenras patas soltas no ar, um cajado roçando seu ombro nu. Lambendo o torrão de açúcar, o menino se transfigura, transporta-se pras noites frias de junho, o pano com São João drapeja no alto de um mastro erguido no centro da quermesse, afogueado pelas chamas da lenha que queima embaixo. Mas suspenso assim num recolhimento de sombras, o menino de olhos meigos e cabelos anelados se dilui talvez na calma triste de um convento.

A menina desce o olhar e o pirulito metálico lá nos fundos, depois do balcão, prende num isto sua atenção. Espiralado e colorido, o móbile ingênuo pende da ponta de um barbante, junto à entrada pra moradia interna, onde se encontra um telefone a manivela, além de um retrato de Getúlio Vargas, acima da porta. Sem nada que o acione aparentemente, a mão de uma criança, sopro ou brisa, o pirulito gira sem cessar. A menina se encanta, não hesita, vai até o fundo, contorna o balcão, mas os dedos afrouxam: o torrão na altura da boca se desprende, cai e se espatifa no chão, espirrando sobre os sapatos do seu Américo.

Sentado num caixote, as pernas afastadas, os cotovelos fincados nos joelhos, a cabeça apertada entre as mãos, o seu Américo tem os olhos fixos na chama de uma vela que serpenteia ligeiramente com a queda próxima do torrão. Levanta então a cara carregada que tem pra menina tanta força e horror quanto as histórias de cemitério da sua imaginação:

"Que que você quer aqui, menina?"

A menina treme.

Ainda sentado, o seu Américo ergue do chão a garrafa que sustém a vela e descobre, atrás dela, o corpo esborrachado do torrão.

"Puxa daqui!" diz num berro.

A menina então fala de susto, uma cachoeira:

"Minha mãe mandou dizer que o senhor estragou a vida dela, mas que o senhor vai ver agora como é bom ter um filho como o senhor tem, que o senhor vai ver só como é bom ter um filho como esse que o senhor tem, ter um filho como esse..."

"Puxa daqui, puxa já daqui, sua cadelinha encardida, já agora senão te enfio essa garrafa com fogo e tudo na bocetinha, e também na puta da tua mãe, e na puta daquela tua mãe..."

A menina dispara, cai-lhe o laço de fita enquanto corta o armazém, atrapalha-se na saída com o seu Américo que vem aos berros atrás, empunhando a garrafa com vela e tudo. Chega sem respiração em casa, branca, tremendo. Entra na saleta apertada e suja de retalhos, papel e casca de manga. A mãe interrompe a costura na máquina, empurra numa barulheira a cadeira pra trás, resmunga da demora e, mais irritada ainda com a filha que não fala, senta um tapa na filha menor que lhe agarra a saia. A filha menor cai no berreiro, o pirralho que engatinha sem calça abre a boca também, e a menina maior começa a vomitar: o feijão do almoço, manga, pedaços de manjuba, açúcar redondo. Bota o estômago pra fora e cai finalmente num berreiro tão desesperado que põe a mãe descontrolada:

"Não deixa teu pai ouvir, não deixa teu pai ouvir, que que aquele ordinário te fez? Conta, conta logo, anda!"

A menina conta o que pode, a história vem molhada, interrompida por tremendos soluços. Alucinada, a mãe começa a atirar o que encontra pela frente, moldes, régua, recortes e, com a violência do pé, manda longe a cadeira que tomba, enquanto as crianças, assustadíssimas, redobram o berreiro. Ferida na alma, ela levanta os braços pros céus e se põe a gritar que nem louca:

"Ele me ofendeu mais uma vez, ele me ofendeu mais uma vez, aquele canalha, ele me ofendeu mais uma vez..."

Trabalhando no barracão lá no fundo do quintal, uma coberta de zinco sustentada por quatro estacas, o Zeca Cigano deixa a lata de óleo que transformava em canecão e, empunhando ainda a marreta, acorre aos gritos da mulher. Corta numa corrida o capim alto até a casa sob o olhar apreensivo da vizinha idosa junto à cerca, que vê sua cabeça avançando veloz acima do mato como uma lebre correndo aos pulos. Atinge o patamar da escadinha num salto e penetra cozinha adentro. A casa está tomada, mas a voz forte do Zeca Cigano, sobrepondo-se ao berreiro das crianças e aos gritos da mulher, de repente explode:

"Cadela!"

Marido e mulher se pegam num rude bate-boca que se prolonga até que um silêncio inesperado, de curta duração, faz apertar, uma contra a outra, as mãos da vizinha junto à cerca. Não demora, ela ouve a primeira chicotada, acompanhada de uma falsa inquisição:

"Quem é que te ofendeu?"

E ouve a segunda chicotada, acompanhada também de uma falsa inquisição:

"Quem é que me ofendeu?"

A tala da cinta larga vibra no ar, um estalo

terrível quando o couro desce na bunda da costureira. A vizinha não se contém e chora crispando as mãos na madeira da cerca. Pelo vão falho entre duas ripas, se esforça por passar pro quintal vizinho, vencendo o obstáculo à custa de um rasgão no vestido. Corre com dificuldade, alcança a escadinha que dá acesso à cozinha, entra na casa pelos fundos, passa pelas crianças em desespero com a cabeça apertada entre as mãos, vai direto ao quarto do casal:

"Piedade pra tua mulher, Zeca, piedade!"

"Quem é que te ofendeu?" "Quem é que me ofendeu?"

Deitada de bruços no chão do quarto, os braços avançados além da cabeça, os punhos fechados em duas pedras, a costureira recebe as cintadas c'uma expressão dura e calada, só um tremor contido do corpo seguindo ao baque de cada golpe. Sua boca geme num momento:

"Corno" diz ela de repente, de um jeito puxado, rouco, entre dentes.

O Zeca Cigano endoidece, o couro sobe e desce mais violento, vergastando inclusive o rosto da mulher. Uma, duas vezes.

A vizinha se atira contra ele:

"Você está louco, Zeca? Piedade! Piedade!

Piedade!" suplica aos gritos, mas é repelida c'um safanão no peito.

A mão já no ar, o Zeca Cigano prende o novo golpe, vendo com súbito espanto a boca da mulher que sangra. Encolhida na parede, a vizinha afunda a mão pelo decote e puxa o terço, correndo as contas com os dedos trêmulos enquanto chora. O silêncio ali no quarto suspende por um instante o gemido das crianças na saleta. O suor escorre no pescoço do Zeca Cigano, no torso nu e nos músculos fortes do braço. Atira a cinta num canto, deixa o quarto, passa pela saleta, atravessa a cozinha e para no patamar da escadinha, voltado de frente pro quintal, o barracão abandonado nos fundos.

Sentada, os pés empoleirados na travessa da cadeira, o irmão pequeno choramingando no colo, a menina observa o pai no patamar, de costas, as mãos na mureta, a cabeça tão caída que nem fosse a cabeça de um enforcado. A menina também vigia os movimentos da vizinha se agitando da cozinha pro quarto, aplicando emplastros de salmoura nos vergões da mãe deitada.

Quando a casa se acalma, a vizinha deixa o quarto encostando a porta com cuidado. Na saleta, ergue do chão o pirralho sem calça, envolve-o no colo, toma pela mão a menina mais nova, procura ainda pela menina mais velha, mas a porta do banheiro está trancada. Não espera e sai com as duas crianças pela porta da frente.

No banheiro, a menina se levanta da privada, os olhos pregados no espelho de barbear do pai, guarnecido com moldura barata, como as de quadro de santo. Puxa o caixote, sobe em cima, desengancha o espelho da parede, deitando-o em seguida no chão de cimento. Acocora-se sobre o espelho como se sentasse num penico, a calcinha numa das mãos, e vê, sem compreender, o seu sexo emoldurado. Acaricia-o demoradamente com a ponta do dedo, os olhos sempre cheios de espanto.

A menina sai do banheiro, anda pela casa em silêncio, não se atreve a entrar no quarto da mãe. Deixa a casa e vai pra rua, brincar com as crianças da vizinha da frente.

HOJE DE MADRUGADA

O que registro agora aconteceu hoje de madrugada quando a porta do meu quarto de trabalho se abriu mansamente, sem que eu notasse. Ergui um instante os olhos da mesa e encontrei os olhos perdidos da minha mulher. Descalça, entrava aqui feito ladrão. Adivinhei logo seu corpo obsceno debaixo da camisola, assim como a tensão escondida na moleza daqueles seus braços, enérgicos em outros tempos. Assim que entrou, ficou espremida ali no canto, me olhando. Ela não dizia nada, eu não dizia nada. Senti num momento que minha mulher mal sustentava a cabeça sob o peso de coisas tão misturadas, ela pensando inclusive que me atrapalhava nessa hora absurda em que raramente trabalho, eu que não trabalhava. Cheguei a pensar que dessa vez ela fosse desabar, mas continuei sem dizer nada, mesmo sabendo que qualquer palavra desprezível poderia quem sabe tranquilizá-la. De olhos sempre baixos, passei a rabiscar no verso de uma folha usada, e continuamos os dois quietos: ela acuada ali no canto, os olhos em cima de mim; eu aqui na mesa, meus olhos em cima do papel que eu rabiscava. De permeio, um e outro estalido na madeira do assoalho.

Não me mexi na cadeira quando percebi que minha mulher abandonava o seu canto, não ergui os olhos quando vi sua mão apanhar o bloco de rascunho que tenho entre meus papéis. Foi uma caligrafia rápida e nervosa, foi uma frase curta que ela escreveu, me empurrando o bloco todo, sem destacar a folha, para o foco dos meus olhos: "vim em busca de amor" estava escrito, e em cada letra era fácil de ouvir o grito de socorro. Não disse nada, não fiz um movimento, continuei com os olhos pregados na mesa. Mas logo pude ver sua mão pegar de novo o bloco e quase em seguida me devolvê-lo aos olhos: "responda" ela tinha escrito mais embaixo numa letra desesperada, era um gemido. Fiquei um tempo sem me mexer, mesmo sabendo que ela sofria, que pedia em súplica, que mendigava afeto. Tentei arrumar (foi um esforço) sua imagem remota, iluminada, provocadoramente altiva, e que agora expunha a nuca a um golpe de misericórdia. E ali, do outro lado da mesa, minha mulher apertava as mãos, e esperava. Interrompi o rabisco e escrevi sem pressa: "não tenho afeto para dar", não cuidando sequer de lhe empurrar o bloco de volta, mas nem foi preciso, sua mão, com a avidez de um bico, se lançou sobre o grão amargo que eu, num desperdício, deixei escapar entre meus dedos. Mantive os olhos baixos, enquanto ela deitava o bloco na mesa com calma e zelo surpreendentes, era assim talvez que ela pensava refazer-se do seu ímpeto.

Não demorou, minha mulher deu a volta na mesa e logo senti sua sombra atrás da cadeira, e suas unhas no dorso do meu pescoço, me roçando as orelhas de passagem, raspando o meu couro, seus dedos trêmulos me entrando pelos cabelos desde a nuca. Sem me virar, subi o braço, fechei minha mão no alto, retirando sua mão dali como se retirasse um objeto corrompido, mas de repente frio, perdido entre meus cabelos. Desci lentamente nossas mãos até onde chegava o comprimento do seu braço, e foi nessa altura que eu, num gesto claro, abandonei sua mão no ar. A sombra atrás de mim se deslocou, o pano da camisola esboçou um voo largo, foi num só lance para a janela, havia até verdade naquela ponta de teatralidade. Mas as venezianas estavam fechadas, ela não tinha o que ver, nem mesmo através das frinchas, a madrugada lá fora ainda ressonava. Espreitei um instante: minha mulher estava de costas, a mão suspensa na boca, mordia os dedos.

Quando ela veio da janela, ficando de novo a minha frente, do outro lado da mesa, não me surpreendi com o laço desfeito do decote, nem com os seios flácidos tristemente expostos, e nem com o traço de demência lhe pervertendo a cara. Retomei o rabisco enquanto ela espalmava as mãos na superfície, e, debaixo da mesa, onde eu tinha os pés descalços na travessa, tampouco me surpreendi com a artimanha do seu pé, tocando com as pontas dos dedos a sola do meu, sondando clandestino minha pele no subsolo. Mais seguro, próspero, devasso, seu pé logo se perdeu sob o pano do meu pijama, se esfregando na densidade dos meus pelos, subindo afoito, me queimando a perna com sua febre. Fiz a tentativa com vagar, seu pé de início se atracou voluntarioso na barra, e brigava, resistia, mas sem pressa me desembaracei dele, recolhendo meus próprios pés que cruzei sob a cadeira. Voltei a erguer os olhos, sua postura, ainda que eloquente, era de pedra: a cabeça jogada em arremesso para trás, os cabelos escorridos sem tocar as costas, os olhos cerrados, dois frisos úmidos e brilhantes contornando o arco das pálpebras, a boca escancarada, e eu não minto quando digo que não eram os lábios descorados, mas seus dentes é que tremiam.

Numa arrancada súbita, ela se deslocou quase solene em direção à porta, logo freando porém o passo. E parou. Fazemos muitas paradas na vida, mas supondo-se que aquela não fosse uma parada qualquer, não seria fácil descobrir o que teria interrompido o seu andar. Pode ser simplesmente que ela se remetesse então a uma tarefa trivial a ser cumprida quando o dia clareasse. Ou pode ser também que ela não entendesse a progressiva escuridão que se instalava para sempre em sua memória. Não importa que fosse por esse ou aquele motivo, só sei que, passado o instante de suposta reflexão, minha mulher, os ombros caídos, deixou o quarto feito sonâmbula.

O VENTRE SECO

1. Começo te dizendo que não tenho nada contra manipular, assim como não tenho nada contra ser manipulado; ser instrumento da vontade de terceiros é condição da existência, ninguém escapa a isso, e acho que as coisas, quando se passam desse jeito, se passam como não poderiam deixar de passar (a falta de recato não é minha, é da vida). Mas te advirto, Paula: a partir de agora, não conte mais comigo como tua ferramenta.

2. Você me deu muitas coisas, me cumulou

de atenções (excedendo-se, por sinal), me ofereceu presentes, me entregou perdulariamente o teu corpo, tentou me arrastar pra lugares a que acabei não indo, e, não fosse minha feroz resistência, até pessoas das tuas relações você teria dividido comigo. Não quero discutir os motivos da tua generosidade, me limito a um formal agradecimento, recusando contudo, a todo risco, te fazer a credora que pode ainda chegar e me cobrar: "você não tem o direito de fazer isso". Fazer isso ou aquilo é problema meu, e não te devo explicações.

3. Nem foi preciso fazer um voto de pobreza, mas fiz há muito o voto de ignorância, e hoje, beirando os quarenta, estou fazendo também o meu voto de castidade. Você tem razão, Paula: não chego sequer a conservador, sou simplesmente um obscurantista. Mas deixe este obscurantista em paz, afinal, ele nunca se preocupou em fazer proselitismo.

4. E já que falo em proselitismo, devo te dizer também que não tenho nada contra esse feixe de reivindicações que você carrega, a tua questão feminista, essa outra do divórcio, e mais aquela do aborto, essas questões todas que "estão varrendo as bestas do caminho". E quando digo

que não tenho nada contra, entenda bem, Paula, quero dizer simplesmente que não tenho nada a ver com tudo isso. Quer saber mais? Acho graça no ruído de jovens como você. Que tanto falam em liberdade? É preciso saber ouvir os gemidos da juventude: em geral, vocês reclamam é pela ausência de uma autoridade forte, mas eu, que nada tenho a impor, entenda isso, Paula, decididamente não quero te governar.

5. Sem suspeitar da tua precária superioridade, mais de uma vez você me atirou um desdenhoso "velho" na cara. Nunca te disse, te digo porém agora: me causa enjoo a juventude, me causa muito enjoo a tua juventude, será que preciso fazer um trejeito com a boca pra te dar a ideia clara do que estou dizendo? É bastante tranquilo este depoimento, é sossegado, ao fazê--lo, me acredite, Paula, não me doem os cotovelos. Está muito certa aquela tua amiga frenética quando te diz que sou "incapaz de curtir gentes maravilhosas". Sou incapaz mesmo, não gosto de "gentes maravilhosas", não gosto de gente, para abreviar minhas preferências.

6. Você me levava a supor às vezes que o amor em nossos dias, a exemplo do bom senso em outros tempos, é a coisa mais bem dividi-

da deste mundo. Aliás, só mesmo uma perfeita distribuição de afeto poderia explicar o arroubo corriqueiro a que todos se entregam com a simples menção deste sentimento. Um tanto constrangido por turvar a transparência dessa água, há muito que queria te dizer: vá que seja inquestionável, mas tenho todas as medidas cheias dos teus frívolos elogios do amor.

7. Farto também estou das tuas ideias claras e distintas a respeito de muitas outras coisas, e é só pra contrabalançar tua lucidez que confesso aqui minha confusão, mas não conclua daí qualquer sugestão de equilíbrio, menos ainda que eu esteja traindo uma suposta fé na "ordem", afinal, vai longe o tempo em que eu mesmo acreditava no propalado arranjo universal (que uns colocam no começo da história, e outros, como você, colocam no fim dela), e hoje, se ponho o olho fora da janela, além do incontido arroto, ainda fico espantado com este mundo simulado que não perde essa mania de fingir que está de pé.

8. Você pode continuar falando em nome da razão, Paula, embora até o obscurantista, que arranja (ironia!) essas ideias, saiba que a razão é muito mais humilde que certos racionalistas; você pode continuar carreando areia, pedra e

tantas barras de ferro, Paula, embora qualquer criança também saiba que é sobre um chão movediço que você há de erguer teu edifício.

9. Pense uma vez sequer, Paula, na tua estranha atração por este "velho obscurantista", nos frêmitos roxos da tua carne, nessa tua obsessão pelo meu corpo, e, depois, nas prateleiras onde você arrumou com criterioso zelo todos os teus conceitos, encontre um lugar também para esta tua paixão, rejeitada na vida.

10. Sabe, Paula, ainda que sempre atenta à dobra mínima da minha língua, assim como ao movimento mais ínfimo do meu polegar, fazendo deste meu canto o ateliê do desenhista que ia no dia a dia emendando traço com traço, compondo, sem ser solicitada, o meu contorno, me mostrando no final o perfil de um moralista (que eu nunca soube se era agravo ou elogio), você deixou escapar a linha mestra que daria caráter ao teu rabisco. Estou falando de um risco tosco feito uma corda e que, embora invisível, é facilmente apreensível pelo lápis de alguns raros retratistas; estou falando da cicatriz sempre presente como estigma no rosto dos grandes indiferentes.

11. Não tente mais me contaminar com a tua febre, me inserir no teu contexto, me pregar

tuas certezas, tuas convicções e outros remoinhos virulentos que te agitam a cabeça. Pouco se me dá, Paula, se mudam a mão de trânsito, as pedras do calçamento ou o nome da minha rua, afinal, já cheguei a um acordo perfeito com o mundo: em troca do seu barulho, dou-lhe o meu silêncio.

12. No pardieiro que é este mundo, onde a sensibilidade, como de resto a consciência, não passa de uma insuspeitada degenerescência, certos espíritos só podiam mesmo se dar muito mal na vida; mas encontrei, Paula, esquivo, o meu abrigo: coração duro, homem maduro.

13. Não me telefone, não estacione mais o carro na porta do meu prédio, não mande terceiros me revelarem que você ainda existe, e nem tudo o mais que você faz de costume, pois recorrendo a esses expedientes você só consegue me aporrinhar. Versátil como você é, desempenhe mais este papel: o de mulher resignada que sai de vez do meu caminho.

14. Entenda, Paula: estou cansado, estou muito cansado, Paula, estou muito, mas muito, mas muito cansado, Paula. (Teu baby-doll, teus chinelos, tua escova de dentes, e outros apetrechos da tua toalete, deixei tudo numa sacola lá

embaixo, é só mandar alguém pegar na portaria com o zelador.)

15. Ainda: "a velha aí do lado", a quem você se referia também como "a carcaça ressabiada", "o pacote de ossos", "a semente senil" e outras expressões exuberantes que o teu talento verbal sempre é capaz de forjar mesmo para falar das coisas mirradas da vida, nunca te revelei, Paula, te revelo agora: "aquele ventre seco" é minha mãe, faz anos que vivemos em quitinetes separadas, ainda que ao lado uma da outra. Não seja tola, Paula, não estou te recriminando nada, sempre assisti com indiferença aos arremedos que você fazia da "bruxa velha, preparando a poção pra envenenar nossas relações". Te digo mais: você talvez tivesse razão, é provável que ela vivesse a espreitar minha porta das sombras da escadaria, é provável que ela do fundo dos corredores te olhasse "de um jeito maligno", é provável ainda que ela, matreira dentro do seu cubículo, te alcançasse todas as vezes que você saía através do olho mágico da sua porta. Mas contenha, Paula, a tua gula: você que, além de liberada e praticada, é também versada nas ciências ocultas dos tempos modernos, não vá lambuzar apressadamente o dedo na consciência das

coisas; não fiz a revelação como que te serve à mesa, não é um convite fecundo a interpretações que te faço, nem minha vida está pedindo esse desperdício. Quero antes lembrar o que minha mãe te dizia quando você, ao cruzar com ela, e "só pra tirar um sarro", perguntava maliciosamente por mim, te sugerindo eu agora a mesma prudência, se acaso amanhã teus amigos quiserem saber a meu respeito. Você pode dispensar "a ridícula solenidade da velha", mas não dispense o seu irrepreensível comedimento, responda como ela invariavelmente te respondia: "não conheço esse senhor".

AÍ PELAS TRÊS DA TARDE

Para
José Carlos Abbate

Nesta sala atulhada de mesas, máquinas e papéis, onde invejáveis escreventes dividiram entre si o bom senso do mundo, aplicando-se em ideias claras apesar do ruído e do mormaço, seguros ao se pronunciarem sobre problemas que afligem o homem moderno (espécie da qual você, milenarmente cansado, talvez se sinta um tanto excluído), largue tudo de repente sob os olhares à sua volta, componha uma cara de louco quieto e perigoso, faça os gestos mais calmos quanto os tais escribas mais severos, dê um largo "ciao" ao trabalho do dia, assim como quem se despede da vida, e surpreenda pouco mais tarde, com sua presença em hora tão insólita, os que estiveram em casa ocupados na limpeza dos armários, que você não sabia antes como era conduzida. Convém não responder aos olhares interrogativos, deixando crescer, por instantes, a intensa expectativa que se instala. Mas não exagere na medida e suba sem demora ao quarto, libertando aí os pés das meias e dos sapatos, tirando a roupa do corpo como se retirasse a importância das coisas, pondo-se enfim em vestes mínimas, quem sabe até em pelo, mas sem ferir o pudor (o seu pudor, bem entendido), e aceitando ao mesmo tempo, como boa verdade provisória, toda mudança de comportamento. Feito um banhista incerto, assome depois com sua nudez no trampolim do patamar e avance dois passos como se fosse beirar um salto, silenciando de vez, embaixo, o surto abafado dos comentários. Nada de grandes lances. Desça, sem pressa, degrau por degrau, sendo tolerante com o espanto (coitados!) dos pobres familiares, que cobrem a boca com a mão enquanto se comprimem ao pé da escada. Passe por eles calado, circule pela casa toda como se andasse numa praia deserta (mas sempre com a mesma cara de louco ainda não precipitado), e se achegue depois, com cuidado e ternura, junto à rede languidamente envergada entre plantas lá no terraço. Largue-se nela como quem se larga na vida, e vá fundo nesse mergulho: cerre as abas da rede sobre os olhos e, com um impulso do pé (já não importa em que apoio), goze a fantasia de se sentir embalado pelo mundo.

MÃOZINHAS DE SEDA

Para
Octávio Ianni

Cultivei por muito tempo uma convicção: a maior aventura humana é dizer o que se pensa. Meu bisavô, vigilante, puxava da algibeira esta moeda antiga: "A diplomacia é a ciência dos sábios". Era um ancião que calçava botinas de pelica, camisa de tricolina com riscas claras em fio da Escócia, e gravata escolhida a dedo, em que uma ponta de cor volúvel marcava a austeridade da casimira inglesa. Não dispensava o colete, a corrente do relógio de bolso desenhando no peito escuro um brilhante e enorme anzol de ouro.

E o jasmim, ah, o jasmim! Um botão branco de aroma oriental sempre bem-comportado na casa da lapela. E era antes um ritual de elegância quando ajustava os óculos sobre o nariz: a mão quase em concha subia sem pressa até prender um dos aros entre o polegar e o indicador, retendo demoradamente os dedos no metal enquanto testava o foco das lentes. Neste exato momento, seu olhar ia longe, muito longe, como se vislumbrasse meu futuro distante. Talvez fosse essa antevisão que fizesse surgir o esgar fértil no canto dos lábios, era como se ele tivesse acabado de plantar ali a semente provável de um grande regozijo, daí que me puxava pela cabeça e soprava no meu ouvido:

"O negócio é fazer média", e enfatizava a palavra negócio.

Apesar da postura solene, o bisavô, quem diria?, era chegado numa gíria. Tão vetusto, tão novíssimo, era precursor:

"Nada de porraloquice. Me promete".

Nesse tempo, em Pindorama, mais precisamente a cada mês de setembro, sempre acontecia o Baile da Primavera. Era um baile a rigor, terno e gravata, vestidos longos, e geralmente abrilhantado pela Orquestra de Jaboticabal, fartamente anunciada como garantia de sucesso, pois gozava de grande prestígio na execução de valsas e boleros. Nesses setembros, os dias eram claros, o céu liso, "um céu de vidro" como se dizia, e a temperatura poderia ser considerada amena para a região, apesar de já prenunciar o calorão dos meses seguintes. Era um tempo propício pra tagarelar, principalmente nos finzinhos de tarde, depois da janta, quando as famílias puxavam cadeiras pras calçadas, a que se juntavam vizinhos e amigos. E ficavam rindo gostosamente à toa, jogando conversa fora, assegurando entusiasmo à algazarra das crianças. Eram risos, vozes e pequenos gritos, tudo amortecido pela amplidão do espaço livre, até que "a fresca da noite" e o sono os dispersassem.

Entre as mulheres, por semanas se falava em organza, tule, cetim, tafetá, e em tantas outras fazendas finas, entregues aos cuidados de costureiras nervosas com a quantidade das encomendas. E era também inevitável vazar o mexerico de que a Mercedes, a Rosa Stocco, ou a Brígida, enfim, uma das moças da cidade iria escandalizar com o decote ousado do vestido, e, diga-se, a cada ano mais atrevido. Esbanjavam-se ainda comentários contidos, às vezes nem tanto, sobre a perspectiva casadoura que o evento abria generoso. Mas só dias antes do baile, apesar de curtido por semanas e semanas, é que as moças de Pindorama iam às farmácias e, entre acanhadas e ar distraído, davam fim ao estoque de pedra-pomes. Era uma pedra cinza e porosa, vendida em tamanho pouco maior que um ovo de galinha, embora amorfa, que elas friccionavam na palma das mãos para eliminar as calosidades. E se aplicavam no trato da pele de tal modo que seus eventuais parceiros, durante o baile, tivessem a sensação de tomar entre suas mãos de príncipes encantados verdadeiras mãozinhas de seda de suas donzelas.

Se era assim no baile, em que românticos mancebos se alumbravam com um simples toque de mãos, capaz de transportá-los para fantasias inefáveis, imagine-se agora — nestes tempos largos e tão liberais — se mãozinhas de seda, mesmo quando de homem barbado, se insinuassem até as partes pudendas de alguém, fossem essas partes pretas, roxas, ou de cor ainda a ser declinada... Seria o êxtase!

"Nada de porraloquice. Me promete."

Daí minha mania, se esbarro com certos intelectuais, de olhar primeiro para suas mãos, mas não só. Tenho até passado por algum constrangimento, pois me encaram com um viés torto e um tanto acanhalado, se, como bom empirista, demoro demais no aperto de mão. Que fazer? Mania é mania. Seja como for, apesar de avessos a bailes e de afetarem desdém pelas coisas mundanas, o que tenho notado é que alguns deles parecem fazer uso intensivo de pedra-pomes, ainda que pudessem dispensá-la. E com a diferença também de que as moças de Pindorama, que só usavam essa pedra uma vez por ano, davam em geral duro no trabalho. Eruditos, pretensiosos, e bem providos de mãozinhas de seda, a harmonia do perfil é completa por faltar-lhes justamente o que seria marcante: rosto! Em consequência desse aparente paradoxo, tenho notado que estão entregues a um escandaloso comércio de prestígio, um promíscuo troca-troca explícito, a maior suruba da paróquia, Maria Santíssimama!, quando o troca-troca em Pindorama, picante e clandestino, era bem mais interessante. Daí que aquela pedra nostálgica, que antes era só pomes e se compunha com devaneios de mancebos e donzelas, acabou virando a pedra angular do mercado de ideias.

Schopenhauer, coitado, é que dizia amargurado: respeito os negociantes porque passeiam de rosto descoberto, apresentando-se como são, quando abrem as portas do seu comércio. Mas era ingênuo esse Schopenhauer, não sacava bem as coisas, estava por fora com sua carranca, não sabia desfrutar os doces encantos da vida e, mais que tudo, nunca levou em conta a comovente precariedade da espécie. Se bem que, mesmo precária, certos espécimes não precisavam exagerar. Aqui entre nós, pra que ir tão longe, pra que falar tanto em ética? Ponderando bem as coisas, não devemos ser duros com eles, afinal, se vai uma ponta de bravata naquela jactância toda, vai também uma carrada de candura quando metem a colher na caldeira dos valores, cutucando a menina dos olhos do capeta com vara curta, sem suspeitarem que é nessa mesma caldeira que se cozinham os impostores. Ponderando ainda em outra direção e, como dizia o bisavô, "é tudo uma questão de boa vontade", não há por que censurá-los, devemos a eles até gratidão, afinal aqueles imaculados não deixam de contribuir de modo exemplar ao ilustrarem a versão mais acabada do humanissimus humanus. Penso que só pecariam... pecariam?

O bisavô é que sabia das coisas, não improvisava, punha milênios em cada palavra e, conciso como só ele, foi ao ponto:

"Foda-se o que a gente pensa."

Talvez o negócio seja fazer média, o negócio é mesmo fazer média, o verbo passado na régua, o tom no diapasão, num mundanismo com linha ou no silêncio da página.

Custou mas cheguei lá, sou finalmente um diplomata, cumprindo à risca a antevisão de regozijo do bisavô, que continua por sinal mais vivo do que nunca, rindo às gargalhadas na surdina, e com quem divido agora a parafernália e o guarda-roupa, zeloso com a antiga indumentária, pisando macio minhas botinas de pelica, testando o foco das lentes, usando colete, relógio de bolso, jasmim.

(Saudades de mim!)

"Safrinha":
Dois contos e um ensaio

O VELHO

A claridade na cozinha vai morrendo com a tarde. A velha fecha a torneira da pia, enxuga as mãos no avental e volta ao fogão. Espeta uma fatia alongada de berinjela, deitando ágil uma das faces cruas no óleo quente. O frigir recrudesce, espirra, e a velha, empunhando ainda o garfo, afasta o corpo, notando num relance o marido parado ali na entrada da sala para a cozinha.

"Que que você está fazendo aí de chapéu na cabeça?"

O velho sobe a mão ao bico do chapéu e descobre a cabeça.

"Não vai tomar banho?"

"Andam dizendo coisas por aí, Nita."

"Que novidade…"

"Andam dizendo coisas" repete o velho.

A velha se afasta do fogão e acende a luz. Fixa o marido.

"Desembucha logo."

"É do nosso hóspede, não faz nem meio ano que ele chegou aqui e já andam falando dele."

"Pois deixe que falem, não foi pra festejar esse moço que ele foi hospedado nesta casa. É um pensionista como qualquer outro que passou por aqui."

"Isso não é nada."

"O que que não é nada?"

"Estou dizendo que tudo que você pode estar pensando não é nada em comparação…"

"Vai tomar banho, vai, em comparação com quê?"

"Nada."

"Em comparação com quê?" insiste a velha.

O velho olha pro chapéu preso entre as mãos.

"Foi lá no bar do Nonato, era só comentário, todo mundo estava falando dele, até caçoaram de mim..."

"Não é de hoje..."

O velho volta a abaixar os olhos.

"Eu pensei comigo, eles podem achar o que quiserem, só que estavam indo longe demais em tramar coisas, eu disse."

"Que coisas?"

"Disse que se ele não é dessas farras, é que..."

"Que farras?"

O velho se cala e continua olhando pro chão.

"Fala claro, homem."

O velho gira lentamente o chapéu entre as mãos.

"Eu disse que todo mundo estava enganado pelo menos numa coisa, é que ele não queria prejudicar ninguém, eu disse que esse bacharel era só um coletor zeloso e correto."

O velho se cala e a velha põe as mãos na cintura.

"Vai, continua."

A velha olha de soslaio pra frigideira, mas logo encara de novo o velho:

"Fala!"

"Já tentaram subornar esse moço, Nita, e isso não é segredo pra ninguém, só que ele não é sujeito de suborno, eu disse, não é como outros que passaram por aqui e que se vendiam até por um trago de fernete. Mas isso eles não querem entender, nunca que vão aceitar isso, um funcionário público que cumpre seus deveres com o estado e com o povo."

"Quem sabe se você não engoliu uma pérola..."

"Que pérola, Nita?"

"Estou falando da pérola que você acaba de vomitar. Te aturar a inteligência..." diz a velha decepcionada, na certa não esperava que o suspense descambasse em preocupação cívica. "Vai tomar banho, vai. Hoje não é dia de trocar toalha, fica avisado."

O velho aperta as mãos na aba do chapéu, enquanto a velha se achega do fogão, destampa uma das panelas, e logo se entretém com a frigideira, onde deita mais uma fatia de berinjela. Vira-se pro marido.

"Que que você está esperando? Vai."

O velho não se mexe.

"Não vê que preciso terminar a janta?"

"Todos os dias a mesma coisa, Nita, você não

me respeita, nunca me respeitou, eu não vou pedir respeito pras crianças da rua."

"Era o que faltava..."

"Você nunca me respeitou." A velha não responde, vira, na frigideira, a fatia de berinjela, enquanto o velho continua olhando pro chapéu.

"Não fica aí parado, eu já disse."

O velho se afasta calado, atravessa a sala, entra no quarto e fecha a porta. A casa está quieta, só no fundo é que se agita, mas no quarto, onde a penumbra vai cedendo à noite que avança, as ressonâncias da cozinha chegam apagadas. O velho se desloca sem acender a luz e logo senta na borda da cama. O chapéu ainda entre as mãos, ele tomba a cabeça e se perde em pensamentos.

Quando desperta do seu recolhimento, o quarto está em sombras. Ele vai até a janela e mal divisa, através da cortina, uns restos de palidez na linha do horizonte. No céu mais alto, o azul é quase escuro, mas a noite, indecisa e fosca, ainda impede que a luz dos postes se expanda. O velho vagueia os olhos quando nota o vulto parado na guia do outro lado. Puxa um canto da cortina: de frente pra casa, a camisa meio aberta, uma das mãos no bolso da calça, na outra um cigarro entre os dedos, o sujeito vasculha o alpendre feito olheiro. Mas logo atira o cigarro longe e se afasta num passo pausado. O velho o acompanha, ultrapassa-o com os olhos e alcança, a meio quarteirão, o V8 preto parado rente à calçada. O olheiro se aproxima do carro sem acelerar o passo, até que se inclina junto à porta dianteira e troca palavras com alguém no volante. Neste mesmo instante, uma loira de vermelho, a blusa do vestido com decote avantajado, colo e braços muito brancos, salta do banco traseiro como se procurasse ventilação, despregando seguidamente com a ponta dos dedos o tecido colado em parte à proeminência dos fartos seios. Parece repreendida por ter saído, se enfiando logo no carro sem discutir. O olheiro se inclina mais uma vez pro motorista, mas não demora em retornar, no mesmo passo pausado, ao lugar em que se encontrava antes. Acende outro cigarro, voltando a incidir os olhos no alpendre da casa.

O velho solta o pano da cortina e as coisas lá fora ficam de novo imprecisas. "Eles tramaram o quê?" murmura. "Mas tramaram o quê?" repete e aperta as mãos.

A velha abre a porta do quarto.

"Vem jantar."

O velho não se mexe. "Você não tomou banho?" pergunta notando que ele veste a mesma roupa.

"Vão acontecer coisas."

A velha acende a luz do quarto.

"Que que andam dizendo por aí?"

"Já disse que vão acontecer coisas."

"O quê?"

O velho não responde.

"Vai falar ou não vai?" grita a velha.

O velho abaixa os olhos e se tranca, enquanto a velha aperta a boca, vira as costas, apaga a luz e deixa o quarto, o andar agitado.

O velho se detém assim que sai do quarto, pois no mesmo instante, vindo do seu quarto de entrada independente, o jovem pensionista entra quase sem ruído do alpendre pra sala. Sem ser notado, observa o moço que se vira pra fechar a porta que acaba de transpor. Num passo comedido, logo se descobre por inteiro pela claridade crescente que invade a sala, parando timidamente a um passo da porta da cozinha.

"Pode entrar" diz a velha às voltas com travessas.

As mãos enfiadas a prumo nos bolsos do paletó, o que lhe dobra os braços, o pensionista avança mais um passo.

"A comida está esfriando, pode entrar."

O pensionista ainda vacila, mas se aproxima da mesa.

O velho sai do seu canto, atravessa a sala e entra na cozinha, ficando a um passo do pensionista, que se acomoda na cadeira de costas pra ele. Compenetrado, as mãos caídas, o chapéu preso pelas mãos, como quem se coloca em sinal de respeito, parece até que ele assiste a uma missa fúnebre enquanto observa o ritual do moço desdobrar o guardanapo e estendê-lo sobre as pernas, uma desenvoltura que não combina com sua timidez, uma timidez sem os traços de doçura do simples acanhamento, antes caprichosa, de feição intratável, como o burro de uma criança. Daí talvez, desde que chegou, seu silêncio impermeável, e a reclusão que se impôs a cada noite, fechando-se na cela do seu quarto.

O velho atira então um anzol em busca do que poderia estar por trás daquela solidão precoce, mas a palavra que procura se insinua, vem quase à tona, o peixe se entremostra e, sinuoso, num isto afunda, escapando-lhe. Demora depois o olhar sobre a nuca do bacharel, onde o remoinho dos cabelos, rebelde, guarda um visível frescor infantil, compatível por sinal com suas faces de menino, um tanto imberbes.

Do outro lado da mesa, sentada de frente pro moço, o olhar há muito erguido pro velho, uma mulher grande, matrona de cabelos anelados, afeta indignação:

"O senhor não nos diz boa-noite, s'Eugênio?"

O velho não responde.

"O senhor está tão esquisito!"

Recolhendo os ares de pensionista mais antiga, a mulher de cabelos anelados abaixa os olhos, descansando-os sonhadores sobre as mãos do moço à sua frente, cruzadas contra a quina da mesa.

A velha serve o terceiro prato de sopa e, curvando o corpo, coloca-o à frente da cadeira vazia. Olha o marido:

"Você não vai sentar?"

Fixa contrariada o chapéu em suas mãos, mas se limita a um resmungo: "Caduco".

O velho avança dois passos, se ajeita na cadeira de frente pra sua mulher, e só então repousa no chão o surrado chapéu de feltro. A velha se serve também de sopa, senta, e mergulha primeiro a colher no prato. A matrona esquece seu êxtase momentâneo, colhido na trama de olhares furtivos, e acompanha a velha. As mãos do moço se descruzam sob o olhar perscrutador do velho, que aperta as próprias mãos entre os joelhos, enquanto de olhos baixos não perde de vista os movimentos do pensionista à sua direita.

"Você não vai tomar a sopa?" recrimina a velha.

O velho não responde, não ergue sequer a cabeça.

"Está ótima!" comenta a pensionista antiga no intervalo curto entre duas colheradas.

Não se trocam mais palavras, o ruído é seco, incisivo. O carro deve ter sido freado em frente ao portãozinho do jardim da casa. A colher do moço, subindo, se interrompe, com ligeiro tremor, na meia altura. Ele devolve, ainda cheia, a colher ao prato. A velha faz o mesmo, antes porém sorve ruidosa o caldo. A pensionista, professora sem constrangimento, não se perturba, sua colher sobe e desce ininterrupta. Concentrada na sopa, tem atrás dos óculos as pálpebras quase descidas, e é pros pelos negros, que brotam da verruga ao lado do seu queixo, que parecem convergir os olhares.

O ranger das tábuas no assoalho do alpendre chega à cozinha.

O velho se põe de pé.

"O que foi?" pergunta a velha.

"Você não ouviu?" pergunta aflito o velho.

Sua mulher faz um trejeito de descrença com uma ponta de escárnio, enquanto o velho indaga ainda com os olhos a professora, que termina imperturbável a sua sopa.

"Tanto rato no porão, s'Eugênio..." diz ela afastando o prato.

O ruído de um carro que zarpa fortemente acelerado encerra as apreensões da velha:

"Foi um automóvel" diz ela terminando sua sopa.

Antes que a tensão se desfaça, e com voz sedutora, a professora engata um comentário, sonhando talvez com doces recompensas:

"Já disseram que o automóvel só serviu para acelerar o fim da nossa espiritualidade."

A citação elevada se perde, o moço nem se mexe, só a velha é que arregala os olhos, mas logo volta pro seu prato.

A professora não desiste e continua exibindo sua elegância um tanto ambígua ao subir com as duas mãos o guardanapo, aplicando-o em pequenos toques contra a boca, como se fosse uma compressa. Ao mesmo tempo seus olhos cheios de apetite se deslocam a contragosto, trocando as mãos esculturais do moço pela fatia de berinjela no seu prato. E não demora em ir ao cesto de pão, de onde colhe as três únicas torradas ali existentes, encomendadas de costume pra sua dieta.

De pé até então, a cabeça talvez longe do que se passa na mesa, o velho volta a sentar.

"Reconheço só pelo arranque o carro dos que estão à minha caça, não aceitam que eu contrarie seus interesses" diz de modo intempestivo o jovem coletor, a voz firme, fazendo-se ouvir excepcionalmente naquela mesa. "Não cedi a eles, quando se apresentavam como amigos, não me vendi depois, quando se diziam realistas, tentam agora me difamar como inimigo. Se não me dobrar a essa chantagem, matam" diz o moço e se tranca.

A velha arregala de novo os olhos, enquanto o mal-estar se instala pesado na mesa. Se nem todos entenderam o que acabavam de ouvir, sentiram pelo menos o que havia de grave, não se atrevendo depois qualquer palavra ou gesto. Só a professora arrisca um olhar rápido e, diante da assustadora palidez do moço, para de mastigar, engolindo apressada todo o bolo alimentar. Berinjela frita e torrada mal triturada lhe entalam na garganta, engasga e tosse sem parar. A mão direita em concha cobre a boca, mesmo assim marca a toalha branca com borrifos e salpicos, enquanto o guardanapo, preso pelas pontas dos dedos da outra mão, acena confusamente. A velha se levanta e socorre a professora, bate forte nas suas costas e lhe aproxima um copo d'água. O velho e o moço ficam alheios à súbita agitação, nem se mexem. A professora parece recompor-se ao arrancar estertores do fundo da garganta. Leva finalmente o guardanapo aos olhos lacrimejantes.

"Com licença" mal consegue dizer, e retira-se pigarreando da mesa.

A velha volta à cadeira, olha duramente o marido e se serve de berinjela. Passa a travessa ao moço que se limita a esboçar um sinal de recusa. Levanta-se mais uma vez, recolhe da pedra da pia um dos quatro pratos feitos de sobremesa, colocando-o diante do pensionista: "O senhor não pode ficar sem comer, coma pelo menos o pedaço de mamão".

O moço não toca no prato, continua pálido, a cabeça erguida, um adolescente enfezado em franco desafio. Ao notar a faísca que lhe incendeia os olhos, o velho fica a um nada de balbuciar qualquer coisa.

"Raiva" diz o velho num puxão, entre dentes, como se acabasse de fisgar a palavra teimosa que tanto lhe escapava, mas que se debate agora inteira na sua boca. É como se chegasse com essa palavra ao nervo daquele jovem. "Raiva!" repete em voz bem audível e sem propósito aparente. E parece que sorri.

A velha arregala pela terceira vez os olhos como se o mundo estivesse definitivamente de pernas pro ar.

O velho se levanta e a velha o interpela de boca cheia:

"Aonde você vai?"

O velho não responde. A velha engole a comida, afasta rudemente o prato, e grita:

"Aonde você vai?"

O velho deixa a cozinha enxovalhado pelo escarcéu que sua mulher apronta: derruba a cadeira quando se levanta, praguejando alto ao recolher louças e talheres, como se atirasse tudo contra a bancada da pia.

O velho atravessa a sala e alcança o alpendre já anoitecido. Encosta a porta, dando conta do silêncio que existe ali, e aspira fundo, soltando todo o ar com a boca em bico, de alívio. Mas forte o perfume, estranho e suspeito, espalhando-se pela atmosfera escura. Desloca-se vagaroso pelo chão de tábuas, enquanto o perfume se insinua em tudo: nas paredes, nas colunas de madeira enroladas por retorcidas trepadeiras, na fantasia falha da balaustrada.

"Tem um cheiro forte de perfume em nossa casa, Nita" murmura intrigado.

Do alto da escada que leva ao jardim embaixo, enquadrado pelas duas alas do alpendre, corre atentamente os olhos pelas folhagens que acobertam a estridência de grilos. No pequeno canteiro circular, o cipreste romano se ergue ereto e soturno no centro, com o ponteiro acima da cumeeira da casa, quase indevassável à escassa luz que já se expande do poste mais próximo. Nada balançaria suas ramas tesas nessa noite de mormaço, mas um jogo apagado de sombra e luz tremula suavemente na parede do fundo, onde duas portas dão acesso aos quartos independentes dos pensionistas.

O velho suspende a investigação, vai até o canto da ala que divisa em nível bem mais alto com a rua, e se larga numa das cadeiras de vime. Cruza as mãos, e de novo aspira fundo perfume.

Os passos na calçada repercutem pausados no alpendre, se aproximam da casa. O velho não se mexe. Os passos perdem o compasso junto ao portãozinho de entrada pro jardim, mas logo são retomados no mesmo ritmo. O velho se inclina pra direita e, através do espaço entre dois balaústres, seus olhos quase se chocam com o mesmo olheiro, que segue em frente sem apressar o andar. Sempre pausados, os passos se afastam e desaparecem.

O velho se encolhe quando o pensionista deixa a sala e, no alpendre, se dirige para a ala dos fundos, paralela à rua. O moço passa pela porta da professora, onde um risco de luz marca a soleira, e logo alcança a porta de entrada do seu quarto.

Afundado na cadeira, no outro extremo, o velho ouve primeiro o ruído discreto da maçaneta se abaixando, vê a meia folha da porta se abrindo, e se retesa quando a luz do quarto se acende sem ser acionada pelo moço, paralisando-o no instante em que ele ia transpor a soleira. Antes que recue, certa mão desenvolta surge pelo vão da porta e, alongando-se num braço obscenamente branco de mulher, enlaça por trás a cintura do moço, puxando-o pra dentro. E a mesma mão, sinuosa, fecha a porta, trancando-a à chave. As mãos do velho estão agarradas aos braços da cadeira. Do quarto da professora, chegam apagados os pigarros de mais um acesso de tosse.

Novos passos na calçada. O velho se põe de pé. Uma senhora, missal e mantilha preta dobrada numa das mãos, se aproxima seguida de um vira-lata. Cumprimentam-se. Pouco depois, o andar seguro, ela dobra a esquina. Ninguém mais na rua, só o silêncio do alpendre. O velho volta a sentar, descendo a mão espalmada pelo rosto, como se enxugasse o suor desde o alto da testa. E estica então as pernas, apoiando os pés no assento da cadeira em frente. Mole, distenso, fecha os olhos. "Farras" murmura, e adormece.

"Tire os pés da cadeira" ordena a velha.

O velho abre assustado os olhos.

"Recolha os pés."

O velho retira os pés da cadeira, enquanto a velha senta.

Ele conduz o olhar temeroso pros fundos: o alpendre ali está quieto e escuro. Desapareceu o risco de luz na porta da professora, já entregue na certa a seu sono solitário. Os dois voltam a se encarar, quase se chocam com os olhos. O silêncio atento da velha cobra duramente do marido uma palavra.

"Estão acontecendo coisas em nossa casa" diz enfim o velho. A velha se empertiga e seus olhos brilham no escuro.

"Que que andam dizendo por aí?"

O velho não responde.

"Me diz."

O velho não responde.

"Conta, homem."

"Já disse que estão acontecendo coisas em nossa casa."

"O quê?"

O velho abaixa os olhos.

"Vai falar ou não vai?"

O velho se tranca e desvia os olhos pra rua, enquanto a velha se ergue furiosa e arremeda o marido torcendo a voz:

"Andam dizendo coisas por aí... Vão acontecer coisas... estão acontecendo coisas em nossa casa... Peste de velho!"

Vira as costas, abandona o alpendre e bate a porta da sala.

O velho não se perturba, não perde a serenidade de agora. Nada no seu semblante revela aflição, em nenhum dos seus traços transparece qualquer comoção. Olha pro alto. O céu, como um fruto, está maduro. E há em tudo um clima silencioso de espera.

c. 1958

Publicado pela primeira vez como "Le vieux" em *Des nouvelles du Brésil, 1945-1998*, org. de Clélia Pisa, trad. de Henri Raillard. Paris: Éditions Métailié, 1998, pp. 122-34.

MONSENHORES

*Para
Augusto Massi*

... na verdade, eu já estava pondo o jantar na mesa quando bateram na porta, eu mesma fui atender, um rapazote que eu mal conhecia me disse que o Luca mandava me chamar, pr'eu ir "sem demora, dona Ermínia, o seu Luca diz que é grave", nem tive tempo de perguntar, naquele susto nem sei que que poderia ter perguntado pro rapazote, que escapuliu dali sem eu dar por isso, fiquei um instantezinho parada, pensando, pensando coisas atropeladas, e já ia desfazendo o cinto do avental enquanto ouvia a estridência das minhas crianças na mesa, batendo na sua impaciência com os garfos nos pratos, só sei que, sem mais pensar, joguei o avental numa das cadeiras lá da sala, deixei todo mundo na copa me esperando, saí quase correndo com toda essa minha corpulência, e logo estava no meio da rua, achando que a qualquer momento eu ia ploft, sem ninguém pra me acudir, mas mesmo naquele meu desabalo eu conseguia ouvir, vindo das casas, a barulheira das famílias na mesa, e podia até dar conta dos risos, a vida na hora do jantar em cada lar como lá em casa, e estava achando até engraçado como eu, tão preocupada, uns pensamentos esquisitos na cabeça, ainda podia pensar com um fio de atenção no que se passava e, quando cheguei na casa lá do Luca, me assustei com o rangido do portão de ferro, parecia até que alguma coisa de sinistro já tinha acontecido e, enquanto afundava pelo corredor lateral, notei que janelas e porta estavam fechadas, como numa casa abandonada, fiquei um pouco depois parada, uma tremedeira nas pernas, sem força nem pra subir aquele tico de degrau à minha frente e, quando a porta se abriu sem que eu tivesse batido, foi um choque, não porque o Luca aparecesse assim de repente no vão, mas porque era a primeira vez que o via daquele jeito, a cara sem a vitalidade de costume, parecia até que ele estava se mostrando pelo avesso, e o que me intrigou foi dar pela sala um tanto em penumbra, e quando o Luca disse "entre, Ermi" com a voz mais sumida que eu jamais pudesse conceber aquele homem vigoroso e enérgico fosse capaz, só sei que meu coração saltou pela boca, tinha os olhos formigando e, tomada pela imagem de um menino triste e solitário, tudo que queria perguntar era "e o Dinho, meu afilhado?", mas nem consegui e, quando o Luca se afastou um passo pra me dar passagem, foi então que entrei na casa, cheia de uns pressentimentos, e ao levar a mão no botão da luz, senti a mão do Luca se fechar firme no meu pulso e, quando disse "não acenda", fiquei mais perturbada ainda por não ter compreendido por quê, e só perguntei "e o Dinho?" "e a Lucila?", e ele, sem responder, retirou a mão que me apertava, continuamos calados, ainda que já pudesse ver melhor as coisas, corri os olhos na barba crescida, no desleixo da roupa, e não estava segura de ele ter murmurado qualquer coisa ao encará-lo, mas me pareceu que tivesse dito "foi o pó da viagem", que achei estranho se fosse mesmo isso, ele que não era de viajar a parte alguma, e como nem era mais o caso de fazer perguntas, só sei que, numa passada de olhos, enxerguei melhor as coisas ali na sala, o vaso de flores em cima da cristaleira, e foi aí que atinei pros monsenhores que, há menos de vinte dias, a Lucila tinha trazido lá de casa, e essa foi a última vez que a gente tinha se visto, até estava fritando nem me lembro o que pro jantar, quando senti uma sombra na cozinha, era a Lucila encostada na parede, quieta, quieta, tive até a impressão que fazia tempo que ela estava ali, amarrotei as mãos no avental e disse "Lucila!", mas ela nem me olhava, o rosto de fazer pena, e sem mais deixou a cozinha, foi o tempo de apagar o fogo pra ir atrás dela que já estava atravessando a sala, saindo num andar indiferente a tudo, e eu, sem descer a escadinha do terraço pro jardim, fiquei observando a Lucila, alheada de mim, colhendo sem pressa, haste por haste, os monsenhores, voltei a chamá-la, mas ela nem sequer ergueu os olhos, até que, daquele jeito desligada, saiu pra rua com a braçada de flores, e eu, só pensando naquela esquisitice, continuei no terraço vendo com amargura ela se afastar, e deviam ser os mesmos monsenhores que estavam ali no vaso em cima da cristaleira, chamuscados pela chama de um pavio ao lado, desses que são mergulhados num copinho com óleo, tanto que as flores se encontravam murchas, talvez podres, exalando mau cheiro, e nada fazia supor comida na casa, menos ainda sinal de mesa posta e, notando tudo isso, parecia que eu estava começando a pôr um pouco de ordem nas coisas, e isso me deu alguma segurança, que é só um jeito de dizer, o que acontecia de verdade é que estava me apertando tudo aqui dentro, ainda mais que achei de pensar nessa minha falta imperdoável, eu que tinha me proposto desde aquele dia dos monsenhores de vir à casa da Lucila, mas também é tudo tão corrido, é uma loucura, nem naquele dia, nem no seguinte, nem em outro, incrível como a gente nunca se pega com tempo, minhas crianças me deixam maluca, por cima tinha ainda a cocozeira do Zitinho, o meu mais novo, o dia inteiro com diarreia, imagine se o Miro não me faz largar a escolinha rural logo depois do nascimento do Tito, que é o meu segundo, imagine só... imagine o que não seria agora, se possível alguma ordem, o dia inteiro as estripulias das crianças, uma penca de demônios, a paciência do Miro é que me consola, vive dizendo com ar sério "Mi, existe uma peneira que a gente nem pode imaginar o tamanho, e quem trabalha com ela está muitas vezes jogando a gente pro alto, mas tem horas em que tudo entra na sua normalidade", e eu até já disse que ele nem precisa mais falar isso, que já não duvido nem um pingo que essa peneira existe, mas toda noite que ele esquece um pouco os amigos e resolve ficar em casa, depois da bagunça das crianças no jantar, depois que deixei a cozinha arrumadinha, assim limpinha e quietinha no escuro, e depois também de ter levado meus capetas pra cama, esses diabinhos que são toda a minha vida, e depois que tudo já está dormindo na casa, tudo certinho no seu lugar, aí então o Miro e eu vamos pro terraço, a gente senta ali de luz apagada, uns barulhinhos de insetos entre as folhagens, tudo tão romântico, é aí que o Miro diz o que diz sempre nessas noites que fica em casa "você vê, Mi, a peneira agora está descansando na mureta do terreiro", e é quase tudo que ele me diz, depois de já ter falado dos assuntos lá do sítio, e eu ter falado da casa e das crianças, e é aí que o Miro diz o que espero, só que não adianta eu falar, já falei mil vezes pra não me dizer isso com aquele seu jeitão de caipira, que a gente pode muito bem se recolher pro quarto sem aquela malícia toda, mas ele só sabe rir naquele seu cacarejo de galo, mas que é verdade é, que a peneira sem a malícia do Miro descansa em certas horas, descansa mesmo, e que antes disso não adianta a gente se espernear, como diz o Miro, não adianta mesmo, por isso que quando pensava na Lucila e na trabalheira toda me impedindo de ir à casa dela, eu só ficava pensando do jeito que o Miro pensa, que a gente só se mexe de faz de conta, porque não é a gente na verdade que se mexe, que tudo acaba entrando nos eixos, e que se não estava dando pr'eu ir à casa da Lucila é que não estava dando mesmo, mas que tudo ia acabar desaguando onde devia, se bem que essas coisas atrapalham a cabeça da gente, porque, como estava pensando outro dia, ainda cruzo os braços e quero ver quem vai limpar as belezuras do Zitinho, é muito complicada essa história toda, por isso é que acho que o Miro tem razão quando diz que a gente não deve pensar muito, que é besteira eu ficar quebrando a cabeça, que nem é da minha conta ficar bulindo nessas coisas, que meu problema são só a casa e as crianças, nada mais que isso, a casa e as crianças, mas, por incrível que pareça, naquele espaçozinho de tempo lá na casa do Luca eu estava às voltas com esses fiapos, me embaraçando neles, e ninguém estranhe não que isso tenha acontecido, ninguém pode imaginar que que pode passar pela cabeça da gente em situação como aquela e até em situação mais esquisita, é bem verdade que tudo se passa em atropelo e misturado, mas, se a gente não toma cuidado, até uma anedota pula fora da memória em velório, só sei que quando pensei em perguntar pro Luca nem sei que que eu poderia ter perguntado, ele já tinha se afastado um pouco, estava parado na entrada do quarto que sai da sala, me aguardando de ombros e braços caídos, não é possível que seja o Luca, não é possível que seja ele mesmo, pensei, e foi aí que saí dos meus novelos, dei uns passos na direção dele sem dizer nada e, assim que me aproximei, o Luca não fez mais que abrir a porta e me dar passagem, logo se recolhendo, se trancando mesmo, e isso me fez desistir de perguntar qualquer coisa, e depois perguntar o que naquele momento, se nem tinha condições de abrir a boca, além de ser em situação assim, como diz o Miro, é melhor andar do que falar, daí que entrei no quarto, onde tinha um par de sapatos no assoalho, arrumados, sapatos grandes, pros pés do Luca, e me ocorreu que aquele quarto, que abria a janela pro quintal, onde só tinha um guarda-roupa alto e uma cama de solteiro, o quarto que eu sabia ser do Dinho, meu afilhado, fiquei perplexa só de imaginar que era aquele então onde o Luca dormia, na certa todas as noites separado da Lucila, quando poderia imaginar, esse homem que despertava fantasias em tantas mulheres... é bem verdade que há tempos corriam comentários maliciosos, que nem quero falar deles, e essa lembrança mexeu comigo, senti um tremendo desconforto pensando nesse caminho, mas logo fui acordada quando, pela segunda vez, senti a mão do Luca me apertando o ombro, "ela deve estar no quarto deles" ele disse, parecendo fazer muito esforço pra dizer tão pouco, um pouco que foi a gota pra inundar meu raciocínio, eu já não sabia pensar mais nada, achei melhor acompanhá-lo, atravessamos a sala em silêncio, só as coisas na cristaleira é que vibraram um pouco, e entramos pelo corredor onde no fundo a casa se comunica com o escritório, mas no meio do corredor ele parou, e assim que abriu a porta à direita, eu logo entrei nesse outro quarto, e ali no chão um outro par de sapatos, menores que os do Luca, mas não tão menores pr'um menino de treze anos, eram do meu afilhado eu não tive dúvida, mas não parei por aí, vasculhei com os olhos até onde aquela penumbra permitia, a cama de casal desarrumada, o lençol amarfanhado deixando um tanto a descoberto o pijama do Dinho, não, não é possível, eu só pensava e, profundamente transtornada pelas coisas escabrosas que me passavam pela cabeça, foi com angústia sufocante que vislumbrei a Lucila num dos cantos do quarto, de cócoras, o olhar perdido, me afastei então apavorada, encontrando o Luca parado ainda no corredor ao lado da porta, daquele mesmo jeito de enforcado com os pés no chão, fiquei olhando pra ele, olhando bem de frente, e sabendo que ele, mesmo de cabeça baixa, não podia ignorar o modo como o olhava, tanto que não demorou e disse "quase trezentos quilômetros de ida e outro tanto de volta num só dia, cheguei e encontrei a casa e a cama deles assim", e a voz sumida não era a do Luca, continuei a encará-lo e foi quase um murmúrio o que ouvi, mas distingui muito bem cada palavra, "coisas que não ouso falar", e quando emendou "deixei nosso Dinho num colégio interno", senti que ele não tinha mais nada pra dizer, deixei o Luca no corredor, acendi a luz do quarto e voei pro canto onde a Lucila estava e, chegando bem perto, não sabia o que fazer, acabei me dobrando de frente com as mãos apoiadas nos joelhos, um esforço pra me manter arcada, e fiquei olhando demoradamente pra ela na esperança de encontrar um ponto de luz naquele seu olhar embaçado que não me enxergava, sofrendo ao vê-la encurralada no canto, a saia do vestido tinha descido pro colo, deixando as pernas, magríssimas, descobertas e, mesmo com o rosto bem perto do rosto dela, não ouvia sua respiração, tive o pressentimento de que a Lucila tinha entrado irremediavelmente num túnel de onde não sairia nunca mais, se entregando a um fim sem volta, meus olhos ficaram molhados, passei a chorar quando dei pelo ruído intermitente dos pingos que caíam no assoalho, não queria acreditar, e foi então que sua imagem inteligente, petulante, desafiadora, me explodiu na memória, dizendo no nosso tempo de curso normal, naquele seu jeito exuberante, cheia de rebeldia, "nós não passamos de umas fêmeas menstruadas", e eu ali, arcada, fiquei balbuciando em solidariedade feito uma tonta "fêmeas menstruadas", "fêmeas menstruadas", e repetia aquelas palavras de outro tempo, mesmo sem saber que solidariedade era essa...

c. 1958

A CORRENTE
DO ESFORÇO HUMANO

Certo episódio como epígrafe

Faz pouco mais de um ano, em uma das minhas raras idas ao Rio, cidade sem tantas reservas e preconceitos como São Paulo, fui convidado por um amigo para comer rabada à moda da casa num restaurante típico, bem sujinho por sinal. Meu amigo se fez acompanhar então de um editor carioca especializado na publicação de obras científicas. Cara pálida, o editor, mal se sentou à mesa, começou a discorrer exasperado sobre a precariedade das nossas condições médico-cirúrgicas (soube depois que ele, gravemente enfermo, estava desenganado), passando daí, extensivamente, a invectivar contra o brasileiro. Como a rabada demorava, na primeira brecha arrisquei uma tímida explicação, cujo único pecado foi eu misturar uns parcos condimentos de sociologia e economia no meu papo, dizendo sempre, enquanto me referia à nossa suposta comunidade: "Nós... nós... nós...". E não tinha desfiado mais do que três contas de um rosário sobejamente conhecido, quando o editor carioca, sempre abatido, me cortou com estranha vitalidade:

"Nós, não. Eu sou europeu!"

Me lembro que em Pindorama, pequena cidade do interior paulista onde nasci e passei a infância, me lembro que até as mínimas coisas de uso trivial, como agulhas de coser, fossem de mão (inglesas) ou de máquina (alemãs), as coisas todas do dia a dia só eram boas, como de fato eram, se fossem estrangeiras. Os produtos alemães gozavam naqueles anos 40 de um prestígio especial. A marca Solingen, de tesouras e outros artefatos de metal, era conhecida do mais remoto homem da área rural. Aos brasileiros, na época, era permitida uma autoconfiança na qualidade da sua produção agrícola e das matérias-primas em geral que eram exportadas para os países industrializados.

No campo da produção cultural, as coisas se passavam mais ou menos do mesmo modo. Apesar do movimento vigoroso, mas incipiente (como incipiente a indústria de manufatura), no sentido de se imprimir um caráter próprio ao que fazíamos, continuávamos importando ou copiando o que era feito lá fora, sobretudo na França. Os brasileiros, além de confiarem no seu futebol, podiam se sentir seguros da sua música popular, do seu Carnaval exuberante, quando as escolas de samba, compostas no grosso por pretos, com passistas e requebros admiráveis, rendiam inclusive homenagem à aristocracia, desfilando nas ruas com fantasias de reis e rainhas.

Podiam acreditar também na excelência de um samba que tematizasse a beleza da "mulata", as crenças afro-brasileiras, ou a miséria descarnada das favelas, realidades fascinantes sobretudo para estrangeiros à procura de manifestações "exóticas", no caso cuidadosamente patrocinadas pela classe dominante nacional.

Manufaturados ou cultura, preferíamos então

quase tudo que viesse de fora, do estrangeiro, da Europa. E o reverso dessas preferências não era só o desprezo pelo que produzíamos aqui, o reverso era também grande desrespeito por nós mesmos: éramos um povo indolente, lasso de costumes, de pouca inventividade, e outras pechas que maliciosamente nos atribuíam e que aceitávamos em decorrência de uma mitologia racial e de uma mitologia dos trópicos. Aquelas preferências confirmavam pois essas mitologias concebidas por europeus e introduzidas aos poucos entre nós, desde os primórdios pela catequese dos colonizadores e, depois, pela mediação da classe dominante brasileira, que se fazia educar na metrópole. Tanto que ainda hoje, quando alguma cidade do Sul do país se cobre de branco, em um desses raros dias de frio intenso, o orgulho nacional sobe uns graus em certos corações, desaparecendo com a mesma rapidez com que a neve se funde. Com a mesma exorbitância em relação ao clima, ou à etnia, passava-se conclusivamente na época da qualidade do produto para a avaliação do homem: bom era o produto importado, bom era o homem estrangeiro (europeu); ruim era o produto nacional, ruim era o próprio brasileiro. Interpretávamos corretamente então o papel que nos destinavam no contexto internacional. Com sua indústria tosca, o Brasil, em cada cidade ou vila, respondia eloquentemente a certa concepção racial, sentindo-se inferior. Mesmo porque o Brasil, ao mesmo tempo branco, preto e indígena, mas sobretudo pardo, não podia atender aos discutíveis padrões somáticos dos povos brancos supostamente superiores. É claro que, revigorados nas suas tradições racistas, ou então contaminados pela ideologia racial em voga, muitos brasileiros brancos deveriam ora sofrer a nostalgia de uma geografia perdida ora afagar no íntimo (embora nem sempre tão discretamente) suas origens europeias. Mas isso já é uma outra história.

Naqueles anos 40, o mundo estava sendo sacudido, os velhos impérios se desmoronando, novos polos de poder emergindo, novos impérios se esboçando, mas para nós prevalecia a estrutura de costume: o centro do mundo era a Europa (Paris o seu umbigo), o Brasil era parte da periferia, devendo ter os olhos submissos sempre voltados para a matriz. Matriz ao mesmo tempo única e polivalente, qualquer coisa assim beirando uma entidade atemporal, com nada antes, nem depois.

Apesar das mudanças ocorridas no pós-guerra, fossem as transformações no plano interno brasileiro, sobretudo a implantação de um parque industrial, fundamentado numa siderurgia própria e na transferência de técnicas devidamente acompanhadas de capitais estrangeiros altamente recicláveis; fosse o deslocamento dos polos de poder no plano internacional (URSS e EUA, mesmo com suas características e idiossincrasias culturais, seriam percebidos como prolongamento e desdobramento europeus, respectivamente); fossem enfim as transformações ocorridas na própria Europa (perda de hegemonia, situação política um tanto a reboque, "modernização" do seu velho colonialismo através das multinacionais etc.), o prestígio europeu ainda é enorme. Seja pelo seu acervo cultural, mais respeitado talvez que qualquer outro, ou pela sua matreirice política, capaz de lhe emprestar uns ares de autonomia e maturidade, a Europa desenvolvida de hoje continua como um dos referenciais do nosso "atraso". Ainda recentemente, o humorista brasileiro Henfil, relatando uma viagem de volta, afirmou que saiu da Europa em 1980 e chegou ao Brasil em 1935.

A distância é sem dúvida grande, provavelmente até maior que a sugerida, desde que não se questione a noção de "progresso", e que se aceite candidamente a Europa como referência, daí que o poeta brasileiro Carlos Drummond de Andrade, aludindo ao potencial destruidor da tecnologia, afirmou: "Isso não é civilização, francamente; isso é uma porcaria".

Seja como for, nossas atitudes mudaram ou continuaram mudando nessas quatro décadas. No Brasil tropical, é maior hoje o número de brasileiros que não levam a sério o preconceito quanto ao clima como fator impeditivo de realizações, pelo contrário. O Egito antigo, também tropical, construiu — da perspectiva europeia — uma "grande civilização". E, note-se, o povo egípcio da Antiguidade não era branco, uma informação que nos foi sonegada pelos manuais escolares. Aliás, é maior hoje, no Brasil multirracial, o número de brasileiros que não se sentem inferiores com sua cor ou com sua mestiçagem, vislumbrando-se na miscigenação uma das nossas melhores contribuições. Sabemos que os europeus, quanto à etnia, são também formados por grupos híbridos, como certas espigas de milho; como de resto foram híbridos todos os grupos humanos das chamadas "grandes civilizações" anteriores. Inclusive a cultura europeia, impregnada de judaísmo e cristianismo, não é mais que o desenvolvimento de uma complexa mistura de elementos provenientes de várias fontes, ou seja, ideias de outras geografias migraram para lá como a migração das andorinhas. Se a imagem é muito lírica, não abarcando ideias inquietantes, digamos que houve também por muitos séculos uma dispersão de vespas em plagas europeias. É bom lembrar que o sucesso europeu, sobretudo nórdico, que não se confunde com as civilizações mediterrâneas da Antiguidade (a Grécia antiga tinha vínculos inclusive com culturas orientais), é fenômeno recente. Na Idade Média, que a ótica dos historiadores ocidentais insiste — com tanto mouro pela frente — em só ver como uma idade de trevas, os nórdicos, hoje mencionados como protótipo de "civilizados", eram povos que estavam se iniciando na história dos vencedores.

Nossas atitudes continuam mudando, embora essas mudanças não possam ser generalizadas, longe disso. O consumidor comum, que não faz turismo no exterior, se é que alguma vez faz pelo Brasil, não costuma pensar em produtos importados e adquire sem relutância o que é fabricado atualmente no país. E cada vez mais cidadãos brasileiros vão introduzindo componentes sociais e políticos nos critérios de avaliação do que é produzido aqui, em geral de qualidade inferior ao similar de lá fora, mesmo quando a marca é multinacional, e é quase sempre. Compreendemos cada vez mais essas diferenças de qualidade, e concluímos cada vez menos nossa suposta inferioridade humana, excluídas as elites brancas. Suspeita-se também cada vez mais que o florescimento cultural de uma nação — respeitado o seu próprio esforço — só acontece com o seu domínio sobre outros povos. É só virar a cabeça sobre o ombro e olhar para trás. Por sinal, a expressão *civilized world*, tão cara aos ingleses educados, e que inevitavelmente marca os discursos presidenciais americanos, tem muito a ver com sua atuação, não exatamente edificante, entre os povos da "periferia". A esse propósito, muitos historiadores revelam uma irresistível vocação para o luxo ao exaltarem as realizações dos "grandes homens", das "grandes civilizações", sem passarem pelo "anonimato" e pela "periferia". "Grandes em quê? Grandes por quê? Grandes em relação a quê?" questiona a pensadora brasileira Marilena Chaui. "Grandes e poderosos, isto é, os dominantes, cuja 'grandeza' depende sempre da exploração e dominação dos 'pequenos'", sem direito à História. Daí que o homem comum assim como os povos periféricos jamais tiveram seus nomes inscritos como vencedores. Entretanto, quando se entra em uma residência bem posta, é legítimo perguntar, diante do orgulho do dono da casa, onde estão os anônimos que assentaram os tijolos. Como seria legítimo perguntar, num giro pelos países desenvolvidos, onde estão os povos, humilhados e ofendidos, que concorreram para o seu brilho.

Dramatizando um pouco mais, mas nunca o suficiente, seria interessante inventariar o que propiciou os grandes surtos culturais, sempre percebidos como expressões maiores da inteligência e da sensibilidade. Quem levasse a cabo essa tarefa só haveria de ouvir gemidos.

Sem a menor dúvida, os colonizadores europeus poderiam realizar sua "tarefa histórica" sem maiores rodeios — a ferro e fogo — como efetivamente fizeram. Coube porém a intelectuais europeus, o que choca mas não surpreende, elaborar uma imagem dos povos que justificasse e legitimasse essa dominação, convertendo-a em "tarefa civilizatória".

Já no século XVI, o reverendo pe. Sepúlveda justificava o Império Espanhol nas Américas, declarando que o estado de pecado dos nativos faria deles, por um lado, objetos de catequese e, por outro, "instrumentos dotados de voz" (nome dado por Aristóteles aos escravos). Depois do "bom selvagem" de Rousseau, houve o Sexta-Feira de Defoe, um nativo bem menor que o grande Robinson que "criou o mundo do nada". Melhor que a teologia e o romance, a ciência europeia realizou o seu papel legitimador: além das teorias raciais que privilegiavam o homem branco, a sociologia alemã subestimou o homem dos trópicos ao trabalhar uma explicação sobre o desenvolvimento dos povos a partir das condições geográficas; a antropologia social francesa explicou a "mentalidade primitiva" como pré-lógica; e os pensadores liberais provaram, num passe de mágica, que o liberalismo era verdadeiro na Europa e falso nas colônias.

Para ficarmos bem perto dos nossos dias, não foram os psicólogos sociais americanos que demonstraram que os orientais — os vietnamitas, *of course* —, devido à grande densidade demográfica, não valorizam a vida, acham a morte algo banal, e desconhecem a dor por ela causada? É de se supor que essas ideias, e muitas outras, foram em parte concebidas pelo pietismo cristão dos europeus, em parte pelo humanismo renascentista, e em parte sob a luz do Iluminismo, cujo clarão permitiu aprimorar também a racionalidade do capitalismo. Sem se confundirem com vespas, menos ainda com andorinhas, aquelas ideias todas migraram até nós, desde os primórdios, como aves de mau agouro, mas sobretudo como aves de rapina. Quebraram o nosso moral, levando-nos a recusar nossas próprias potencialidades humanas, tornando-nos dóceis e servis diante da vontade do colonizador. Aliás, ainda hoje, apesar de mudanças de atitudes, brasileiros, inclusive letrados, continuam a interiorizar ideias colonialistas, não tão grosseiras quanto as ostensivamente racistas. "Este não é um país sério" repete-se com frequência de norte a sul, e quem sabe até com certa exorbitância semântica, o que De Gaulle disse por ocasião da "Guerra da Lagosta", quando Brasil e França disputavam sobre a pesca em águas territoriais brasileiras.

Homem por excelência da *"grandeur"* (mereceu uma cama de tamanho especial quando visitou o Brasil), De Gaulle, além de uma envergadura de dois metros, e não obstante autêntico estadista, resvalou no piadismo: existiriam países sérios e países que não são sérios.

Seríamos contudo parciais se não reconhecêssemos que muitos dos antídotos contra a ideologia colonialista nos foram fornecidos por europeus. Nesse sentido, se antes falamos de um modo um tanto pejorativo em importação e cópia, seria agora o momento de falarmos — sem arremedos — em absorção do que interessaria à suposta comunidade brasileira e a que tem legitimamente "direito", seja à reflexão, à pesquisa, ou às conquistas técnicas (já que certas opções não teriam retorno) realizadas na Europa. Afinal, descartáveis ou não, as ideias são universais, no sentido de que sua produção dependeu da "periferia", dos "pequenos", de onde o acervo cultural, pelo menos, não ser patrimônio só da "matriz", dos "grandes", pertencendo antes à corrente do esforço humano, marcado por tantos erros e alguns acertos, sempre comovente quando percebido no seu conjunto. Como comovente seria uma esteira ladeada por catadeiras de café, procurando deitar fora os grãos estragados e só deixando passar os sadios, reabastecendo-se no seu curso para repor os grãos sadios que porventura se estragassem com o tempo. Importaria então fazer uma triagem escrupulosa da "cultura europeia" para não se incorrer no cochilo do autor de *Os sertões*, marco do pensamento voltado para a terra e o homem brasileiros.

Mesmo com claras intenções científicas, afirmando inclusive que "o sertanejo é, antes de tudo, um forte", Euclides da Cunha deixou passar um grão virulentamente contagioso ao endossar a inferioridade racial da mestiçagem, confundido talvez por seus predecessores que escreviam a história do Brasil (Varnhagen, em especial), assim como por seus contemporâneos da imprensa, em geral porta-vozes eficientes dos preconceitos europeus.

"Brasil, país do futuro." Num país de 120 milhões de habitantes, a mesma minoria, que domina no plano interno o grosso da população, se empenharia em reproduzir no plano externo o modelo de dominação. Tentando dar existência àquela profecia dos anos 40, enunciada por Stefan Zweig, um europeu, profecia que veio crescendo no mesmo ritmo da industrialização do país, os últimos governos de exceção acabaram por transferir suas obsessões a um suposto Brasil que, nas suas fantasias precoces de menino, vinha se apresentando sem qualquer pudor ao mundo como "potência emergente". E quem fala em "potência", segundo o jargão dos moralistas, está pensando na obscenidade do poder, investido de autoridade. A maioria dominante, por sinal, dividida, na medida em que é ameaçada, entre a cooperação com o capital estrangeiro e o posicionamento nacionalista, não só adotou a ideologia do desenvolvimentismo (o país tem de crescer a qualquer custo, conforme a concepção do "Brasil Grande"), mas ao mesmo tempo começou a incomodar, no plano externo, alguns humildes vizinhos sul-americanos, tentando por outro lado atravessar ousadamente o Atlântico, de olho numa fatia da África, exportando em manufaturados quase o equivalente ao que exporta em matérias-primas, vislumbrando até, no incipiente comércio de armas, uma galinha de ovos de ouro, sem falar que ensaia, de lápis sobre a orelha, uma meia dúzia de multinacionais. Dizem que o "milagre" acabou, mas o que não acabou e nem vai acabar é o sonho de grandeza: haverá com certeza novas arrancadas. E depois, é tudo tão imprevisível que até uma surpresa apocalíptica, aí pelo meio da década, pode dar uma ajuda generosa aos imediatistas da grandeza nacional.

No campo da produção cultural, a autoconfiança aumentou muito nas últimas décadas, fundamentada em parte nas atividades intelectuais, que se esforçam intensamente em esboçar a fisionomia brasileira, procurando descolonizar-se mentalmente, insistindo em que devemos nos voltar para a nossa realidade, tentando afirmar com decisão nossa própria personalidade, no que vêm conseguindo resultados realmente consideráveis. Mas, a longo prazo, tudo no fim converge, não importam os motivos: em meio à miséria de hoje, essas mesmas atividades, sobretudo as artísticas, mal suspeitam que já podem estar modelando a máscara de futuros homens arrogantes.

O pecado original. Pensando nas atuais hegemonias, ou nas futuras, e em como foram, são, ou serão transitórias tantas hegemonias ao longo da História (afinal, o que é um século, o que é um milênio, o que é qualquer medida como segmento de tempo?), somos remetidos para as inevitáveis relações de poder, sempre investidas de autoritarismo.

Supondo-se que todo homem seja portador de uma exigência ética, não há como estar de acordo com a dominação de uns sobre outros. Penso, como muitos, que seja possível imaginar caminhos diferentes para as relações entre indivíduos e entre povos, e penso mesmo que não existe nada mais belo e comovente do que perseguir utopias. Só que não seria fácil resistir à crença, como não se resiste a uma paixão, de que, em certo sentido, o homem é uma obra acabada, marcado não só pela sua experiência passada, mas marcado sobretudo — e definitivamente — pela sua dependência absoluta de valores, coluna vertebral de toda "ordem", e encarnação por excelência das relações de poder. Incapaz de dispensá-los ao tentar organizar-se, é este o seu estigma; sempre às voltas com valores, vive aí sua grande aventura, mas também sua prisão. Pode ao reorganizar-se arrefecer desequilíbrios entre dominadores e dominados, pode inclusive subverter a "ordem" estabelecida, mas estaria sempre reproduzindo a estrutura de poder.

Se é assim, é também mais ou menos óbvio que, entre os dominados, só os tolos se comprometem com a "ordem" que os subjuga. Aos lúcidos, como sugeriu um pensador do século passado, tudo seria permitido.

1981

Publicado pela primeira vez em *Lateinamerikaner über Europa*, org. de Curt Meyer-Clason. Frankfurt: Suhrkamp, 1987.

FORTUNA CRÍTICA, TRADUÇÕES E ADAPTAÇÕES

Pesquisa, seleção e organização:
Elfi Kürten Fenske

ENTREVISTAS

"Raduan Nassar". [Concedida a Edla van Steen.] In: VAN STEEN, Edla. *Viver & escrever.* Porto Alegre: L&PM, 1983. v. 2.

"A paixão pela literatura". [Concedida a Augusto Massi e Mario Sabino Filho.] *Folha de S.Paulo*, São Paulo, 16 dez. 1984.

"Raduan Nassar". *Libération*: Spécial Salon du Livre, Paris, mar. 1985.

"Ao vencedor o arroz e as cebolas/ Uma pedra de onde não sai leite". *O Globo*, Rio de Janeiro, 25 jul. 1985.

"Le Brésil en toutes lettres". [Concedida a Line Karoubi.] *Le Matin*, Paris, 30 mar. 1987.

"Nassar relança *Um copo de cólera*". [Concedida a Marilene Felinto.] *Folha de S.Paulo*, São Paulo, 19 abr. 1992. Ilustrada, p. 9.

"Do culto das letras ao cultivo da lavoura". [Concedida a Liliane Heynemann.] *Jornal do Brasil*, Rio de Janeiro, 29 ago. 1992.

"Raduan vive a literatura como questão pessoal". [Concedida a Elvis Cesar Bonassa.] *Folha de S.Paulo*, São Paulo, 30 maio 1995.

"A conversa". [Concedida a Antonio Fernando De Franceschi.] *Cadernos de Literatura Brasileira*: Raduan Nassar, São Paulo: Instituto Moreira Salles, pp. 23-39, 1996.

"Sou o jararaca". [Concedida a Mario Sabino.] *Veja*, São Paulo, pp. 9; 12-3, 30 jul. 1997.

"Fazer, fazer, fazer — Entrevista com Raduan Nassar". [Concedida à Equipe IMS.] Blog IMS, Literatura, 27 nov. 2015.

RESENHAS, ESTUDOS ACADÊMICOS, CRÍTICAS E ENSAIOS

ABATI, Hugo Marcelo Fuzeti. Da Lavoura arcaica: *Fortuna crítica, análise e interpretação da obra de Raduan Nassar*. Curitiba: UFPR, 1999. Tese (Mestrado em Letras).

ABBATE, José Carlos. "Lucidez e delírio nesta bela parábola". *Jornal da Semana*, São Paulo, 4 jan. 1976.

_____. "Verdades demais". *Jornal da Tarde*, São Paulo, 23 set. 1994.

ALMEIDA, Fabiana Abi Rached de. *À sombra do pai*. Campinas: Unicamp, 2009. Tese (Mestrado em Teoria e História Literária).

_____. "Era uma vez um faminto: Breves considerações sobre a intertextualidade em *Lavoura arcaica* (Raduan Nassar)". *Revista de Estudos Literários da UEMS*, v. 1, pp. 29-40, 2013.

_____. *E da carne se fez verbo: Um estudo sobre a obra* Lavoura arcaica, *de Raduan Nassar, a partir do filme de Luiz Fernando Carvalho (2001)*. Araraquara: Unesp, 2014. Tese (Doutorado em Estudos Literários).

_____; SPERBER, S. F. "Da literatura ao cinema: A representação do imigrante árabe em *Lavoura arcaica*, romance e filme". *Revista de Estudos Orientais*, v. 7, pp. 143-57, 2010.

ALMEIDA, Miguel de. "Raduan Nassar, linguagem e paixão". *Folha de S.Paulo*, São Paulo, 31 ago. 1981.

ALVES, Claudemir Francisco. *O sagrado relacional: A percepção contemporânea do sagrado em uma leitura de* Lavoura arcaica, *de Raduan Nassar, e* Centúria, *de Giorgio Manganelli*. Belo Horizonte: UFMG, 2001. Tese (Mestrado em Estudos Literários).

ALVES, Roberta Maria Ferreira. *Verbo em cinema: As leituras cinematográficas de* Lavoura arcaica *e* Um copo de cólera, *de*

Raduan Nassar. Belo Horizonte: PUC, 2003. Tese (Mestrado em Letras).

ALVES, Roberta Maria Ferreira. "Verbo revisitado: Vieira e Raduan Nassar". In: DUARTE, Lélia Parreira; ALVES, Maria Theresa Abelha (org.). *Padre Antônio Vieira*. Belo Horizonte: PUC, 2009.

AMARAL, Bruno Vieira. "Raduan Nassar: O maior escritor brasileiro em inactividade". *Observador*, Lisboa, 31 maio 2016.

"*Ancient Tillage*, by Raduan Nassar". *Kirkus*, 31 jan. 2017.

ANDRADE, Émile Cardoso. *A representação do trágico na literatura latino-americana pós-45*. Brasília: UnB, 2006. Tese (Mestrado em Literatura).

ANDRADE, Fábio de Souza. "Raduan Nassar: As vísceras da lavoura". *Folha de S.Paulo*, São Paulo, 2 maio 2006.

ANDRADE, Sara Freire Simões de. *(Des)orientes no Brasil: Visto de permanência dos libaneses na ficção brasileira*. Brasília: UnB, 2007. Tese (Mestrado em Literatura).

ARAÚJO, Carlos. "Raduan Nassar em território arcaico". *Cruzeiro do Sul*, Sorocaba, 24 fev. 2017.

ARRABAL, José. "Um 'milagre brasileiro' também na literatura?". *Jornal de Debates*, Rio de Janeiro, 26 abr.-2 maio 1976.

ATHAYDE, Tristão de. "Romances". *Jornal do Brasil*, Rio de Janeiro, 5 ago. 1976.

AZEVEDO, Daiane Crivelaro de. "O remendar-se em cicatriz: O entretecer de uma família em *Lavoura arcaica*, de Raduan Nassar". Site Fórum de Literatura Brasileira Contemporânea, 10 dez. 2010.

_____. *Tradição e ruptura: A (des)ordem como cicatriz na literatura de Raduan Nassar*. Rio de Janeiro: UFRJ, 2015. Tese (Mestrado em Letras).

AZEVÊDO, Estêvão Andózia. *O corpo erótico das palavras: Um estudo da obra de Raduan Nassar*. São Paulo: FFLCH-USP, 2015. Dissertação (Mestrado em Literatura Brasileira).

AZEVÊDO, Estêvão Andózia."Pelas palavras e pelo silêncio, Raduan Nassar é um gigante". *Folha de S.Paulo*, São Paulo, 31 maio 2016. Ilustrada, p. C-1.

AZEVEDO, Mail Marques. "Os conceitos agostinianos de tempo, memória e narrativa em *Lavoura arcaica*". *Eletras*, v. 18, n. 18, jul. 2009.

AZEVEDO, Vera Lúcia Ramos de. "Tradição e ruptura em autores brasileiros contemporâneos". *Cadernos de Letras da UFF* — Dossiê: Literatura, língua e identidade, Niterói, n. 34, pp. 265-84, 2008.

BARROS, Maria Verônica Aragão. "Raduan Nassar: Entrelinhas textuais". *Prismas*, org. de Francisco Venceslau dos Santos, Rio de Janeiro: Caetés, 2000, pp. 29-38.

BECHERUCCI, Bruna. "Poesia-prova". *Veja*, São Paulo, 4 fev. 1976.

BECKER, Eric M. B. "2016 Man Booker International Q&A: Stefan Tobler". *WWB Daily*, 12 abr. 2016.

BECKER, Nilza de Campos. "Raduan Nassar: Da linguagem poética ao silêncio do escritor". *Kalíope*, São Paulo: PUC, v. 14, pp. 52-62, 2011.

BERTÉ, Mauro Marcelo. *Registros do silêncio na narrativa breve de Raduan Nassar*. Curitiba: UFPR, 2006. (Monografia em Estudos Literários).

_____. "O taciturno e o epistolar: Estudo do silêncio no conto de Raduan Nassar". *Mafuá* — Revista de Literatura em Meio Digital, ano 5, n. 7, 2007.

BRITO, Dislene Cardoso de. "*Um copo de cólera*, de Raduan Nassar e a fragilidade dos relacionamentos humanos: Do texto para a tela". V Enecult — Encontro de Estudos Multidisciplinares em Cultura, Salvador, 27-29 maio 2009.

_____. *Transgressão e (des)ordem em* Lavoura arcaica *e* Um copo de cólera: *A construção identitária da mulher nas narrativas de Raduan Nassar*. Salvador: UFBa, 2010. Tese (Mestrado em Literatura e Cultura).

CAETANO, Paulo Roberto Barreto. "Filicídio: A tábua solene que se incendeia, em *Lavoura arcaica*, de Raduan Nassar". *Anais do SETA*, Campinas: Unicamp, v. 4, pp. 926-40, 2010.

_____. "Tempo de lavrar: O tratamento dado à instância temporal em *Lavoura arcaica*, de Raduan Nassar". III CLAC — Congresso de Letras, Artes e Cultura da UFSJ, *Representações culturais e suas linguagens*, São João del-Rei, pp. 1109-17, 2010.

_____. *Para além da construção dos personagens: O conceito de monstruosidade em* Lavoura arcaica, *de Raduan Nassar.* Campinas: Unicamp, 2011. Tese (Mestrado em Teoria e História Literária).

_____. "Filicídio e incesto como atos monstruosos, em *Lavoura arcaica*, de Raduan Nassar". *Anais do XII Congresso Internacional da Associação Brasileira de Literatura Comparada*, Curitiba, pp. 1-7, 2011.

CAMPOS, Haroldo de. *Ruptura dos gêneros na literatura latino-americana*. São Paulo: Perspectiva, 1977.

CARIELLO, Rafael. "Depois da lavoura". Revista *piauí*; *Folha de S.Paulo*, São Paulo, 1º jul. 2012.

CARMONA, Gustavo Fujarra. "A literatura nassariana e a filosofia das vontades". *Diálogo e Interação*, v. 5, 2011.

_____. "Afirmação e negação da vida em Raduan Nassar". *Boitatá*, v. 8, pp. 76-88, 2011.

CARONE, Modesto. "Lembrete para a leitura de Estranha lavoura de Raduan Nassar". *Jornal da Tarde*, São Paulo, 1º jul. 1976.

CARVALHO, Mário Cesar; BONVICINO, Régis. "Raduan Nassar de volta". *Folha da Tarde*, São Paulo, 18 mar. 1989.

CASSIMIRO, Jhons. "*Lavoura arcaica*, de Raduan Nassar". *Obvious*, nov. de 2016.

CASTELLO, José. "Raduan e o choque do real". *Pernambuco*, Suplemento Cultural do Diário Oficial do Estado, out. de 2016.

CASTELLO, José. "Raduan Nassar fascina e faz sonhar". *O Estado de S. Paulo*, São Paulo, 30 ago. 1994.

_____. "Raduan Nassar: Atrás da máscara". In: _____. *Inventário das sombras*. Rio de Janeiro: Record, 2006. pp. 173-88.

CASTRO, Alexandre José Amaro e. "A reinvenção do sujeito em *Um copo de cólera* de Raduan Nassar". *Cadernos Unileste-MG*, v. 1, pp. 9-33, 2002.

CÉU E SILVA, João. "Lobo Antunes elogia obra de Raduan Nassar". *DN — Diário de Notícias*, Lisboa, 2 jun. 2016. Literatura.

CHACOFF, Alejandro. "Why Brazil's Greatest Writer Stopped Writing". *The New Yorker*, 21 jan. 2017.

CHALHUB, Samira. *Semiótica dos afetos: Roteiro de leitura para* Um copo de cólera, *de Raduan Nassar*. São Paulo: Hacker Editores; CESPUC, 1997.

CHAUI, Marilena de Souza. "O banho das ideias em *Um copo de cólera*". *Movimento*, São Paulo, 11-17 dez. 1978.

CICCACIO, Ana Maria. "Dúvida, a matéria-prima de Raduan Nassar". *O Estado de S. Paulo*, São Paulo, 27 fev. 1981.

CLÁUDIO, José. "O bom Nordeste". *Folha de S.Paulo*, São Paulo, 26 jun. 1977.

COELHO, Lúcia Aparecida Martins Campos. *A dança nas lavouras de Nassar e Carvalho*. Juiz de Fora: CESJF, 2009. Tese (Mestrado em Letras).

_____; COELHO, Cristina Martins; OLIVEIRA, Maria de Lourdes Abreu de. "Interface: As danças de Ana em *Lavoura arcaica*". Red de Revistas Científicas de América Latina y el Caribe, España y Portugal. Sistema de Información Científica. *Movimento*, Porto Alegre, v. 17, n. 3, pp. 253--67, jul.-set. 2011.

COELHO, Marina de Queiroz. Lavoura arcaica: *Um diálogo intersemiótico entre literatura e cinema*. Belo Horizonte: UFMG, 2005. Tese (Mestrado em Estudos Literários).

COELHO, Victor de Oliveira Pinto. "A lavoura arcaica e a semente do mal. Uma análise da obra de Raduan Nassar". *Literatura e Autoritarismo*, Santa Maria: UFSM, n. 16, pp. 28-55, 2010.

COIMBRA, Rosicley Andrade. "Entre o literário e o fílmico: A questão do narrador em *Lavoura arcaica*". *Raído*, Dourados: UFGD, v. 3, pp. 113-26, 2009.

_____. "Espreitando *Lavoura arcaica* pelas frestas da linguagem". Revista *Arandu*, Dourados, v. 52, pp. 58-69, 2010.

_____. *Do arcaico ao moderno: Tradição e (des)continuidade em Lavoura arcaica, de Raduan Nassar*. Dourados: UFGD, 2011. Tese (Mestrado em Letras).

_____. "Entre a lavoura e o rio: Tradição e (des)continuidade familiar em *Lavoura arcaica* e 'A terceira margem do rio'". *REEL — Revista Eletrônica de Estudos Literários*, ano 7, pp. 1-12, 2011.

_____. "*Lavoura arcaica* e a exposição da intimidade da família: Do privado para o público". *Travessias*, Cascavel: Unioeste, v. 5, pp. 402-26, 2011. On-line.

_____. "*Lavoura arcaica* e a literatura brasileira dos anos 1970: Uma nova perspectiva". *Literatura e Autoritarismo*, Santa Maria: UFSM, v. 17, pp. 30-49, 2011.

COLI, Jorge; SAEL, Antoine. "Incantations brésiliennes". *Le Monde*, Paris, 2 ago. 1985.

COLOMBO, Sylvia. "Lavoura faz 30 anos entre risos e evasivas". *Folha de S.Paulo*, São Paulo, 8 dez. 2005. Ilustrada, p. 9.

CORTES-KOLLERT, Ana Maria. "Ameisen nach der Liebesnacht". *Frankfurter Allgemeine Zeitung*, Frankfurt, 20 dez. 1991.

COSTA, Flávio Moreira da. "Saída da criação". *Jornal do Brasil*, Rio de Janeiro, 21 out. 1978.

COSTA, Mirian Paglia. "Fel na boca". *Veja*, São Paulo, 10 out. 1984.

COUTINHO, Maria Angélica Marques. "A imagem e o verbo: A adaptação cinematográfica dos livros de Raduan Nassar".

XI Congresso Internacional da Abralic: *Tessituras, interações e convergências*. Org. de Sandra Nitrini. São Paulo: Abralic, 2008.

COUTO, José Geraldo. "Um pouco de cólera". *Folha de S.Paulo*, São Paulo, 29 maio 1999.

_____. "Mergulho em Raduan Nassar conduz a pequena obra-prima". *Folha de S.Paulo*, São Paulo, 14 ago. 2005.

CRUL, Antonio. *Do fio de Ariadne à corda de Nietzsche: A transfiguração e a transvaloração de André em* Lavoura arcaica. Curitiba: Uniandrade, 2008. Tese (Mestrado em Literatura).

CUNHA, Renato. *As formigas e o fel: Literatura e cinema em* Um copo de cólera. São Paulo: Annablume, 2006.

DANTAS, Maria Flávia Drummond. *Raduan Nassar e o silêncio da escrita*. Belo Horizonte: UFMG, 2000. Tese (Mestrado em Estudos Literários).

_____. "Raduan Nassar e o silêncio da escrita". *Em Tese*, Belo Horizonte, Pós-Lit — Programa de Pós-Graduação em Letras: Estudos Literários, FALE; UFMG, ano V, n. 5, pp. 273-82, dez. 2002.

"Debate marca 30 anos de *Lavoura arcaica*". *Folha on-line*, 5 dez. 2005.

DELMASCHIO, Andreia Penha. "O phármakon e a reversibilidade dos opostos em *Um copo de cólera*, de Raduan Nassar". In: NASCIMENTO, Evando; GLENADEL, Paula (org.). *Em torno de Jacques Derrida*. Rio de Janeiro: 7Letras, 2000. v. 1, pp. 97-105.

_____. "Um copo de phármakon: A potência ambígua em *Um copo de cólera*, de Raduan Nassar". In: MORAES, Alexandre (org.). *Modernidades e pós-modernidades*. Vitória: UFES, 2000. v. 1, pp. 36-49.

_____. *A reversibilidade dos opostos em* Um copo de cólera, *de Raduan Nassar*. Vitória: UFES, 2000. Tese (Mestrado em Estudos Literários).

DELMASCHIO, Andreia Penha. "As relações entre poder e prazer na obra de Raduan Nassar". *Mediações*, 2002.

_____. *Entre o palco e o porão: Uma leitura de* Um copo de cólera *de Raduan Nassar.* São Paulo: Annablume, 2004. 160 pp.

DREWS, Jörg. "Zur Strecke gebracht". *Frankfurter Rundschau*, Frankfurt, 7 mar. 1992.

DUCLÓS, Nei. "As ruínas do discurso". *Senhor*, São Paulo, 17 out. 1984.

ELESBÃO, Juliane de Sousa; SILVA, Odalice de Castro. "Tempo, tempo, tempo... o pomo exótico tempo em *Lavoura arcaica*, de Raduan Nassar". *Anais do I Encontro Nacional de Estética, Literatura e Filosofia*, Fortaleza, v. 2, pp. 315-22, 2015.

_____. *Lavoura arcaica: Rastros do cotidiano na escritura de Raduan Nassar.* Fortaleza: UFC, 2016. Tese (Mestrado em Letras).

"Entrevista. Raduan Nassar e seus verbos em alquimia (Estevão Azevedo)". *O Povo*, 30 out. 2016.

"Escritor brasileiro Raduan Nassar recebe esta sexta-feira Prêmio Camões". *A Nação*, Cabo Verde, 17 fev. 2017.

"Escritor Raduan Nassar ganha o Prêmio Camões". *Valor Econômico*, 30 maio 2016.

"Escritura concretiza a doação da Fazenda Lagoa do Sino à UFSCar". *UFSCar notícias*, 3 fev. 2011.

FARIA, Octávio de. "Raduan Nassar escritor". *Última Hora*, Rio de Janeiro, 10 mar. 1976.

FARIA, Viviane Fleury de. *Os escombros e as formas: Uma leitura de* Crônica da casa assassinada, *de Lúcio Cardoso, e de* Lavoura arcaica, *de Raduan Nassar.* Goiânia: UFG, 2000. Tese (Mestrado em Letras).

FEITOSA, Fabiana Curto. *A (des)ordem das heranças: Tradição e ruptura no romance* Lavoura arcaica *de Raduan Nassar.* Vitória: UFES, 2005. Tese (Mestrado em Letras).

FELINTO, Marilene. "Noveleta busca a imobilidade de um quadro". *Folha de S.Paulo*, São Paulo, 19 abr. 1992.

FELINTO, Marilene. "Cadernos tira Nassar do exílio". *Folha de S.Paulo*, São Paulo, 10 set. 1996.

_____. "Livro de Nassar vai ao cinema". *Folha de S.Paulo*, São Paulo, 10 maio 1997.

FERNANDES, Cirlene da S. "Literatura e cinema na era pós-moderna". *Estação Literária*, Londrina: UEL, Vagão v. 4, 2009.

FERNANDES, Evelyn Amado. "O dionisíaco e o apolíneo em Lavoura arcaica, de Raduan Nassar". *Cadernos FAPA*, v. 1, pp. 54-9, 2008.

_____. *Lavoura arcaica: Entre o dionisíaco e o apolíneo*. Porto Alegre: UniRitter, 2009. Tese (Mestrado em Letras).

FERNANDEZ, Glauco Ortega. *Menina a caminho, de Raduan Nassar: Um olhar semiótico*. São Paulo: USP, 2012. Tese (Mestrado em Linguística).

FERNANDEZ, Luciana Bracarense Costa. *As mulheres em Lavoura arcaica: Do amor à cólera*. São Paulo: PUC, 2009. Tese (Doutorado em Língua Portuguesa).

FERRARI, Florencia. *Um olhar oblíquo: Contribuições para o imaginário ocidental sobre o cigano*. São Paulo: USP, 2002. Tese (Mestrado em Letras).

FERRAZ, Geraldo. "De uma lavoura arcaica". *A Tribuna*, Santos, 21 mar. 1976.

_____. "Prêmio da ABL para *Lavoura arcaica*". *A Tribuna*, Santos, 3 jul. 1976.

FERREIRA, Ana Débora Alves. *Um copo que irriga uma lavoura árida: A crise da representação na obra alegórica de Raduan Nassar*. Salvador: UFBA, 2007. Tese (Mestrado em Letras e Linguística).

_____. "Rasuras e fendas em *Um copo de cólera*, de Raduan Nassar". In: PEREIRA, Teresa Leal Gonçalves; POGGIO, Rosauta Maria Galvão Fagundes; HEINE, Ângela Emília Poggio (org.). *Literatura: Ensaios*. Salvador: Vento Leste, 2007. v. 1, pp. 19-46.

FERREIRA, Marcio Porciuncula. *À flor da pele: Escrileitura do sensual*. Porto Alegre: UFRGS, 2008. Tese (Mestrado em Educação).

FERREIRA, Raphael Bessa. "O processo de carnavalização de Bakhtin no romance *Lavoura arcaica*, de Raduan Nassar". *Fio de Ariadne*, v. 1, pp. 175-98, 2008.

_____. *Mito, carnavalização e ressacralização no romance* Lavoura arcaica *de Raduan Nassar*. Juiz de Fora: CESJF, 2010. Tese (Mestrado em Letras).

_____. "O trágico, o ditirambo e a embriaguez dionisíaca em *Lavoura arcaica* de Raduan Nassar". *CES Revista*, Juiz de Fora, v. 23, pp. 164-74, 2010.

_____. "Tradição, tabu e ruptura do sagrado em *Lavoura arcaica* de Raduan Nassar". *Revelli — Revista de Educação, Linguagem e Literatura*, Inhumas: UEG, v. 4, pp. 159-75, 2012.

FISCHER, Luís Augusto. "*Lavoura arcaica* traz história retorcida, minuciosa e imperdível". *Folha de S.Paulo*, São Paulo, 11 mar. 2002.

FLORENTINO, Cristiano. *Um escuro poço: A memória enferma em* Lavoura arcaica, *de Raduan Nassar*. Belo Horizonte: UFMG, 2000. Tese (Mestrado em Estudos Literários).

_____. "Uma voz em convulsão: *Lavoura arcaica*, de Raduan Nassar". In: MENDES, Eliana Amarante; OLIVEIRA, Paulo Motta; BENN-IBLER, Verônika (org.). *O novo milênio: Interfaces linguísticas e literárias*. Belo Horizonte: UFMG, 2001. pp. 291-9.

_____. "Um escuro poço: A memória enferma em *Lavoura arcaica* de Raduan Nassar". *Em Tese*, Belo Horizonte, UFMG, v. 5, pp. 215-22, 2002.

FONSECA, Luciana Carvalho. "Translation and beyond: Machado's Resurrection and Nassar's Ancient Tillage (entrevista)". *Letras & Letras*, Uberlândia: UFU, v. 32, n. 1, pp. 444--54, jan.-jun. 2016.

FRANCESCHI, Antonio Fernando De. "Sobre um copo de cólera" (poema). *Leia Livros*, São Paulo, maio 1985.

FRANCISCO, Severino. "Na lâmina afiadíssima de um estilo". *Jornal de Brasília*, Brasília, 26 mar. 1989.

FRANCO, Adércio Simões. "O resgate da dignidade humana em *Lavoura arcaica*". *Suplemento Literário de Minas Gerais*, Belo Horizonte, 12 jul. 1986.

FRANCONI, Rodolfo A. *Erotismo e poder na ficção brasileira contemporânea*. São Paulo: Annablume, 1997.

FREITAS, Luana Ferreira de. "Ecos bíblicos em *Lavoura arcaica*". Revista *Eutomia*, ano 1, n. 1, pp. 357-66.

FREITAS, Pamela Moura. *Caminhando pela* Lavoura arcaica: *Um estudo sobre corpo, religião e a divisão entre natureza e cultura na obra de Raduan Nassar*. Salvador: UFBA, 2015. Tese (Mestrado em Literatura e Cultura).

FRIAS FILHO, Otavio. "O silêncio de Raduan". *Folha de S.Paulo*, São Paulo, 10 out. 1996.

FROSCH, Friedrich. "Sturm im Wasserglas". *Falter*, Viena, 17-23 maio 1992.

GAMAL, Haron Jacob. "A literatura como representação do não lugar: *Lavoura arcaica*, de Raduan Nassar". *Ao pé da letra*, v. 1, pp. 158-71, 2007.

_____. *Escritores brasileiros "estrangeiros": A representação do anfíbio cultural em nossa prosa de ficção*. Rio de Janeiro: UFRJ, 2009. Tese (Doutorado em Letras).

_____. "O concerto desconcertante de *Lavoura arcaica*, de Raduan Nassar". Site Fórum de Literatura Brasileira Contemporânea.

GEORDANE, Maria Helena Rangel. *A arte de arar a pedra*. Rio de Janeiro: PUC, 1994. Tese (Mestrado em Letras).

GIMENES, Thais Regina Pinheiro. "*Um copo de cólera*: Um estudo das relações de gênero sob o viés foucaultiano". *Revista Eletrônica do Instituto de Humanidades*, v. 7, n. 26, jul-set. 2008.

_____. *O trágico em* Édipo rei *e* Lavoura arcaica: *Leitura contrastiva*. Maringá: UEM, 2009. Tese (Mestrado em Letras).

GOMES, Eustáquio. "Notas à margem de *Um copo de cólera*". In: _____. *Ensaios mínimos: Uma leitura de Machado de Assis, Guimarães Rosa, Raduan Nassar e outros autores contemporâneos*. Campinas: Pontes, 1988. pp. 39-45.

GOMES DE JESUS, André Luís; OLIVEIRA, J. G. "Corpo, poder e subjetividade: Uma leitura de *A chuva imóvel*, de Campos de Carvalho, e *Lavoura arcaica*, de Raduan Nassar". Revista *Olho d'água*, v. 8, pp. 40-62, 2016.

GONÇALVES FILHO, Antonio. "Raduan Nassar ganha o Camões por sua obra literária". *O Estado de S. Paulo*, São Paulo, 30 maio 2016.

GONDIM FILHO, Raimundo Leontino Leite. *Lavoura arcaica: O narrador solto no meio do mundo*. São José do Rio Preto: Unesp, 2005. Tese (Doutorado em Estudos Literários).

GUIMARÃES, Jonatas Aparecido. *Profusões barrocas: Uma leitura do romance* Lavoura arcaica, *de Raduan Nassar*. Belo Horizonte: PUC, 2013. Tese (Mestrado em Letras).

GUIMARÃES, Torrieri. "Bilhete a Raduan Nassar". *Folha da Tarde*, São Paulo, 26 jan. 1976.

HAHN, Sandra. *O deslocamento da tradição na obra* Lavoura arcaica *de Raduan Nassar*. São Paulo: UPM, 2016. Tese (Doutorado em Letras).

HENNING, Peter. "Raduan Nassar. *Ein Glas Wut*". *Foglio Seiten der Sinne*, Colônia, nov. 1984.

_____. "Wortgeschosse Raduan Nassar, *Ein Glas Wut*". *Die Weltwoche*, Zurique, 30 abr. 1992.

HENRIQUE, Jonathan Gomes. *A unidade poética de Raduan Nassar*. Rio de Janeiro: UFRJ, 2014. Tese (Mestrado em Letras).

HERNANDO MARSAL, Meritxell. "*Lavoura arcaica*, de Raduan Nassar". *Nostromo. Revista Crítica Latinoamericana*, v. 1, pp. 166-9, 2007.

HOHLFELDT, Antônio. "Descida aos infernos". *IstoÉ*, São Paulo, 10 abr. 1985.

IANNI, Octavio. "Prece, sermão e diálogo". *Movimento*, São Paulo, 16 fev. 1976.

_____. *"Lavoura arcaica"*. In: _____. *Ensaios de sociologia da cultura*. Rio de Janeiro: Civilização Brasileira, 1991.

_____. *Ensaios de sociologia da cultura*. Rio de Janeiro: Civilização Brasileira, 1991.

IEGELSKI, Francine. "Raduan e Hatoum em contraponto". *Biblioteca EntreLivros*, São Paulo, pp. 82-5, 1º mar. 2006.

_____. *Tempo e memória, literatura e história: Alguns apontamentos sobre* Lavoura arcaica, *de Raduan Nassar e* Relato de um certo Oriente, *de Milton Hatoum*. São Paulo: USP, 2007. Tese (Mestrado em Literatura e Cultura Árabe).

JARDIM, Alex Fabiano Correia. "Uma travessia pelo pensamento de Gilles Deleuze e a literatura de Raduan Nassar". In: _____ (org.). *Literatura e outros discursos*. Curitiba: CRV, 2012. pp. 79-89.

JARDIM, Cristiane Fernandes da Silva. "A 'visão com' André: Narrador e foco narrativo em *Lavoura arcaica*". *Via Litterae — Revista de Linguística e Teoria Literária*, Anápolis: UEG, v. 3, n. 2, pp. 401-14, jul.-dez. 2011.

_____. *O hibridismo cultural em* Lavoura arcaica *e* Dois irmãos: *Representações do imigrante libanês no Brasil*. Goiânia: UFG, 2012. Tese (Mestrado em Letras e Linguística).

JESUS, Ana Carolina Belchior de. "Uma desordem além do ser: O homem e seu outro". Revista *Crioula*, n. 7, maio 2010.

_____. *Literatura e filosofia: Alteridade e dialogismo poético nas obras* Lavoura arcaica *e* Um copo de cólera *de Raduan Nassar*. São Paulo: USP, 2011. Tese (Mestrado em Letras).

JOSEF, Bella. "Incansável lavoura em busca de redenção". *O Globo*, Rio de Janeiro, 21 nov. 1992.

JUNQUEIRA, Daniel Martins Cruz. *Um diálogo incomunicável:* Um copo de cólera *e a narrativa convulsa de Raduan Nassar*. Rio de Janeiro: UERJ, 2011. (Trabalho de Conclusão do Curso de Especialização em Literatura Brasileira).

KETZER, Estevan de Negreiros. "Correntezas: 'Raduan Nassar: Aquilo que persiste ainda está desistindo'". *Canal Subversa*, 23 fev. 2017.

KLASSEN, Katia Cilene Corrêa. *O estudo do espaço em* Lavoura arcaica. Curitiba: UFPR, 2002. Tese (Mestrado em Letras).

_____. *À moda da casa: Um estudo dos espaços da casa em dois romances brasileiros*. Curitiba: UFPR, 2008. Tese (Doutorado em Letras).

LASCH, Markus Volker. "De pater a pátria: Sobre a violência nas obras de Carlos Sussekind, Raduan Nassar e Milton Hatoum". In: SELIGMANN-SILVA, Márcio; GINZBURG, Jaime; HARDMAN, Francisco Foot (org.). *Escritas da violência: Representações da violência na história e na cultura contemporâneas da América Latina*. Rio de Janeiro: 7Letras, 2012. v. 2, pp. 96-108.

LAZARETTI, Mariella. "Trivial e inesquecível". *Jornal da Tarde*, São Paulo, 23 maio 1992.

LEMOS, Maria José Cardoso. *Les Contextes dans l'oeuvre de Raduan Nassar*. Paris: Université Sorbonne Nouvelle — Paris 3, 1999. Tese (Mestrado em DEA — Études littéraires brésiliennes).

_____. "Raduan Nassar: Apresentação de um escritor entre tradição e [pós] modernidade". *Estudos Sociedade e Agricultura*, Rio de Janeiro: UFRJ, v. 1, n. 20, pp. 81-112, 2003.

_____. *Raduan Nassar: Une poétique de l'intertextualité*. Paris: Université Sorbonne Nouvelle — Paris 3, 2004. Tese (Doutorado em Literatura Brasileira).

_____. "Une poétique de l'intertextualité: Raduan Nassar ou la littérature comme écriture infinie". *Les Cahiers du Crepal*, v. 13, pp. 271-5, 2006.

_____. "Desdobras deleuzianas: O ventre seco de Raduan Nassar". *Synergies Brésil*, v. 2, pp. 93-100, 2010.

LEMOS, Maria José Cardoso. "Estamos indo sempre para casa: Raduan Nassar, Novalis e o devir no *Bildungsroman*". Revista *Ecos*, Cáceres, v. 9, pp. 91-105, 2010.

_____. *Lavoura trágica nassariana*. On-line.

LEMOS, Tércia Montenegro. *O discurso teatralizante de Raduan Nassar*. Fortaleza: UFC, 2002. Tese (Mestrado em Letras).

_____. "O discurso teatralizante de Raduan Nassar". In: CAVALCANTE, Mônica Magalhães; BRITO, Mariza Angélica Paiva; MIRANDA, Thatiane Paiva de (org.). *Teses e dissertações: Grupo Protexto*. Fortaleza: Edições UFC, 2006. v. 2.

LEOPOLDO, Maria Aparecida Antunes de Macedo. *A crítica à razão na pós-modernidade e sua presença no trabalho intertextual em* Lavoura arcaica, *de Raduan Nassar*. São José do Rio Preto: Unesp, 2006. Tese (Doutorado em Letras).

LEVISKI, Charlott Eloize. *O desnudamento dos dramas familiares em* Lavoura arcaica *e* Álbum de família. Curitiba: UFPR, 2010. Tese (Mestrado em Letras).

LEZARD, Nicholas. "*A Cup of Rage* by Raduan Nassar review — from lust to rage to howling despair". *The Guardian*, 12 jan. 2016.

LIMA, Felipe Crespo de. "O diálogo entre o literário e o cinematográfico: Uma análise do romance *Lavoura arcaica*, de Raduan Nassar, e de sua adaptação fílmica, de Luiz Fernando Carvalho". *Palimpsesto*, ano 10, n. 12, 2011. Dossiê (5).

_____. *O diálogo entre o literário e o cinematográfico: Uma análise do romance* Lavoura arcaica, *de Raduan Nassar, e de sua adaptação fílmica, de Luiz Fernando Carvalho*. Rio de Janeiro: UERJ, 2011. (Monografia Curso Especialização em Literatura Brasileira).

LIMA, Leila da Rosa; OLIVEIRA, Silvana. "Os arquétipos da mitologia clássica na obra *Lavoura arcaica*, de Raduan Nassar". *Letras Escreve* — Revista de Estudos Linguísticos e Literários do Curso de Letras-Unifap, Macapá, v. 1, n. 1, jan.-jun. 2011.

LIMA, Thayse Leal. *O mundo desencantado:* Um estudo da obra de Raduan Nassar. Belo Horizonte: UFMG, 2006. Tese (Mestrado em Estudos Literários).

LOTITO, Denise Padilha. *Expressividade e sentido:* Um estudo estilístico das metáforas de Lavoura arcaica. São Paulo: USP, 2008. Tese (Mestrado em Filologia e Língua Portuguesa).

LUCAS, Isabel; QUEIRÓS, Luís Miguel. "Raduan Nassar é o vencedor do Prémio Camões". *Público*, Lisboa, 30 maio 2016.

MACEDO, Maria Aparecida Antunes de. *A crítica da razão na pós-modernidade e sua presença no trabalho intertextual em* Lavoura arcaica, *de Raduan Nassar*. São José do Rio Preto: Unesp, 2006. Tese (Doutorado em Letras).

MACHADO, Uirá. "Encontro em SP analisa a poética de Lavoura arcaica". *Folha de S.Paulo*, São Paulo, 6 dez. 2005.

MADEIRA, Carlos Eduardo Louzada. *A sede do deserto:* Lavoura arcaica *e a parábola do pródigo*. Rio de Janeiro: UERJ, 2014. Tese (Doutorado em Letras).

MANFRINI, Bianca Ribeiro. *Tragédia familiar: A formação do indivíduo burguês em obras literárias brasileiras do século XX*. São Paulo: USP, 2012. Tese (Doutorado em Teoria Literária e Literatura Comparada).

MANSUR, Gilberto. "O futuro próximo". *Vogue*, São Paulo, abr. 1975.

_____. "O que vamos ler em 1976". *Status*, São Paulo, dez. 1975.

MARRA, Heloísa. "O dilúvio num só gole". *O Globo*, Rio de Janeiro, 24 maio 1995.

MARTINS, Alexandre de Oliveira. *A pontuação como marcador expressivo da disritmia poética em* Lavoura arcaica, *de Raduan Nassar*. São José do Rio Preto: Unesp, 2004. Tese (Mestrado em Letras).

MARTINS, Alexandre Gaioto. "O silêncio de Raduan Nassar". *Correio Braziliense*, Brasília, 21 set. 2013.

MARTINS, Ana Cláudia. "Fazenda de escritor vira campus da UFSCar em Buri". *Jornal Cruzeiro*, 15 nov. 2015.

MARTINS, Analice de Oliveira. *Um lugar à mesa: Uma análise de* Lavoura arcaica *de Raduan Nassar*. Rio de Janeiro: UFRJ, 1994. Tese (Mestrado em Literatura Comparada).

MARTINS, Regis. "Porque ler Raduan Nassar…" *A Cidade ON*, Ribeirão Preto, 1º jun. 2016.

MATAMORO, Blas. "Triunfo y fracaso del héroe". *El País*, Madri, 28 nov. 1982.

MEDINA, Cremilda. "Nassar: Parca mas definitiva criação". *O Estado de S. Paulo*, São Paulo, 18 dez. 1984.

MEIRELES, Maurício. "Recluso há anos, Raduan Nassar ganha traduções para o inglês em aniversário". *Folha de S.Paulo*, São Paulo, 27 nov. 2015.

MEMÓRIA, Flávia Bezerra. "Vestígios modernos na tessitura de Raduan Nassar em *Um copo de cólera*". *Mafuá*, Florianópolis, v. 7, p. 29, out. 2007.

MENEZES, Daniela Cristina Dias. *Leitura e escrita: Uma análise prosódica dos romances de Raduan Nassar*. Vitória da Conquista: UESB, 2015. Tese (Mestrado em Linguística).

MENEZES, Leonardo Gonçalves de. *Exegese dos contrários: Uma leitura de* Lavoura arcaica*, de Raduan Nassar*. Brasília: UnB, 2009. Tese (Mestrado em Literatura).

MERTEN, Luiz Carlos. "O retrato apaixonado de uma briga de casal". *O Estado de S. Paulo*, São Paulo, 26 abr. 1999.

MIGLIORANÇA, Maidi. "Monteiro Lobato, Graciliano Ramos, João Guimarães Rosa e Raduan Nassar: Um olhar através do século XX". On-line.

MINART, Celia. "Nassar, brésilien inconnu". *laCroix*, Paris, 24 ago. 1985.

MORELLI, Edner. Lavoura arcaica*: Uma leitura do percurso moral--discursivo-literário das personagens*. São Paulo: PUC, 2009. Tese (Mestrado em Literatura e Crítica Literária).

MORICONI JR., Ítalo. "Livros". Jornal *Verve*, Rio de Janeiro, maio 1989.

MOTA, Bruno Curcino. *Heterogeneidades discursivas e emergência do sujeito em* Lavoura arcaica, *de Raduan Nassar*. Uberlândia: UFU, 2002. Tese (Mestrado em Linguística).

_____. *Raduan Nassar e a lavoura dos dizeres: Entre provérbios e cantares*. Araraquara: Unesp, 2010. Tese (Doutorado em Estudos Literários).

MOTTA, Leda Tenório da. "O belo corpo de mestre". *Folha de S.Paulo*, São Paulo, 27 dez. 1975.

MOURA, Alexssandro Ribeiro. Lavoura arcaica: *Tradução intersemiótica*. Goiânia: UFG, 2007. Tese (Mestrado em Letras e Linguística).

MÜLLER, Fernanda. "Tradição e vanguarda em Lavoura arcaica". Seminário Internacional Fazendo Gênero 8: *Corpo, violência e poder*, Florianópolis: UFSC, 25-28 ago. 2008.

_____. *A literatura em exílio: Uma leitura de* Lavoura arcaica, Relato de um certo Oriente *e* Dois irmãos. Florianópolis: UFSC, 2011. Tese (Doutorado em Literatura).

NADER, Wladyr. "A família desfeita". *Folha de S.Paulo*, São Paulo, 27 dez. 1975.

NASCIMENTO, Edna Maria F. S.; ABRIATA, Vera Lúcia R. "*Um copo de cólera*: A afirmação de si e a destruição do outro". Revista *Intercâmbio*, São Paulo: LAEL/ PUC, v. 17, pp. 142--53, 2008.

NASCIMENTO, Manoel. "*Um copo de cólera*". *IstoÉ*, São Paulo, 1º out. 1978.

NAVARRETE, Eduardo. *Jogo de contradições: Homens e mulheres na literatura de Raduan Nassar*. Maringá: UEM, 2014. Tese (Mestrado em Letras).

NEIVA, Alan. "A tradição da revolta: A corrupção da palavra em *Lavoura arcaica*, de Raduan Nassar". *Letrônica*, Porto Alegre: PUC, v. 2, n. 1, pp. 270-9, jul. 2009.

NUNES, Flávio Adriano Nantes. *A lavoura híbrida de Raduan Nassar*. Campo Grande: UFMS, 2007. Tese (Mestrado em Estudos de Linguagens).

_____. "A lavoura bíblica de Raduan Nassar". *Anais do III Simpósio sobre Religiosidades, Diálogos Culturais e Hibridações*, Campo Grande, pp. 1-7, 2009.

_____. "Raduan Nassar vence o Camões 2016". *Unesp Notícias*, 3 jun. 2016.

OLIVEIRA, Alexandre de Amorim. *Inventores de asas, arquitetos de labirintos: Raduan Nassar, Guimarães Rosa e a estética da recepção*. Rio de Janeiro: UERJ, 2009. Tese (Doutorado em Letras).

OLIVEIRA, Ane Costa de. *Guardião zeloso das coisas da família (a narração entre parênteses)*. Porto Alegre: UFRGS, 2009. Tese (Mestrado em Letras).

OLIVEIRA, Kívia; CALEIRO, Maurício. "Direção fotográfica no cinema: Análise de *Lavoura arcaica*". XVI Congresso de Ciências da Comunicação na Região Sudeste, São Paulo, 12-14 maio 2011.

OLIVEIRA, Maria Aparecida Pimentel M. *A circularidade em* Lavoura arcaica, *de Raduan Nassar*. São Paulo: UPM, 2000. Tese (Mestrado em Comunicação e Letras).

OLIVEIRA, Paulo Cesar Silva de. *Entre o milênio e o minuto: Prosa literária e discurso filosófico em* Lavoura arcaica *de Raduan Nassar*. Rio de Janeiro: UFRJ, 1993. Tese (Mestrado em Letras).

_____. "Sujeito, identidade e discurso em *Lavoura arcaica*, de Raduan Nassar". *Revista Uniabeu*, v. 5, n. 9, abr. 2012.

ORLANDO, José Antônio. "Camões para Raduan Nassar". Blog Semióticas, 30 maio 2016.

ORSINI, Elizabeth. "Raduan Nassar: Escritor misterioso fica constrangido em palestra para seus leitores no Rio". *Jornal do Brasil*, Rio de Janeiro, 23 jun. 1989.

PASSOS, Vinícius Lopes. "O eloquente laconismo de Raduan Nassar". *Zero Hora*, Porto Alegre, 27 maio 1995.

_____. *Sujeitos da viagem: Nassar, Novalis e Rilke: Uma leitura comparativa da formação*. Belo Horizonte: PUC, 2004. Tese (Mestrado em Letras).

PAULA, Marcela Magalhães de. *O corpo e o verbo: Interferências nas relações de afeto, em* Lavoura arcaica *de Raduan Nassar*. Fortaleza: UFC, 2008. Tese (Mestrado em Letras).

PEIXOTO, Ana Paula Mello. *Nas tramas da trapaça: Uma análise de* Um copo de cólera *sob a perspectiva dos estudos de gênero*. Curitiba: UFPR, 2011. Tese (Mestrado em Letras: Estudos Literários).

PELLEGRINI, Tania. *A imagem e a letra: A prosa brasileira contemporânea*. Campinas: Unicamp, 1993. Tese (Doutorado em Teoria Literária).

_____. *A imagem e a letra: Aspectos da ficção brasileira contemporânea*. Campinas: Mercado de Letras, 1999.

PEREIRA, Cilene Margarete. "As palavras (teatrais) da paixão em *Um copo de cólera*, de Raduan Nassar". *Revista Litteris*, Rio de Janeiro, n. 9, mar. 2012.

PEREIRA, Germana da Cruz; LIMA, Beatriz Furtado Alencar. "*Um copo de cólera*: Sujeito e ideologia na construção discursiva". I Cielli — Colóquio Internacional de Estudos Linguísticos e Literários, e IV Celli — Colóquio de Estudos Linguísticos e Literários. Maringá: UEM, 9-11 jun. 2010.

PERLATTO, Fernando. "Raduan Nassar e a potência da prosa poética". *Escuta*, 1 dez. 2016.

PERRONE-MOISÉS, Leyla. "Da cólera ao silêncio". *Cadernos de Literatura Brasileira*, São Paulo: Instituto Moreira Salles, n. 2, set. 1996.

PINATI, Flávia Giúlia Andriolo. "Da literatura ao cinema: Um estudo sobre o tempo no romance e no filme *Lavoura arcaica*". II Colóquio da Pós-Graduação em Letras, Assis: Unesp.

PITTHAN, Iran Nascimento. *O performativo na palavra e no silêncio em* Um copo de cólera, *de Raduan Nassar*. Rio de Janeiro: UFF, 2000. Tese (Mestrado em Letras: Literatura Brasileira e Teorias da Literatura).

PÓLVORA, Hélio. "Fatalismo de sabor dostoievskiano". *Jornal do Brasil*, Rio de Janeiro, 7 mar. 1976.

QUEIROGA, Mariene de Fátima Cordeiro de. "O imaginário do segredo em Raduan Nassar". In: _____; JOACHIM, Sébastien (org.). *Hermenêutica do imaginário*. Recife: Editora da UFPE, 2011. pp. 247-63.

_____. "Imaginação criadora e onirismo em *Menina a caminho*". Revista *Sebastiana*, v. 1, pp. 1-20, 2012.

_____. "Entre partida e chegada: Sonho e pesadelo de uma menina a caminho". In: SIMÕES, Darcília; FREITAS, Maria Noemi; POLTRONIERI, Ana Lucia (org.). *Entre partida e chegada: Sonho e pesadelo de uma menina a caminho*. Rio de Janeiro: Dialogarts, 2012. v. 1, pp. 1130-42.

_____. *Raduan Nassar: Uma poética da leitura a partir de sua escritur-ação e de seus personagens*. Campina Grande: UEPB, 2013. Tese (Mestrado em Literatura e Interculturalidade).

_____.; JUSTINO, L. B. "Devir de gênero e de identidade e suas recusas em *Um copo de cólera* de Raduan Nassar". In: LIMA, Tânia; NASCIMENTO, Izabel; ALVEAL, Carmen (org.). *Griots: Culturas africanas: Literatura, cultura, violência, preconceito, racismo, mídias*. Natal: Editora da UFRN, 2012. v. 1, pp. 425-34.

QUINTELLA, Ary. "O tempo e suas águas inflamáveis". *Jornal do Brasil*, Rio de Janeiro, 24 jan. 1976.

"RADUAN Nassar 'biografia'". In: *Enciclopédia Itaú Cultural*. On-line.

"RADUAN Nassar 'biografia'". In: *Releituras*. On-line.

"Raduan Nassar". *Cadernos de Literatura Brasileira*, São Paulo: Instituto Moreira Salles, n. 2, 1996.

"Raduan Nassar é o 12º brasileiro a vencer o Prêmio Camões". EBC Agência Brasil, 30 maio 2016.

"Raduan Nassar é o grande vencedor do Prêmio Camões 2016". *Acontece*, Biblioteca Nacional, 30 maio 2016.

"Raduan Nassar é o vencedor do Prêmio Camões". Portal Vermelho, 30 maio 2016.

"Raduan Nassar é semifinalista do Man Booker Prize 2016". *Época*, Rio de Janeiro, 10 mar. 2016.

"Raduan Nassar ganha Prémio Camões". *Notícias*, Rede Angola, 31 maio 2016.

"Raduan Nassar, o escritor que prefere a agricultura 'arcaica' (Prémio Camões)". *Jornal de Notícias*, Porto, 30 maio 2016.

"Raduan Nassar vence o Prêmio Camões de Literatura de 2016". *ZH Entretenimento*, 30 maio 2016.

"Raduan Nassar vence o Prêmio Camões 2016". G1/ Globo, 30 maio 2016.

"Raduan Nassar vence o Prémio Camões 2016". *RTP Notícias*, Lisboa, 30 maio 2016.

RAIMUNDO, Pablo. *Lavra de autor: Os dispositivos literários e suas profanações*. Florianópolis: UFSC, 2010. Tese (Mestrado em Psicologia).

RAMOS, Mariana do Nascimento. "A palavra poética em *The Sound and the Fury* e Lavoura arcaica: Ser, primeiro o significante". *Revista de Lenguas Modernas*, n. 11, pp. 121-7, 2009.

RAMOS, Ricardo. "Teias de crispações". *Leia Livros*, São Paulo, nov. 1984.

RAMOS, Rosane Carneiro. *A palavra germinada: O grito do romance lírico em* Lavoura arcaica. Rio de Janeiro: UFRJ, 2006. Tese (Mestrado em Letras).

RASSIER, Luciana Wrege. *O labirinto hermético: Uma leitura da obra de Raduan Nassar*. Porto Alegre: UFRGS, 2002. Tese (Doutorado em Letras).

_____. "Trois Enfants prodigues: Une étude de l'intertextualité dans *Lavoura arcaica*". In: DUMAS, Marie; UTÉZA, Francis (org.). *Mélanges offerts à Claude Maffre*. Montpellier: Etilal/ Université Paul-Valéry, 2003. pp. 271-87.

RASSIER, Luciana Wrege. "De la solidité précaire de l'ordre selon Raduan Nassar". In: GODET, Rita (org.). *La littérature brésilienne contemporaine de 1970 à nos jours*. Rennes: Presses Universitaires de Rennes, 2007. pp. 77-92.

_____. "As armadilhas do discurso: Sofística e retórica em *Um copo de cólera*, de Raduan Nassar". *Literatte*, v. 1, pp. 315-38, 2011.

_____; UTÉZA, Francis. "Raduan Nassar: Tempo cronológico, memória coletiva e tradição hermética". *Quadrant*, Montpellier, v. 18, pp. 245-65, 2001.

REICHMANN, Brunilda T. (org.). *Relendo* Lavoura arcaica. Curitiba: Editora da UFPR, 2007.

RENOVATO, Jurandir. "Raduan Nassar e o hino do Botafogo". *Jornal da USP*, São Paulo, 1º jul. 2016.

"Revista *The New Yorker* publica entrevista com escritor Raduan Nassar". *Folha de S.Paulo*, São Paulo, 22 jan. 2017.

REYES, Josmar de Oliveira. "À la droite de Raduan Nassar". *Infos Brésil*, Paris, v. 1, pp. 10-1, 2003.

RIBEIRO, Ana Paula da Silva. *O Brasil de Guimarães Rosa e de Raduan Nassar: Olhos infantis*. Porto Alegre: UFRGS, 2013. Tese (Mestrado em Letras).

_____. "*Menina a caminho*, de Raduan Nassar: Uma trajetória de violência". *Darandina Revisteletrônica*, Juiz de Fora: UFJF, v. 8, n. 2, fev. 2016.

RIBEIRO, Leo Gilson. "O homem diante dos abismos da paixão e da razão". *Jornal da Tarde*, São Paulo, 28 out. 1978.

RIBEIRO, Pedro Mandagará. *Em 1975: Três romances brasileiros*. Porto Alegre: PUC, 2008. Tese (Mestrado em Linguística e Letras).

RIBEIRO, Rosselini Diniz Barbosa. "O paratexto árabe em *Um copo de cólera*, de Raduan Nassar". In: CAMARGO, Flávio Pereira; CARDOSO, João Batista (org.). *Percursos da narrativa brasileira contemporânea: Coletânea de ensaios*. Campina Grande: Editora da UFPB, 2009. v. 1, pp. 181-97.

RIMON, Rodrigo. "O pão que o diabo amassou". *Deutsche Welle*, 2 jul. 2004.

ROCHÓLI, Elisângela Aparecida Batarra. *O universo passional do ator André em cenas de* Lavoura arcaica. Franca: Unifran, 2008. Tese (Mestrado em Linguística).

RODRIGUES, André Luis. *União, cisão, reunião em* Lavoura arcaica, *de Raduan Nassar*. São Paulo: USP, 2000. Tese (Mestrado em Literatura Brasileira).

_____. "A casca e a gema: Reunião. O anseio pelo absoluto em Lavoura arcaica, de Raduan Nassar". *Literatura e Sociedade*, São Paulo: USP, v. 1, pp. 140-57, 2003.

_____. *Ritos da paixão em* Lavoura arcaica. São Paulo: Editora da USP, 2006. 184 pp.

RODRIGUES, Helenice; KOHLER, Héliane (org.). *Travessias e cruzamentos culturais: A mobilidade em questão*. Rio de Janeiro: FGV Editora, 2008.

RYFF, Luiz Antônio. "Chico e Raduan não dialogam com a plateia". *Folha de S.Paulo*, São Paulo, 23 mar. 1998.

SALLES, Fernando Moreira. "Um jogo de tirar o fôlego". *Playboy*, São Paulo, jun. 1985.

SALLES, Lilian Silva. *Laços míticos de família: Paródia, rito e lirismo em* Lavoura arcaica. São Paulo: PUC, 2009. Tese (Mestrado em Literatura e Crítica Literária).

SANTANA, Jorge Alves. "Corpos rizomáticos na diáspora heterotópico-subjetiva de *Um copo de cólera*, de Raduan Nassar". *Ilha do Desterro*, Florianópolis: UFSC, v. 68, n. 2, pp. 27-41, maio-ago. 2015.

SANTOS, Cassia dos. "Uma pequena obra-prima: *Menina a caminho* de Raduan Nassar". *Letras & Letras*, Uberlândia: UFU, v. 16, n. 1, pp. 15-27, 2000.

SANTOS, Elijames Moraes dos. *Subjetividade, tradição e ruptura em* Lavoura arcaica, *de Raduan Nassar: Um olhar semiótico*. Teresina: Uespi, 2015. Tese (Mestrado em Letras).

SANTOS, Flávia Vieira. *A rebelião pelo jogo: O percurso de alegoria em* Lavoura arcaica *de Raduan Nassar*. Rio de Janeiro: PUC, 2003. Tese (Mestrado em Letras).

SANTOS, Maurício Reimberg dos. *A exasperação da forma: Estudo sobre* Lavoura arcaica, *de Raduan Nassar*. São Paulo: USP, 2013. Tese (Mestrado em Literatura Brasileira).

SARMENTO, Rosemari. *À esquerda do pai: A narrativa de* Lavoura arcaica *na literatura e no cinema*. Caxias do Sul: UCS, 2008. Tese (Mestrado em Letras e Cultura Regional).

_____. "O contexto cultural e a trágica trama familiar em *Lavoura arcaica*: Arte literária e fílmica". *Darandina Revisteletrônica*, Juiz de Fora: UFJF, v. 1, pp. 1-17, 2010.

_____. "À esquerda do pai: Contexto cultural, embate e tragédia em *Lavoura arcaica*". *Revista Litteris*, Rio de Janeiro, v. 6, pp. 151-63, 2010.

SCHNAIDERMAN, Boris. "Estranha lavoura". *Versus*, São Paulo, n. 3, 1976.

_____. "Profundezas de *Um copo de cólera*". *Polêmica*, São Paulo, n. 1, nov. 1979.

SCHOLLHAMMER, Karl Erik. "O amor colérico segundo Raduan Nassar". *Pre-Publication*, Aarhus, n. 152, pp. 3-19, 1996.

SCHROEDER, Carlos. "Lançamento da obra completa do escritor brasileiro". *Diário Catarinense,* Florianópolis, 19 out. 2016.

SCHWARCZ, Luiz. "O reencontro". Blog da Companhia, 17 jan. 2013.

_____. "A surpresa". Blog da Companhia, 31 jan. 2013.

SEDLMAYER-PINTO, Sabrina. *Ao lado esquerdo do pai: Os lugares do sujeito em* Lavoura arcaica, *de Raduan Nassar*. Belo Horizonte: UFMG, 1995. Tese (Mestrado em Letras).

_____. *Ao lado esquerdo do pai*. Belo Horizonte: Editora da UFMG, 1997. 140 pp.

_____. Lavoura arcaica: *Um palimpsesto*. São Paulo: Fundação Memorial da América Latina, 1999. 120 pp.

SEDLMAYER-PINTO, Sabrina. "A ficção mediterrânea de Raduan Nassar". In: CASTRO, Marcílio França (Coord.). *Ficções do Brasil: Conferências sobre literatura e identidade nacional*. Belo Horizonte: Assembleia Legislativa do Estado de Minas Gerais, 2006. pp. 231-57.

_____. "*Lavoura arcaica*: Para além das imagens-tempo". In: _____; MACIEL, Maria Esther (org.). *Textos à flor da tela: Relações entre literatura e cinema*. Belo Horizonte: Faculdade de Letras da UFMG, 2004. v. 1, pp. 110-9.

_____ (org.). *A produção literária de Raduan Nassar*. Belo Horizonte: FALE; Editora da UFMG, 2008.

_____; MACIEL, Maria Esther (org.). *Textos à flor da tela: Relações entre literatura e cinema*. Belo Horizonte: Editora da UFMG, 2004.

SENA, Ana Glaucia de Freitas. *A terra, a semente e o cordeiro: A busca do eu em* Lavoura arcaica. Rio de Janeiro: UFRJ, 2002. Tese (Mestrado em Letras).

SERAFIM, Flávia Raquel dos Santos. *Ruptura e permanência na obra* Lavoura arcaica *de Raduan Nassar*. Campina Grande: UEPB, 2003. (Monografia Graduação em Letras).

SILVA, Aguinaldo. "Boa colheita". *Escrita*, São Paulo, fev. 1976.

_____. "O filho pródigo retorna. Mas a casa já não é a mesma". *O Globo*, Rio de Janeiro, 29 fev. 1976.

SILVA, Anderson Pires da; PAIVA, Maria Aparecida. "O incesto em *Lavoura arcaica*, de Raduan Nassar". *CES Revista*, Juiz de Fora, v. 25, pp. 231-41, 2011.

SILVA, Gilberto Xavier da. "A arte de brigar a dois: Uma leitura de *Um copo de cólera*, de Raduan Nassar". *Cadernos de Literatura Comentada* — Vestibular 2002/ UFMG. Belo Horizonte: Edições Horta Grande, 2001.

SILVA, Márcia Aparecida. "A família, segundo o pai: Uma leitura da obra *Lavoura arcaica*, de Raduan Nassar". In:

Anais do II Colóquio Nacional Michel Foucault: O governo da infância. Uberlândia: UFU; Faced, v. 2, pp. 1-10, 2011.

SILVA, Regina Celi Alves da. *Raduan Nassar: O cultivo do novo na tradição textual*. Rio de Janeiro: UFRJ, 1992. Tese (Mestrado em Letras).

_____. "A tra(d)ição dos nomes na *Lavoura arcaica*, de Raduan Nassar". *Revista Philologus*, Rio de Janeiro, v. 25, pp. 38-44, 2003.

_____. "A ciranda do tempo na *Lavoura arcaica*, de Raduan Nassar". Revista *SOLETRAS*, Rio de Janeiro: UERJ, ano 11, pp. 19-26, 2011.

SILVA, Renato de Azevedo; FRANCO, Adenize Aparecida. "Um estudo do narrador na transposição cinematográfica LavourArcaica". I Cielli — Colóquio Internacional de Estudos Linguísticos e Literários, e IV Celli — Colóquio de Estudos Linguísticos e Literários. Maringá: UEM, 9-11 jun. 2010.

SILVA, Sandro Adriano da. "*Lavoura arcaica*: Uma leitura sobre os arquétipos no romance de Raduan Nassar". *Línguas & Letras*, Cascavel: Unioeste, v. 3, pp. 45-9, 2004.

SILVA, Vanessa Simon da. *Tradição e modernidade em* Lavoura arcaica *de Raduan Nassar e* Um rio chamado tempo, uma casa chamada terra *de Mia Couto*. São Paulo: USP, 2012. (Monografia Graduação em Letras).

SIRINO, Salete Paulina Machado. "Uma leitura literária e fílmica de *Lavoura arcaica*". *Revista Científica/ FAP*, Curitiba, v. 3, pp. 163-82, jan.-dez. 2008.

SISTER, Sergio. "Caos ordenado". *Veja*, São Paulo, 22 nov. 1978.

SOLANO, Alexandre Francisco; MESSIAS, Caio Leal; PINHEIRO, Janete de Lima. "Os olhos do pai: Prazer e realidade em *Lavoura arcaica* (1975)". Revista eletrônica *Diálogos @cadêmicos*, v. 7, n. 2, pp. 4-17, jul.-dez. 2014.

SOTELINO, Karen Catherine Sherwood. "Notes on the Translation of *Lavoura Arcaica* by Raduan Nassar". *Hispania*, v. 85, n. 3, pp. 524-33, set. 2002.

SOUTTO MAYOR, Ana Lucia de Almeida. "Ritos da paixão: A poética do trágico em *Um copo de cólera*, de Raduan Nassar". In: DIAS, Ângela Maria; GLENADEL, Paula (org.). *Estéticas da crueldade*. Rio de Janeiro: Atlântica, 2004. pp. 249-61.

SOUZA, Flávia Alves Figueiredo. "Bom apetite, André. O amor segundo a fome em *Lavoura arcaica*, de Raduan Nassar". In: JARDIM, Alex Fabiano Correia (org.). *Literatura e outros discursos*. Curitiba: CRV, 2012.

SOUZA, Jacqueline Ribeiro de. *Discurso e subjetividade em Lavoura arcaica*. Montes Claros: Unimontes, 2012. Tese (Mestrado em Letras: Estudos Literários).

SOUZA, Maria Salete Daros. *Desamores: A destruição do idílio familiar na ficção contemporânea*. Florianópolis: Editora da UFSC, 2005. pp. 93-159.

STRELOW, Aline. "A representação do jornalista como personagem na literatura brasileira da década de 70". *Conexão — Comunicação e Cultura*, Caxias do Sul: UCS, v. 8, n. 16, jul.-dez. 2009.

STRÜSSMANN, Marion Andrea. "*Lavoura arcaica* concorre a prêmio na Alemanha". *Deutsche Welle*, 27 jun. 2002.

SÜSSEKIND, Flora. *Literatura e vida literária: Polêmicas, diários & retratos*. Belo Horizonte: Editora da UFMG, 2004.

TARDIVO, Renato Cury. *Porvir que vem antes de tudo. Uma leitura de* Lavoura arcaica: *Literatura, cinema e a unidade dos sentidos*. São Paulo: USP, 2009. Tese (Mestrado em Psicologia Social).

_____. "Literatura e psicanálise: A poética de Raduan Nassar". *Percurso*, São Paulo, v. 47, pp. 85-100, 2011.

_____. "O filho traz o pai para dentro de seus olhos: A transfiguração do olhar em *Lavoura arcaica*, de Raduan Nassar". *Tempo & Memória*, São Paulo: Unimarco, pp. 1-22, 2011.

TARDIVO, Renato Cury. "Raduan Nassar e Luiz Fernando Carvalho: A concepção da palavra em imagem". *Visualidades*, Goiânia: UFG, v. 9, pp. 149-64, 2011.

_____; GUIMARÃES, Danilo Silva. "Articulações entre o sensível e a linguagem em *Lavoura arcaica*". *Paidéia*, v. 20, n. 46, pp. 239-48, maio-ago. 2010.

TAVARES, Carlos. "*Lavoura arcaica*: Uma viagem para dentro da memória". *Correio Braziliense*, Brasília, 9 abr. 1976.

TEIXEIRA, Ivan Prado. "A madura jovialidade de Nassar". *Folha de S.Paulo*, São Paulo, 28 jan. 1978.

TEIXEIRA, Renata Pimentel. *Uma lavoura de insuspeitos frutos: Leitura de* Lavoura arcaica, *de Raduan Nassar*. Recife: UFPE, 2001. Tese (Mestrado em Letras).

_____. *Uma lavoura de insuspeitos frutos*. São Paulo: Annablume, 2002. 111 pp.

_____. "Hilda, Raduan e o Rosa: Dialetos poéticos em prosa". *Anais eletrônicos do I Siniel*, Recife, pp. 623-31, 2010.

TELES, Ana Carolina Sá. *Literatura e autoritarismo em Raduan Nassar*. São Paulo: USP, 2008. (Monografia Graduação em Letras).

TOBLER, Stefan. "Raduan Nassar became a Brazilian sensation with his first novel — now published in English, the world will come knocking". *Independent*, 16 fev. 2016.

"Toda a potência de Raduan Nassar". *Continente*, Recife, n. 190, out. 2016.

VELOSO, Rodrigo Felipe. "Os ritos seguem passagem. Uma leitura da ideia de caos em *Lavoura arcaica*, de Raduan Nassar". In: JARDIM, Alex Fabiano Correia (org.). *Literatura e outros discursos*. Curitiba: CRV, 2012.

VIEIRA, Alessandro Daros. *Tradição, crise e modernidade na* Lavoura arcaica *de Raduan Nassar*. Vitória: UFES, 2005. Tese (Mestrado em Letras).

VIEIRA, Márcia Cavalcanti Ribas. *O obrar na narrativa em* Lavoura arcaica. Rio de Janeiro: UFRJ, 1991. Tese (Mestrado em Literatura Brasileira).

VIEIRA, Miguel Heitor Braga. *As obrigações da ordem e os chamados do desejo: A transgressão na obra de Raduan Nassar.* Londrina: UEL, 2007. Tese (Mestrado em Letras).

_____. "O percurso inicial da revolta em *Lavoura arcaica*, de Raduan Nassar". *Terra Roxa e Outras Terras*, Londrina: UEL, v. 11, pp. 103-12, 2007.

VILAS-BOAS, Gonçalo; OUTEIRINHO, M. F.; MARTINS, Marta Lúcia Pereira. "Entre-lugares: Nuances orientais nas escrituras brasileiras de Raduan Nassar e Milton Hatoum". *Cadernos de Literatura Comparada*, Instituto Margarida Losa da Faculdade de Letras da Universidade do Porto, v. 18, pp. 15-25, 2008.

VILLALOBOS, Juan Pablo. "Você tem que ler Raduan Nassar". Blog da Companhia, 14 mar. 2016.

WERNECK, Humberto. "Sem pilantragem". *O Estado de S. Paulo*, São Paulo, 14 jun. 2016. Caderno 2, p. C-5.

ZENI, Bruno. "André, os caminhos da liberdade". *Entre livros*, São Paulo, ano 2, n. 20, p. 68, dez. 2006.

EDIÇÕES ESTRANGEIRAS

Alemanha
Ein Glas Wut [*Um copo de cólera*]. Trad. de Ray-Güde Mertin. Frankfurt: Suhrkamp, 1991.
Das Brot des Patriarche [*Lavoura arcaica*]. Trad. de Berthold Zilly. Frankfurt: Suhrkamp, 2004.

Croácia
Drevni rad [*Lavoura arcaica*]. Trad. de Tanja Tarbuk. Zagreb: Fraktura, 1989.

França
Un Verre de Colère suivi de la Maison de la Mémoire [*Um copo de cólera/ Lavoura arcaica*]. Trad. de Alice Raillard. Paris: Gallimard, 1985.
Chemins [*Menina a caminho*]. Trad. de Henri Raillard. Paris: Gallimard, 2005.

Hungria
Köbe Vésve [*Lavoura arcaica*]. Trad. de Lukács Laura. Budapeste: Libri, 2016.
Egy Pohár Harag [*Um copo de cólera*]. Trad. de Lukács Laura. Budapeste: Libri, 2016

Inglaterra
Ancient Tillage [*Lavoura arcaica*]. Trad. de Karen Sotelino. Londres: Penguin Contemporary Classics, 2016.

A Cup of Rage [*Um copo de cólera*]. Trad. de Stefan Tobler. Londres: Penguin Contemporary Classics, 2016.

Itália
Un Bicchiere di Rabbia [*Um copo de cólera*]. Trad. de Amina Di Munno. Turim: Einaudi, 2002.

Líbano
Ka's min al-Ghadab [*Um copo de cólera*]. Trad. de Mamede Jarouche. Beirute; Bagdá: editora Manshurat al-Jamal/ Al--Kamel Verlag, 2017.

Língua espanhola
Labor arcaica [*Lavoura arcaica*]. Trad. de Mario Merlino. Madri: Alfaguara, 1982.
Labor arcaica. Trad. de Mario Merlino. Madri: Punto de Lectura, 2005.
Un vaso de cólera [*Um copo de cólera*]. Trad. de Juan Pablo Villalobos. Cidade do México: Editorial Sexto Piso, 2015. (Colección Narrativa).
Niña en camino [*Menina a caminho*]. Trad. de Romeo Tello G. Cidade do México: Universidad Nacional Autónoma de México, 2009.

Portugal
Um copo de cólera. Lisboa: Relógio d'Água, 1998.
Lavoura arcaica. Lisboa: Relógio d'Água, 1999.
Menina a caminho. Lisboa: Cotovia, 2000. (Colecção Sabiá).
Um copo de cólera. Lisboa: Penguin Random House Grupo Editorial, 2016.
Lavoura arcaica. Lisboa: Penguin Random House Grupo Editorial, 2016.
Menina a caminho. Lisboa: Companhia das Letras, 2017.

CONTOS EM ANTOLOGIAS E REVISTAS ESTRANGEIRAS

"Mädchen auf dem Weg" [*Menina a caminho*]. Trad. de Karin von Schweder-Schreiner. In: *Zitronengras: Neue brasilianische Erzähler*. Org. de Kay-Michael Schreiner. Colônia: Verlag Kiepenheuer & Witsch, 1982. pp. 104-26.

"Aí pelas três da tarde". *El Paseante*, Madri: Siruela, dez. 1988.

"O ventre seco". *El Paseante*, Madri: Siruela, dez. 1988.

"Niña en camino". Trad. de Romeo Tello G. In: *El arte de caminar por las calles de Río y otras novelas cortas*. Org. de Valquiria Wey. Cidade do México: Universidad Nacional Autónoma de México, 1997. pp. 203-29.

"Today before dawn" (Hoje de madrugada). Trad. de Monica Almeida e Kate Pemberton. *Ambit*, ed. de Martin Bax, Londres, v. 157, pp. 15-6, 1999.

"Al-Yawma Fajran" ["Hoje de madrugada"]. Trad. de Mamede Jarouche. Revista *Nizwa*, Mascate, n.26, pp. 220-1, 2001.

"O ventre seco". In: *Fotografia de grupo: Antologia de contos*. Lisboa: Cotovia, 2003. pp. 9-17.

A chapter from *Ancient Tillage*. Trad. de Karen Sotelino. *Beacons: A Magazine of Literary Translation*, ed. de Alexis Levitin, Plattsburgh, v. 9, pp. 21-5, 2004.

"Hoy de madrugada". Trad. de José Holguera. *Abril*, Luxemburgo, v. 31, pp. 9-11, 2006.

"El vientre seco". Trad. de José Holgrera. *Abril*. Luxemburgo, v. 35, pp. 19-23, 2008.

FUTURAS EDIÇÕES ESTRANGEIRAS

Coreia do Sul
Lavoura arcaica, editora Keumdongbooks.

Estados Unidos
Lavoura arcaica e *Um copo de cólera*, editora New Directions.

Grécia
Lavoura arcaica e *Um copo de cólera*, editora Patakis.

Itália
Lavoura arcaica e *Um copo de cólera*, editora Sur.

Líbano
Lavoura arcaica e *Menina a caminho*, editora Manshurat al-Jamal/ Al-Kamel Verlag.

Língua espanhola
Lavoura arcaica e *Menina a caminho*, editora mexicana Sexto Piso.

Suécia
Lavoura arcaica e *Um copo de cólera*, editora Modernista.

ADAPTAÇÕES CINEMATOGRÁFICAS

Um copo de cólera (Brasil, 1999, 70 minutos)
DIREÇÃO: Aluizio Abranches
ROTEIRO: Aluizio Abranches e Flávio Tambellini
PRODUTOR: Flávio Tambellini
ELENCO: Alexandre Borges, Júlia Lemmertz, Ruth de Souza, Lineu Dias, Marieta Severo
TRILHA: André Abujamra
DIREÇÃO DE FOTOGRAFIA: Pedro Farkas
EDIÇÃO: Idê Lacreta
DIRETOR ASSISTENTE: Heitor Dhalia
SOM DIRETO: José Moreau Louzeiro
DISTRIBUIÇÃO: Columbia Pictures
Participação especial no Festival de Berlim de 2001

Lavoura arcaica (Brasil, 2001, 163 minutos)
DIREÇÃO: Luiz Fernando Carvalho
ROTEIRO: Luiz Fernando Carvalho e Raduan Nassar
PRODUTOR: Luiz Fernando Carvalho
ELENCO PRINCIPAL: Selton Mello, Raul Cortez, Juliana Carneiro da Cunha, Simone Spoladore, Leonardo Medeiros, Caio Blat
TRILHA: Marco Antônio Guimarães
DIREÇÃO DE FOTOGRAFIA: Walter Carvalho
EDIÇÃO: Luiz Fernando Carvalho
DIRETOR ASSISTENTE: Gustavo Fernández
SOM DIRETO: Luiz Fernando Carvalho e Roberto Ferraz

DISTRIBUIÇÃO: Arttkino Pictures, Europa Filmes, ID Distribution, Transeuropa Video Entertainment

Prêmio de fotografia longa-metragem na Associação Brasileira de Cinematografia, em 2002

Prêmio especial do júri no Festival de Biarritz, em 2001

Prêmio de melhor filme, melhor trilha sonora, melhor ator, melhor ator coadjuvante, melhor atriz coadjuvante e melhor fotografia do 34º Festival de Brasília do Cinema Brasileiro, em 2001

Prêmio Golden Camera 300 no Brothers Manaki International Film Festival, em 2002

Prêmio ADF de fotografia, de público, Kodak e menção especial a Luiz Fernando Carvalho no Festival Internacional de Cinema Independente de Buenos Aires, em 2002

Prêmio de melhor filme, melhor diretor, melhor fotografia e melhor trilha sonora no Festival de Cartagena, em 2002

Prêmio de melhor atriz e de melhor fotografia no Grande Prêmio do Cinema Brasileiro, em 2002

Prêmio de público longa-metragem no Festival Entrevues Belfort, em 2002

Prêmio de melhor filme pelo júri internacional e de melhor filme ibero-americano no Festival de Guadalajara, em 2002

Prêmio de melhor ator, melhor direção de fotografia, melhor trilha sonora e prêmio especial do júri a Luiz Fernando Carvalho no Festival de Havana, em 2001

Prêmio de melhor ator e medalha Fellini Unesco no Festival Latino-Americano de Lima, em 2002

Prêmio de melhor ator e roteiro na Mostra de Cinema Latino--Americano de Lérida, em 2002

Prêmio de melhor contribuição artística no Festival de Montreal, em 2001

Prêmio de melhor ator, melhor atriz, melhor diretor, melhor

filme e melhor atriz coadjuvante no Prêmio Qualidade, em 2001

Prêmio Ministério da Cultura no Festival Internacional do Rio de Janeiro, em 2001

Prêmio de público e crítica de melhor filme, melhor diretor e melhor atriz no Festival do Sesc, em 2002

Prêmio de melhor atriz da Associação Paulista de Críticos de Arte, em 2002

Prêmio do público na 25ª Mostra BR de Cinema de São Paulo, em 2001

Prêmio de melhor filme no Festival Latino-Americano de Cinema de Trieste, em 2002

Prêmio de melhor filme no Festival Internacional de Cinema de Valdívia, em 2002

Raduan Nassar é natural de Pindorama, interior de São Paulo. Adolescente, transfere-se para a capital do estado, onde continua os estudos. Publica o romance *Lavoura arcaica* em 1975. A novela *Um copo de cólera*, escrita em 1970, só aparece em 1978. Em 1997 sai a coletânea de contos *Menina a caminho*, reunindo textos escritos entre 1960 e 1970 e publicados anteriormente de modo esparso.

Copyright © 2016 by Raduan Nassar

Grafia atualizada segundo o Acordo Ortográfico da Língua Portuguesa de 1990, que entrou em vigor no Brasil em 2009.

Capa:
RAUL LOUREIRO

Preparação:
MÁRCIA COPOLA

Revisão:
ANGELA DAS NEVES
CARMEN T. S. COSTA
MARINA NOGUEIRA

Os personagens e as situações desta obra são reais apenas no universo da ficção; não se referem a pessoas e fatos concretos, e sobre eles não emitem opinião.

Dados Internacionais de Catalogação na Publicação (CIP)
(Câmara Brasileira do Livro, SP, Brasil)

Nassar, Raduan
 Obra completa / Raduan Nassar. — 1ª ed. — São Paulo : Companhia das Letras, 2016.

 ISBN 978-85-359-2808-2

 1. Ficção brasileira I. Título.

16-06950   CDD-869.93

Índice para catálogo sistemático:
1. Ficção : Literatura brasileira 869.93

2021
Todos os direitos desta edição reservados à
EDITORA SCHWARCZ S.A.
Rua Bandeira Paulista, 702, cj. 32
04532-002 — São Paulo — SP
Telefone: (11) 3707-3500
www.companhiadasletras.com.br
www.blogdacompanhia.com.br
facebook.com/companhiadasletras
instagram.com/companhiadasletras
twitter.com/cialetras

ESTA OBRA FOI COMPOSTA EM GARAMOND 3 POR RMSL
E IMPRESSA PELA GEOGRÁFICA EM OFSETE SOBRE PAPEL PÓLEN SOFT
DA SUZANO S.A. PARA A EDITORA SCHWARCZ EM MAIO DE 2021

A marca FSC® é a garantia de que a madeira utilizada na fabricação do papel deste livro provém de florestas que foram gerenciadas de maneira ambientalmente correta, socialmente justa e economicamente viável, além de outras fontes de origem controlada.